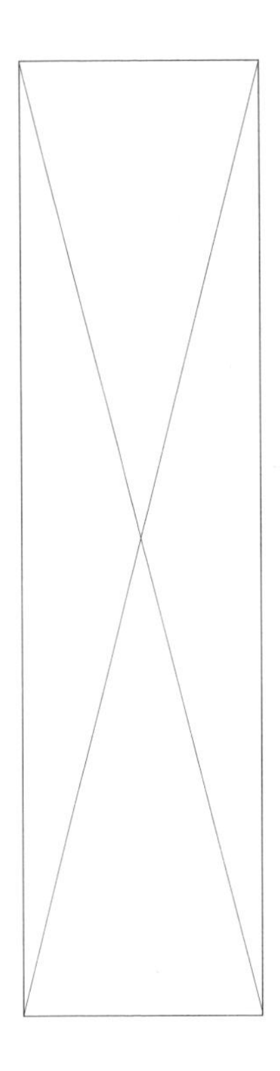

哲学家与狼

THE PHILOSOPHER
AND THE WOLF
LESSONS FROM THE WILD ON LOVE,
DEATH AND HAPPINESS

[英] 马克·罗兰兹 Mark Rowlands / 著
路雅 / 译

·桂林·

ZHEXUEJIA YU LANG

图书在版编目（CIP）数据

哲学家与狼 /（英）马克·罗兰兹著；路雅译. —桂林：广西师范大学出版社，2018.1
ISBN 978-7-5598-0311-5

Ⅰ. ①哲… Ⅱ. ①马…②路… Ⅲ. ①回忆录－英国－现代 Ⅳ. ①I561.55

中国版本图书馆 CIP 数据核字（2017）第 231739 号

广西师范大学出版社出版发行
（广西桂林市五里店路 9 号　邮政编码：541004
网址：http://www.bbtpress.com）
出版人：张艺兵
全国新华书店经销
湖南省众鑫印务有限公司印刷
（长沙县榔梨镇保家村　邮政编码：410000）
开本：880 mm × 1 240 mm　1/32
印张：9.75　　字数：180 千字
2018 年 1 月第 1 版　　2018 年 1 月第 1 次印刷
定价：58.00 元

献给艾玛

目　录

第一章　空　地

狼就如同人类灵魂中的那片空地，

它揭示出我们所讲述的关于自我的故事中，

那些想要袒露却没有明说的部分。

1

这本书的主人公是一头名叫布朗尼的狼。上个世纪 90 年代的大半时间，直到 21 世纪的头几年，这十年多的时间里，他一直同我生活在一起。而与我这样一位居无定所的知识分子一同生活的结果就是，他旅居过美国、爱尔兰、英格兰，并最终定居于法国，成了一头拥有丰富旅行经历的狼；而且——尽管更多出于不情愿——他还是一位免费大学教育的受益者，这是他的其他任何同类都望尘莫及的。正如你将看到的，当我将他一个人留在家里的时候，我的房子和财产会面临怎样的“灾难”。因此，我不得不将他一起带去工作——作为一名哲学教授，这意味着带他去听我的课。当我用乏味的语调长篇大论地说起哪位哲学家或者哪种哲学思想的时候，他便趴在教室的一角，同其他众多学生一样，打起盹来。偶尔，若课程实在无聊，他便会坐起来嗥叫以表不满——而这个习惯使他受到了其他学生的青睐，后者或许正希望自己有勇气做同样的事。

这本书亦在探讨我们生而为"人"意味着什么——不是一个单纯意义上的生物体，而是作为一个能够行其他生物所不能之事的存在。在我们讲述的关于自己的故事中，"人类的独特性"是一个再平常不过的话题。或许对某些人来说，这种特殊性意味着我们可以不惜通过腥牙血爪的方式来创造文明，从而实现自我保护；又有些人指出，我们是唯一能够分辨善恶，因而也是唯一具有行善或作恶的能力的生物；还有人说，我们特殊，因为我们拥有思辨力：在这个充满兽性的世界中，我们是唯一具有理性的生物。有人认为，将我们与那些聋哑愚钝的动物区别开来的决定性因素是语言的使用，有人则认为这应归功于自由意志与行动，还有人认为拥有"爱"的能力才是关键所在；有的人说，唯有我们才能理解幸福的基础与本质，另有人说，我们之所以独特，是因为我们明白自己终将死去。

若将以上观点作为解释我们与其他生物间存在着的巨大鸿沟的理由，没有一条能令我信服。因为许多我们认为动物做不到的事情，它们做得到；许多我们认为自己做得到的事情，却不能胜任。至于其他那些方面呢，或许区别更多地只存在于量，而非质。可以说，我们与其他生物之间的差异仅在于，我们拥有陈述这些“理由”的话语权——以及，进一步说，我们可以自欺欺人地使自己对这些观点深信不疑。如果让我用一句话给人类下一个定义的话，那就是：人类是一个自说自话，而又太易相信自己所编造的故事的物种。人类是轻信的动物。

无须强调，在愚昧的年代中，我们所讲述的关于自身的故事是将人与他人之间对立起来的根源。敌意与轻信，往往只有一步之遥。然而，我更关注的并非人与人之间的故事，而是人与其他动物的故事：这些故事告诉我们人因何而为人。每一个故事都有一个所谓阴暗面，它投下了一个隐藏在文字背后的阴影，从中你可以找到故事讲述者的真实意图。如此，这些故事至少从两点来说是黑暗的——首先，这些故事是对人性深处赤裸裸的，甚至是让人不安的一面的映射；其次，故事的这层内在含义往往隐藏得很深。这两者并非毫无联系。我们人类具有一个无可置疑的技能，那就是不会明言自己的短处，这使得我们所讲述的自我剖析的故事具有同样的特点。

倘若要不甚公平地做出一个选择，狼可以作为一个传统意义上的人性阴暗面的象征。尽管从许多方面而言，这是带有讽刺意味的。从词源学的角度来讲，“狼”在希腊语中用单词 lukos 表示，而这正与“光明”（leukos）这个单词极为相近。二者在使用上也经常相互关联。这种关联或许仅是翻译上混淆的后果，亦有可能确实存在着词源学上的更深层次的联系。但无论如何，“阿波罗”（Apollo）这个词既有太阳神，也有众狼之神的含义。在本书中，“狼”与“光明”之间的关系也是十分重要的。只要把狼想象成森林中没有被植被覆盖的那片空地——在森林深处，伸手不见五指，连树木都隐藏在黑暗中，而一片空地却让阳光得以进入，使得被黑暗吞噬的一切重见天日。我想说的是，狼就如同人类灵魂中的那片空地，它揭示出我们所讲述的关于自我的故事中，那些想要袒露却没有明说的部分。

我们站在狼的影子之中——一个东西可以通过两种方式投下影子：阻挡光线，或成为被其他东西阻挡的光源。从这种意义上说，人与火都可投下阴影。我这里所言的狼的影子，并非指它们自身所投射的，而是指我们借助狼身上发出的光而投下的影子。反观它与我们自身，我们就可以准确地发现那些有关人类本身的、我们所不想知道的东西。

2

布朗尼是在几年前死去的，而我如今仍无日不在思念着他。或许许多人将这视作溺爱：毕竟，他不过只是只动物。可是不管怎样，现如今，尽管我的生活从各个重要的方面来说都达到了有史以来的最好状态，我还是认为自己失去了什么了。很长一段时间，我难以解释原因，也不能理解。而如今，我想我知道了答案——布朗尼教给了我许多从自己长时间的正规教育中学不来的东西，而如今他又带着维持这些教诲所必需的清晰与活力离我而去。时间能够抚平创伤，代价却是遗忘。在彻底忘记之前，我试图通过此书记录下他教会我的那些东西。

易洛魁人[1]曾有个传说，讲的是这个民族被迫做出抉择的故事。这个传说有多种版本，我只取其中最简单的那个：这个部落召开会议以讨论选择下一个狩猎期的迁徙地。他们并不知道，自己最终选择的是个狼群聚居的地方。于是，易洛魁人便成了狼群不断攻击的对象。在这个过程中，后者的数量也在不断减少。在这种情况下，族人面临着一个抉择：离开，或是对狼群进行杀戮。如若选择后者，意味着他们将有所缺失，变成他们自己不愿成为的人。所以，他们选择了离开。另外，为了防止重犯曾经的错误，他们决定，在今后所有的部落会议上，都选择一个人来代表狼。他们的努力引发了这样的思考：谁来代表狼的利益?

当然，这只是此传说的易洛魁人版本。如果狼群也有一个版本，我相信将会大为不同。但不管怎样，事实就在这里。我

1　北美印第安人。——译者注（若无特别说明，本书脚注均为译者注）

将努力地告诉你，绝大多数情况下，我们中的每一个人，都拥有一个猿猴的灵魂——我并未赋予“灵魂”这个词过多的含义，它并不一定要与代表着我们生命之不朽的那部分等同。或许这的确是灵魂的含义，但对此我表示怀疑。亦或许，灵魂只是神志，而神志无非大脑。但对此，我同样持怀疑态度。正如我在此书中使用的那样，在我们为自己讲述的故事里出现的人类的“灵魂”一词，都是用来描述人为何那么与众不同的。我们可以使人们相信自己的故事，尽管所有的证据都呈相反的解释。我想指出的是，猿猴的故事都有着如下特征：结构、主题与内容俱全，而每一部分都打着猿猴自己的烙印。

在这里，我以猿猴作为一个象征，用以代表我们每个人都或多或少存在的趋势。从这个意义上讲，有些人更像猿猴。或者说，有些猿猴更具有猿猴的特质。“猿猴”这个词代表着功利性地看世界的趋向：一切事物的价值取决于它们有何功用。在这样的倾向中，生命变成一个不断测量可能性，并将计算结果为我所用的过程。在这样的倾向中，世界变成了资源的集合，而事物都带有了目的性。猿猴们用同样的准则对待自己的同类，甚至甚于对待自然界的其他东西。在这样的倾向中，猿猴们没有同伴，只有同盟。它们并不看自己的同胞，而只是观察着它们，并时刻等待机会，攫取利益。生存对于猿猴来说，代表着攻击。在这样的倾向中，关系的确立建立在这样一个恒常不变的基础上：你可以为我做什么？对此我需要付出多大的代价？而不可避免的是，猿猴们对他者的理解，将投射到它们对自己的认知上，因此幸福便成为一种可丈量、称重、评估并计算的东西，爱亦是如此。在这种倾向下，生命中最重要的事情就是成本与收益的评估。

应重申的是，我是以此隐喻描述人类的一种趋向。我们都认识这样的人，我们常在工作或者娱乐场所遇到他们；在会议室或餐桌上，我们曾与他们比邻而坐。但这些人不过是正常人类的典型化。我想，我们中的大多数就是如此，尽管也许我们对此没有意识，或者不愿承认。人类并非唯一能够忍受和欣赏人类全部情感的猿类。就像我们看到的，其他猿猴也可以感受到爱；它们也会有强烈的负罪感，甚至可能因此而死。它们也可以有朋友，而非只有同盟。尽管如此，这样一种猿猴化的趋势还是从类人猿这儿开始的；更确切地说，这是基于猿猴所独有的一种可认知的进化阶段，其他动物身上难觅影踪。在这样一种趋势的驱使下，世界以及世界中的一切都可以用成本-收益的术语来表达；一个人的一生以及生命中那些重要的东西，都可以被量化与计算：只有在猿猴出现了以后，这种趋向才成为可能。而在猿猴家族中，唯有我们将这种趋势发挥得淋漓尽致。然而，早在我们成为猿猴之初，在这种趋势攫取住我们之前，我们灵魂中的部分便已存在。这，就藏在我们为自己所讲的那些故事里。它们被隐藏着，却依然会有重见天日的那一天。

进化是个逐渐累加的过程，其中从不存在白板：它只能基于已给的原本，而不能擦掉重来。因此，举一个常见的例子——以形状怪异的比目鱼为例，它的一只眼睛基本上被拖拽到了另外一侧，这明显是进化的要求使得这种独特的鱼适于栖息海床之上，也是同样的要求使得它从一开始就拥有这样的相貌，为了这样的目的，它有着长于侧面而非背部的双眼。相似地，在人类的进化历程中，每一步都要基于已给的基础。我们的大脑从本质上来讲是一种历史结构：正是基于我们的爬行类祖先的原始边缘系统[1]，我们哺乳类动物的大脑类皮层，一种后来成为人类特征的、更为强健的脑部系统才得以成型。

我并非想说，那些我们所述、所信的关于自身的故事是诸如比目鱼的眼睛或是哺乳动物的脑袋一样的进化产物，但我觉得两者是相似的：前者也是逐渐地增长，通过新的叙事层，在旧有结构与主题上叠加。我们有关自身的故事同样没有白板。我想要告诉大家的是，倘若我们看得足够仔细，而且知道在何处、如何看的话，那么在每一个猿猴的故事中，我们都可以

1 边缘系统（Limbic）是高等脊椎动物特有的脑组织，由杏仁核、海马等相互连接的脑结构构成，参与本能、驱动和身体机能的自我调节过程。——编者注

发现一匹狼。而这匹狼告诉我们——这也是这个故事的意义所在——猿猴们所谓的价值都是愚蠢而无意义的。生命中最重要的事永远不是计算与相加。它提醒我们，真正的价值如何不能被交易、量化。这也提醒了我，有时我们偏要做自己认为正确的事情，哪怕天堂会因此陷落。

我想，我们中的所有人，都更像猿猴而不是狼。在我们关于自己生命的叙事中，狼的痕迹已几乎被抹去了。但我们的危险也在于让狼“死去”。猿猴的计划终将落空：那种小聪明终将出卖你，而你的幸运券也将用完。这时你才会发现生命中最重要的是什么。这就是你的筹谋、机智与幸运无法带给你的；当前者离开你的时候，它才能残存下来。有许多个你，但最重要的并非筹划着的那个，而是所有的计划落空后留下的那个；并非在诡计中让你灵光一现的那个，而是当这种狡诈永远离开你后留存的那个；并非利用你的幸运的那个，而是当幸运不再而依然存在的那个。最终，猿性终将离你而去。你所能问自己的最重要的问题便是：当这些发生后，剩下的那个，是谁?

尽管用了很长时间，我最终还是明白了为什么我会如此深爱布朗尼，而且在他走后会如此思念他。因为他告诉我许多我长时间的正规教育所没有的东西：在我灵魂中最原始的那部分里，住着一匹狼。

有时，让我们生命中的这匹狼说话是很必要的；这样我们就不会再听到猿猴那喋喋不休的声音。而这本书，就是用我唯一会的方式让那匹狼说话的尝试。

3

“我唯一会的方式”最终却与我的设想不同。我花了很长时间来写这本书。无论如何，它花费了我生命中最美好的十五年，因为其中包含的那些想法让我思考良久。有时，思维之轮转得那样缓慢。这本书虽说是基于我与一匹狼的生活，但实际上，我仍有一种强烈的感受，那就是我并不明白这本书应如何归类。

就某种意义来说，这是一本自传，其中讲述的所有故事都是确实发生在我身上的。但从另外一些角度来说，它并非自传；至少并非一本好的自传。如果说其中有一个主角的话，那当然不是我，我不过是幕布背景中一个笨拙的配角而已。在一部好的自传作品中，其他许多角色都可以占有一席之位。但在这本书中，其他的人物形象大多以缺席的方式“出现”——你会发现我生活中许多人的幻影，但仅此而已。由于我不确定他们愿不愿意出现在书中，为了保护这些“幻影”的隐私，我使用了化名。另一方面，当我有其他想保护的东西时，我对时间与地点的细节也会写得相当含糊。好的自传作品是详细而全面的，但在这里，细节相当少，回忆也是有选择性的。这本书的出发点是讲述我从布朗尼那里学到的东西，故事也是围绕这些教育展开的。最后，我把大部分重点放在了我与布朗尼的共同生活中那些可以恰如其分地表达我的旨意的片段。至于其他，则被忽略，最终将淹没在时间的洪流里，即使其中的许多事件也颇为重要。每当一些无关主旨的事件、人物或年表的细节占了太多的篇幅，我都会毫不留情地删掉它们。

如果说这并非有关我的故事，那么也说不上是关于布朗尼的故事，尽管这本书是基于我俩生活中一些形形色色的事件而写成的。但在这些事件中，我很少去揣度布朗尼的想法。尽管同他生活了十多年，我仍不能确定自己是否有足够的能力去忖度他的想法，除非是极为简单的事。而我叙述的许多事件及其中讨论的问题并不算简单。我强烈地相信，布朗尼在此书中是一个真实而又善于沉思的角色。但他也以一个完全不同的方式出现：作为我某一面的象征或隐喻，虽然那一面或许已不复存在。因此，我发现自己有时会陷入这匹狼“知道什么”的隐喻性讨论中。但如果这种讨论只是“布朗尼在想什么”的经验性推测，那么它们便沦为可笑的拟人化描写。不过，我向你保证，它们不会以这种形式出现。相似地，当我提及布朗尼的教诲的时候，那是出于本能的，完全不是基于经验。我并非通过研究布朗尼学到它们，而是通过我们生命中共同走过的那些路。其中许多，直到他去世后我才理解。

这也不是一部哲学著作，至少并非我所接受的学术训练以及我的职业同行们所能认可的那种狭义的“哲学”。其中虽有议论，但并没有从前提到结论的逐步清晰的假设。生活太不可靠，无法轻易预设前提，做出结论。相反地，我为这本书中重复出现的角色与讨论而为难。有时我需要决定在前一章中如何处置这一段文字，而在之后的章节重申时如何换一种表达方式。这看起来是调查研究的必然结果。生活很少容许自己被简单地处理、安置。

这本书中出现的观点是我自己的，不过，从某种重要的层面来说，也并非完全是我个人的。这不是因为它们来源于其他人，尽管你可以清楚地从中发觉尼采、海德格尔、加缪、昆德拉和后来的理查德·泰勒的影响。这时，我必须又一次求助于隐喻，我认为有一些思想只能出现于人与狼之间的空间中。

在早些时候，布朗尼和我曾于周末同赴亚拉巴马东北部的小河峡谷（Little River Canyon）扎营（尽管此举违法），一同瑟瑟发抖，对月嗥叫。峡谷又深又窄，连太阳都不太情愿穿过那片稠密的德鲁伊特橡树与桦树林。而一旦太阳穿过了西部的边沿，其阴影便会凝结成固体的斜坡。每每花一个小时左右从容地走过无人问津的小路，我们便会到达那片空地。如果将时间安排得恰到好处，便会看到太阳正同峡谷吻别，金色的阳光在空地中闪耀。而那些在过去一小时中被隐藏在昏暗中的树木，也会凸显出成熟而强大的光辉来。空地是让树木从黑暗走向光明之地。促成这本书的想法便源自这样一处地方，它如今已不复存在。但至少对我来说，倘若没有这个地方，便不会有这些思考。

如今，那匹狼已不在，而空地也随之消失。每当我阅读自己写过的东西时，便会惊讶于其中包含的思想是多么的陌生。我觉得它们对我来说就像一个奇妙的发现。这些并不是我自己的想法，尽管我相信它们，认为这是真实的，却不能够再有同样的思考。它们是空地中诞生的思想，存在于狼与人之间的空间。

第二章　狼兄弟

大部分关于生命、关于生命意义的理解，
我都是从他身上学来的。
如何做一个人
——这点是一匹狼教给我的。

1

布朗尼从不在吉普车的后座上躺下，他总是喜欢东张西望。许多年前，我们曾从亚拉巴马的塔斯卡卢萨一路开到迈阿密——大概800英里[1]的行程——然后再返回。他一路都站着，笨重庞大的身躯阻挡了大部分的阳光以及后面的全部交通情况。但这一次，在去往贝泽耶（Béziers）的短短路程中，他没有站着；他已经不能站起来了。那一刻，我知道，他要走了。那时我正带他前往他将安息的地方。我曾告诉过自己，如果他能站起来，哪怕只是旅途中的一小段，我将再等一天，再等一

1 英里，英制长度计量单位，1英里约合1.61千米。——编者注

个 24 小时，让奇迹出现。但那一刻我知道一切都结束了。陪伴了我十一年的伙伴就要走了。我不知道，在他身后，留下的将是一个怎样的我。

法国的仲冬之夜是阴沉的，同亚拉巴马明亮的夜晚相差甚远，在十多年前的一个五月初，我第一次将六个月大的布朗尼带入我的房子、带到我的世界中来。他才来不到两分钟——我没有任何夸张的意思——便将客厅的窗帘（从两边！）从挂杆上扯到了地上。紧接着，当我试图重新挂上窗帘的时候，他已经跑到花园，钻入屋子的下面。这所房子的后部是架起来的，你可以从砖墙上的一扇门进入地下——这扇门显然是被我半掩着。

他进入地下并前行——小心翼翼，有条不紊，更重要的是，以着极快的速度——扯下了每一根空调通风管。这些通风管是用来将冷气输送到各层去的。这就是布朗尼对待新鲜陌生事物的标志性态度。他对未知事物总是跃跃欲试。他将投入探索，迎接结果，随后又将之弃置一旁。我拥有他还不到一个小时，他就已经花了我一千美元——五百用来买他，五百用来修空调。在那段日子里，这几乎占到了我年收入的二十分之一。在我们相处的多年岁月里，这样的情形一次次重演，不断出现新的、超乎预料的状况。养狼真的不便宜。

所以，如果你正考虑养一匹狼，或者一条狼狗，我给你的

第一条建议就是：不要这样做！永远不要这样做；哪怕只是想一想。它们并不是狗。如果你愚蠢地非要坚持，那么我只能告诉你，你的生活将被永远改变。

2

我的第一份工作干了不少年头——亚拉巴马大学的哲学助理教授，这所大学位于塔斯卡卢萨。“塔斯卡卢萨”是一个查克托[1]语单词，意为“黑武士”，而宽广的黑武士河（Black Warrior River）便从城中穿过。塔斯卡卢萨市的大学（美式）橄榄球队与赤潮最负盛名，而赤潮更是被当地人强烈推崇，狂热度甚至超过了宗教，尽管他们对后者也充满了热情。若说当地人对于哲学更抱有怀疑的态度，这是并不为过的——谁又能指责他们呢？不过，生活还是很惬意的：我在塔斯卡卢萨有着许多乐趣。但由于我从小跟狗一起成长，且大部分是大丹犬那样的大狗，因而非常想念它们。所以，一个下午，我便在《塔斯卡卢萨新闻》中浏览求购广告。

在美国较短的历史历程中，大部分时间都有着系统性的除狼政策——通过射杀、投毒、设陷阱，以及任何能起作用的方

1 查克托（Choctaw），美国印第安部落之一。

式。结果就是，在毗邻的四十八个州内几乎再也见不到野生狼的身影。现如今这项政策已经被取消，它们也开始重现在怀俄明、蒙大拿、明尼苏达以及五大湖中的一些岛屿上，密歇根北海岸的罗亚尔岛就是最著名的例子，这主要归功于自然科学家戴维·麦克（David Mech）在那里做出的开创性研究。甚至它们最近还被重新引进美国最著名的自然公园——黄石公园，尽管农场主们高声抗议。

然而，狼族至今并没有在亚拉巴马或者南部地区复兴。那里有很多草原狼（coyotes）。在路易斯安那州和得克萨斯州东部的沼泽地还有少量红狼（red wolves），尽管没有人能确定它们究竟是什么，也许是历史上狼与草原狼杂交的物种。但是丛林狼（timber wolves），也就是我们俗称的灰狼（这是不准确的，因为它们也有可能是黑色、白色或棕色的），在南方各州已经销声匿迹了。

因此，当我看到这则广告的时候，着实有些惊讶：出售狼崽，**纯度 96%**。我迅速打了通电话，便跳上车，驶向伯明翰，向东北方开了大概一个小时，不知道等待自己的将是什么。不久后，站在我面前，与我四目相对的，便是一条我闻所未闻，更别说亲眼所见的大狼。狼主带我看了房子的后方，包括养动物的圈舍以及围栏。当那匹叫作育空（Yukon）的狼父听到我们的脚步声时，便跳到狼厩的门口，就在我们走到那里的一瞬间，仿佛从天而降。

它庞大而显眼，比我稍高一点。我不得不仰视着它的脸以及那双奇怪的黄色眼睛。但最令我难忘的是它的双脚。人们并没有发现——显然我没有——狼的脚有多大，比狗的大多了。正是这一对巨足宣告了它的到来。就在它跳起来并斜倚在圈门上的时候，我便看到了悬在门上的这对狼足，比我的拳头大得多，好似毛茸茸的棒球手套。

人们总是问我一个问题，不是针对以上提到的特殊情形，因为这是我第一次告诉别人，而是针对养狼这件事的：你从不怕它吗？答案当然是否定的。我愿意将其归因于自己是一个不寻常的勇敢的人，但这样的假设显然与许多事实相违背。比如在踏上飞机之前，我要靠酒精来壮胆。所以，很不幸，任何通常意义上的所谓“勇敢”的归因都不能成立。不过我确实喜欢跟狗待在一起，这很大程度上源于我的成长环境：我是一个反常的家庭所培养出来的反常的产物。所幸这种“反常”，就我所察觉到的而言，仅限于与狗的交流。

在我小的时候，也就是两三岁左右，我们经常与家里养的拉布拉多犬布茨（Boots）玩一个游戏。它先趴下，然后我坐在它的背上，抓住它的脖颈。这时爸爸会叫它。那时还年轻还健步如飞的布茨，便会顷刻间站起，开始奔跑。而我的工作，也就是这个游戏的目的，就是抱紧它的脖颈，保持不被甩下来，但我无一例外总是输。我就好像餐桌上的一个摆件，而有人从下面抽走了桌布。有时，这位犬类魔术师的技术极为精准，会将满脸茫然的我丢到它刚刚趴着的那个地方去。而有时它有些湿滑，这时我便会大头朝下栽下来。但在这样的游戏中，任何伤痛都显得无足轻重，我会兴奋地爬起来要求再来一次。在我们如今这个习惯了回避危险的文化中，你很可能难以接受这样的游戏，对其跌断孩子骨头的可能性耿耿于怀。或许有人还会呼叫儿童服务或是动物服务机构——或者两者都会。但我只知道，当父亲告诉我我已经太大、太重，不能再和布茨做这个游戏的时候，我由衷诅咒那个日子。

回想曾经，我意识到，在对待狗的问题上，我们家有一些不正常，这也影响到了我。我们经常从救助中心带回大丹犬。以蓝（Blue）为例吧，这是一条名字丝毫没有想象力（不是我们取的），仅仅体现了毛色的狗。在蓝三岁的时候，我的父母救了它。这也很容易理解为什么它会出现在救助中心——蓝有一个嗜好：胡乱而随机地咬人以及其他动物。事实上，这样说有点不公平：它并非毫无理由地咬人。它只不过有一些，让我们这样说吧，怪癖。其中之一便是不许与它同处一室的人离开房间。因此，若是你与蓝单独待在同一间屋子中，一定承受不来。在你离开的时候，需要另外一个人来分散它的注意力。当然，当后者出去的时候，也需要其他的人做同样的事。就这样，蓝的生命之轮转动着。没有充分吸引其注意力的后果往往是在后腿或臀部上留下一个永远的伤疤，就像我的兄弟乔恩那样。

我家的不正常不仅表现在对蓝的怪癖的接受上——我们并没有像其他正常的家庭那样，一劳永逸地将它送到兽医院，而且，蓝身上这恼人的特点反倒成了我们快乐的源泉——事实上，成了一个有趣的游戏。大多数人可能会正确地认为，蓝对于我们的四肢甚至生命来说都是一个持续的威胁，因此，无论从哪个方面讲，没有它的世界将会更好些。然而我的家庭却对这个游戏乐此不疲。我想，除我之外，我家每个人身上都有因蓝的怪癖而带来的疤痕，而且绝不仅限于后腿或臀部——蓝还有着其他怪癖。我是唯一得以幸免的，只是因为在它到来之际，我刚好离家上大学。然而这些疤痕并非用来博取关心或同情，而是供大家温柔地加以取笑的谈资。

疯狂当然是会在家庭中传染的；若想让我逃过此劫是不可能的。几年前，我在法国一个村子里和附近的一头阿根廷杜高犬每天都要玩一个游戏。杜高犬是高大而强壮的白色狗，像放大版的斗牛犬，是被英国的《危险犬类法案》[1]列入禁止饲养的犬种之列的。当它还是一只小狗的时候，每每看到我，都会冲

---

1 《危险犬类法案》（*Dangerous Dogs Act*），1991年英国立法限制饲养对人，尤其是对小孩有可能造成伤害的危险犬类。

到它的花园围栏边上，跳起来等我抚摸。随着它长大，这个习惯依然不变。但从某一个阶段开始，它显然觉得，综合各个因素，咬我一口也不是什么坏主意。而对于我而言，幸运的是，尽管杜高犬是高大而强壮的犬种，它们的动作却并不迅速。而且它们也并不聪明：当它在思考咬我的可能性与后果的时候，我几乎已经可以看出它心里在打什么算盘了。就这样，我们每天玩着同样的游戏。当我走过，它会跳到栏杆旁，我会拍它的头；它会先享受几秒钟被抚摸的时光，用鼻子在我的手心闻来闻去，快活地摇着尾巴；但紧接着它的身子便会僵挺起来，同时噘起嘴——这时它会猛地向我咬来。说实话，我觉得这显得有点漫不经心。它喜欢我，只是出于对我俩关系的考虑（我们将会看到，它完全有理由不喜欢我的随从们——尤其是其中的一个），它觉得有责任这样做。我会及时地把手抽回来。它的嘴会在空气中啪的一声合上；我会向它告别并祝福它明天好运。我不认为我这是在欺负它。这只是一个游戏——而且我很好奇它到底要过多久才会停止咬我的企图。可它从未停止。

总之，我从未惧怕过狗。这也自然地转移到我对狼的态度上。我就像问候一条大丹犬那样向育空打招呼——轻松而友好，但依然礼貌地遵循了外交礼节。育空的反应与蓝迥然不同，甚至一点也不像我的朋友杜高犬。它是一头好脾气的狼，自信而外向。但当然，即使是最好的动物，也可能会误解你的用意。

一条狗咬人的最典型理由是——我怀疑这也适用于狼——它们找不到你的手了。人们喜欢靠近去抚摸狗的头与颈。当看不到你的手时，狗会变得紧张，怀疑你将攻击它，因此才会咬你。这种出于恐惧的咬人，是最常见的一种。所以我先让育空嗅了嗅我的手，然后抚摸了它前部的脖颈和胸脯，直到它开始熟悉我。我们一见如故。

布朗尼的妈妈，锡特卡（Sitka）——我猜这名字来源于某种云杉树——同育空一样高，然而四肢修长，一点也不显得笨重。它看起来更像一匹狼，至少跟我在照片中看到的那些狼一样。狼有许多亚种，狼主告诉我，锡特卡属于加拿大西北部的阿拉斯加苔原狼。不同的体态特征宣告着它们所属的亚种不同。

锡特卡正因围在它脚旁跑来跑去的六只“小熊”而忙得不可开交，丝毫未理会我。小熊是我想到的对它们最恰当的形容——又圆又软，浑身毛茸茸，没有任何棱角。有的是小灰熊，有的则是棕色的。三只公的，三只母的。我本来只打算过来看看它们，然后回到家认真而冷静地思考一下，我是否真的要担负起养狼的责任来；如此种种。但当我看到这些小狼崽的时候，我知道我一定要带一只回家——就在今天。事实上，我迫不及待地拿出了我的支票簿。当卖主告诉我他们不接受支票时，我以平生最快速度开车到最近的自助取款机提了款。

选一只小狼崽比我想象中要容易。首先，我想要只公的。这里有三只。最大的那只公狼——实际上是最大的一只狼崽——是灰色的。我敢说，它长大以后会同它的爸爸一模一样。以我对狗的了解，它今后会是个麻烦制造者。它全然无所畏惧，活力十足，支配着它的弟弟妹妹们，注定会成为一个控制欲很强的大男子主义者。蓝的形象在我眼前一闪而过，又由于这是我的第一匹狼，我决定谨慎再谨慎。于是，我从狼崽中选中了那只第二大的。它是棕色的，这让我想起了狮子的幼崽。就这样，我给它起名布朗尼——在威尔士语中意为国王。毫无疑问，若他知道这本是一个猫类的名字，一定会感到羞辱的。

无论从哪个方面看，他与猫都没有共通之处。他更像你在探索频道看到的那种灰熊的幼崽，在阿拉斯加的迪那利国家公园里跟在母亲后面到处转悠。当时六个星期大的他，棕色的毛中夹杂着黑色的斑点，不过从尾巴一直到口鼻底下的下腹部是淡黄色的。而且，就像熊崽一样，他很厚重：大脚，骨骼粗壮的腿，以及大大的脑袋。他的眼睛是深黄色的，就像蜂蜜——这个特征从未改变过。我不能说他很“友好”，至少绝无小狗的那种友好。无论从哪个角度说，他都不能算热情地、急于去讨好你的那种动物。相反，多疑在他的性格中占主导成分——这一点，他之后对任何人都没有改变过，除了我。

说来奇怪，我可以回忆起所有这些关于布朗尼、育空以及锡特卡的事。我还记得自己把布朗尼举到面前，凝视他黄色的狼眼。我也可以记起将他捧在两手之间的感觉，他的皮毛是那么的稚嫩柔软。我还依稀记得育空用后腿站立，俯视着我，它的爪子扒在狼圈的门上。我也记得布朗尼的兄弟姐妹们在围栏里跑来跑去，彼此绊倒后又高兴地跳起来。但对于将布朗尼卖给我的那个人，我几乎什么也不记得了。有些事情已经开始；随着岁月的推移，它们将变得越来越清晰。我已经开始忽略人类。当你拥有一匹狼时，它们会以狗鲜能做到的方式占据你的生活，而人的陪伴对你来说越发显得无足轻重。我记得关于布朗尼，以及他的爸爸妈妈、兄弟姐妹们的每一个细节——它们看起来是什么样的，摸起来是什么感觉的，它们都做了什么，发出了什么声音。我甚至能忆起它们的气味。这些细节，至今生动、复杂、丰富地存在于我的头脑中，鲜明如故。但关于它们的那位主人，我只记得轮廓，记得一个大概。我记得他的故事，至少我觉得是这样的，但是我不记得这个人。

他从阿拉斯加搬来，带着一对饲养的狼。然而买卖或者饲养纯种狼是违法的——我不确定是州法还是联邦法。你可以买卖或者饲养狼与狗的杂交品种，但后者纯度最高不能超过96%。他向我保证，它们事实上就是狼，不是狼狗。既然几小时之前，我从来没有想过要养一只狼狗，所以我并不在意这个。我付给他从自动取款机取来的五百美金（这几乎使我的银行账户所剩无几），然后就在那个下午带着布朗尼回家了。从那里，我们开始探讨相处之道。

3

在内心炽热的破坏性冲动爆发了十五分钟之后，布朗尼陷入了深深的抑郁之中，藏在我的桌子底下不肯出来吃东西。这样的状态持续了几天。我猜想他是因失去了兄弟姐妹而恐慌。我为他难过，也觉得非常内疚。我想，当初要是把他兄弟姐妹中的一只一同买来与他做伴就好了，但我完全没有钱了。然而，一两天后，他的情绪开始好起来了。当他打起精神后，我们共同生活的第一条原则便变得越来越清晰——事实上，是非常清晰。那就是布朗宁绝不能在任何条件下独自待在房子里。倘若不遵循这条原则，我的房子与物品将会遭遇灾难性的损失；而之前那窗帘与空调管的命运只不过是他破坏能力的一个温柔的警告。这样的命运同样会降临在所有的家具与地毯上，后者可能被弄脏。我由此知道了狼非常容易变得无聊——仅仅三十秒钟的独处就足以达到这个目的。当布朗尼觉得无聊的时候，他会咬东西，或者在上面撒尿，要么先咬东西再在上面撒尿。极个别情况下，他会先撒尿然后再咬它们，但我觉得这只是因为他兴奋过头，以至于全然忘了他已做到哪一步。但不管怎样，结果就是，我无论去哪儿都得带着布朗尼。

当然，当我们将狼作为问题主体，那么这个“你去哪儿我就去哪儿”的规则便排除了大多数赚钱的职业。这也是我告诉你们永远不要养狼的众多原因之一。然而我很幸运。首先，我是一名大学教授，至少我确实不需要经常去工作。更有利的是，收养布朗尼时正值三个月长的暑假空隙，我完全不需要去上班。这给了我充裕的时间来准确地认清布朗尼无止境的破坏欲，并为他准备这场显然是强迫性的“工作旅行”。

有人说，训练狼是不可能的。他们完全错了：你可以训练任何动物，只要掌握了正确的方法——而这恰恰是最难的一点。若说训练狼，有太多错误的方法，而就我所知，仅有一种是对的。但这和训练狗的方法没有什么不同。也许，人们最大的误解就在于，认为训练是一件很自我的事。他们认为这是一场意志的角逐，而狗最终被迫屈服。确实，当我们在说“使某人就范”的时候，心里想的就是这么一回事。这类人所犯的错误就是把驯狗这件事看得太主观了。狗所表现出的任何不情愿都会被他们视作对自己的蔑视，对他们男子汉气概的侮辱（男士通常都是这样来驯养狗的）。然后，当然，他们会变得凶狠。驯狗的第一条原则是，或者说应该是，不掺杂任何主观色彩。驯养并不是相互间意志的较量，如果你这么想的话，那你就大错特错了。倘若你要用这种方式训练一只凶猛的大型犬，它会有百分之百的概率成为一条一点也不友善的狗。

一个相反的错误就是，认为狗的顺从可以不通过控制而只通过奖励来得到。奖励有很多形式。一些人过分地向狗嘴中塞入食物，仅仅因为它们完成了最简单的任务。这带来的最显而易见的后果就是，当察觉到附近没有可以得到的奖励时，或者当其被诸如其他猫、狗或是慢跑者等比奖励更有趣的事物分散了注意力时，主人喂出的这条胖狗会拒绝服从命令。但更常见的情况是,这种“奖赏”被一种强加于狗的唠叨形式展现出来：“好孩子”“你是个聪明的孩子，所以呢？”“这边走哦”“跟我来”“你是条多么聪明的狗呀”——如此种种。在说这些话的同时，他们经常还会拽一拽狗链，用以加强表达。这种方式实际上绝非训练狗所应该用到的方法，也绝无一丁点可能在狼身上起效。如果你跟你的狗说个不停，或者漫不经心地拽着它的绳子，它并不需要看着你。实际上，你在做什么同它一点关系都没有。它会随着自己的心意做事情，因为它确信你会让它知道正在发生什么——它可以选择回应或是无视你的信息。

那些认为可以买到狗的顺从的人——我总是听说有这类人的存在——他们总是觉得狗从根本上说愿意去做它们“主人”喜欢的事情（也就是说总是意在讨好），所以他们需要做的只是准确地表达出自己想要什么就行了。这种想法自然是荒唐的。就像你不愿屈从于任何人，你的狗也是一样。它凭什么要听你的呢？训练狗的关键在于，让它明白在这样的情况下，再无其他选择了。这并非因为它觉得自己在意志的较量中是失败的一方，而是由于你在训练过程中必须表现出的不可动摇的坚定态度。如若你是想较量意志，你会对狼说：你得照我说的做，我不会给你其他选择。但驯狼时所应有的态度是，你得照这种情形所要求的来做，你别无选择。你并不是在回应我；你回应的是这个世界。这或许对于狼来说只是微不足道的安慰，却可以将驯狼者置于一个应有的位置上——并非一个无论如何都得服从的支配者，或是武断的发号施令者，而是一个帮助狼去明白这个世界的要求的指导者。在所有训练狗的方式中，科勒（Kohler）提出的这种方法将训练的态度提升到了艺术的层面。

当我六七岁，还是一个小孩子的时候，曾和小伙伴一起去看周六早上的电影演出。妈妈会给我 10 分钱，然后我们走几英里的路到城里。那时 5 分钱买一张电影票，3.5 分买一听麦可乐（MacCola）。麦可乐也不是麦当劳的——那时麦当劳还没有落户威尔斯——而是鱼商连锁店“麦克鱼”（MacFisheries）出售的。对于那段时光，我只记得其中一部电影的一个镜头，就是《海角一乐园》（*The Swiss Family Robinson*）中，两只大丹犬断然拒绝了一头老虎不怎么讨人喜欢的示好。这个镜头显然令我记忆深刻，毫无疑问是因为我从小跟大丹犬一起长大。这一幕正是驯兽师威廉·科勒的作品。那时刚六岁的我一定不会相信——但肯定会很高兴——二十年后我会用到科勒的这个方法来训练一匹狼。

这件事的发生源于我在生活中偶然碰到的一件事。几个月前，我在亚拉巴马大学的图书馆偶然看到了一本书：薇奇·赫内（Vicki Hearne）的《亚当的任务》（*Adam's Task*）。赫内是一个将自己的职业同哲学爱好结合起来的驯兽师。我身边很少有这样的人。不过，她作为驯兽师确实比做哲学家好得多——她的哲学看上去大部分来自奥地利哲学家路德维希·维特根斯坦提出的语言哲学，且是较为混乱的版本。尽管如此，我还是觉得她的书写得实用而有趣。如果说她的哲学用语显得有些含混，那么有一点她却说得绝不含糊：威廉·科勒是四海之内最出色的驯狗师。因此，当布朗尼出现在我面前时，我知道该怎么做了——让哲学家们团结起来吧。

让我悄悄地告诉你，我认为科勒精神有些不正常。而且，在有些地方，他的训练方法有些过分，因而我并不打算全盘采用。例如，如果你的狗坚持要在花园里挖洞，科勒的指示就是在洞中灌满水然后将狗的脑袋摁进去。这样连续做五天，不管你的狗之后还打不打洞。这个方法的目的是让你的狗对洞产生厌恶心理。它基于可靠的行为学原则，因此也差不多是有效的。这或许是美国军队在阿布格莱布（Abu Ghraib）监狱折磨反叛分子以及一些可怜的旁观者时用的手段吧。（我没有在科勒的书中找到任何对狗施以水刑的说法，但我猜他会持赞成态度。）

科勒的建议在布朗尼的“挖洞期”应该会很适用——这个时期持续了将近四年——这期间我的花园不止一次变得跟索姆河[1]一样。但我从未想过用此方法：我对布朗尼的爱甚于对花园的在乎。而且，我逐渐发现了这壕沟一般的地形的魅力，并开始喜欢上它。

然而，撇开这种过分的方式不谈，你会发现科勒的方法大体上基于一个简单而有效的原则：你必须让你的狗或是狼看着你。训练布朗尼的关键便是——我实在感谢科勒正确地提出了这一点——冷静而决绝地让他看着我。让动物注视着你在做什么，从而让它从你这儿得到指示，这是训练策略的基石所在，无论是对于狼还是狗。但对于狼来说尤为重要，也更难做到。狗会很自然地这样做；而狼必须被说服。其原因可从两者不同的历史中来寻找。

4

在过去的几十年里，有许多研究旨在测试出狗与狼哪个更聪明些。在我看来，这些研究最终指向同一个结果：哪个都不比对方更聪明。狼与狗的智力体现在不同的方面，这是由不同

1 1916 年 6 月，英法联军与德军在法国索姆河区域爆发了会战，这是第一次世界大战中规模最大、死伤最惨烈的阵地战。——编者注

的环境导致的，因此是针对不同的需要与要求做出的回应。通常来说，应该这样设想：在解决问题的任务中，狼表现得比狗出色；而在需要训练的任务中，狗的表现比狼要好。

解决问题的任务需要动物进行某种程度的“从手段到目的”的推理。例如，密歇根大学弗林特分校的一位心理学教授，哈里·弗兰克（Harry Frank），报告了他的狼是如何学会打开自己狼窝的门，走到外面去的。若想打开这扇门，需要先将门往与自己相反的方向推，然后转动把手。弗兰克报告说，一只爱斯基摩犬住在同样的设施条件下，六年来，它每天要看这扇门被打开好几回，却从未学会自己打开。一只狼与爱斯基摩犬的杂交狼狗用了两周学会这项技能。而这匹狼仅一次就了然于心，且它采用了同那条杂交犬不一样的方法：后者使用自己的肌肉，而它只用了脚爪。看起来它明白了开门的原理，以及如何解决这个问题，而不是一味地模仿狼狗的行为。

一次又一次的测试证明，狼在“从手段到目的”的推理方面要比狗出色得多。而在需要指示或训练方面的测试中，它们却远逊于后者。在这种类型的测试中，举一个例子，狼与狗只要看到灯闪一下，就需要做出一个向右转的动作。狗可以通过训练做到这一点，但狼显然不行——至少在测试的过程中无法做到。

在第一个例子中，需要解决的是机械性的问题。最终希望达成的目的，是进入院子里，而只有一种可能的方法来实现这一个目标：以正确的方式与顺序来操纵门把手。但在一个训练测试中，在闪烁的灯与右转之间并没有机械性的联系。为什么是向右转而非向左转呢？为什么要转呢？闪烁的灯以及接下来所要求的行为之间是很随意的。

很容易看出，为什么狼与狗之间存在着这样的差距。狼生活在一个机械的世界里。如果一棵倒下来的树勉强支在一块圆石上，非常危险，那么狼会知道不应该从树下走过。它知道这一点是因为，在过去，那些不能认清这一点的狼更有可能被掉下来的物体砸得粉碎。因此，那些知道树木、岩石与其间的危险性的狼更容易把基因传给下一代。这样说来，狼所处的环境要求它们具有机械性的智力。

现在拿狗的世界来做对比。狗住在一个对它们而言充满奇迹的，而非机械性的世界。当我出差的时候，会打电话给我的妻子艾玛。当我们的德国牧羊犬与爱斯基摩犬的混血儿尼娜，听到我的声音时，会表现得非常激动，开始边吠边跳。而如果艾玛把话筒伸过去，尼娜会非常热情地舔它。狗很能适应奇迹。谁会想到，当拿起桌上那个奇形怪状的东西时，那位雄性首领的声音就会从天而降呢？又有谁会想到，轻触一下墙上的开关，黑暗就立刻被光明取代呢？世界对于狗来说并没有机械性的意味。即使有，这种操控也超出了狗的能力范围。它够不到灯的开关，无法拨通电话号码，更不能把钥匙插进锁眼里。

在这里我应该小心一些，不要跑题，以免开始给你上一堂关于具身（embodied）认知[1]与嵌入（embedded）认知的课程。在我的教授生涯中，最为人所知的是提出这项有关思想的观点：我们的想法是基于对周遭世界的认知并嵌入其中的。思想活动不仅仅发生在我们的大脑中——并非仅是脑部的运作过程，而是涉及我们在这个世界上的活动，尤其是对环境结构的操作、改变与利用。现在，这门课程已经全力开展起来了。这个观点的先驱是苏联心理学家列夫·维高斯基（Lev Vygotsky），他和同事安东·卢里亚（Anton Luria）证明了记忆等脑部运动在外部存储信息设备不断发展的情况下是如何改变的。随着我们越来越依靠文字来作为储存记忆的方式，原始文明突出的自然记忆功能逐渐退化。在进化的时间轴上，文字的发展当然只是近期的现象。尽管如此，它对记忆以及其他脑部活动的影响是深远的。

长话短说：与狼相比，狗被嵌入在一个非常不同的环境中。因此它的心理作用及能力也被以不同的方式塑造。突出的一点

---

1 具身认知（embodied cognition），心理学中一个新兴的研究领域，亦称“具体化”（embodiment），主要指生理体验与心理状态之间有着强烈的联系。——编者注

便是，狗不得不依赖我们。不仅如此，它还发展出了利用我们来解决不同问题，诸如认知问题的能力。对于狗来说，我们是很有用的信息获取装置——人类是狗外延思维的一部分。当狗遇到一个解决不了的机械性问题时，它们会怎么做呢？它们会寻求我们的帮助。就在我写这句话的时候，想到了一个简单但生动的例子。尼娜希望到外面的花园去。然而在发现自己打不开门以后，她站在门边，望向我。如果我看到了她，她会出声轻吠。真是聪明的女孩子！狼所生存的环境决定了它们在机械方面的智力。但是狗的生存环境让它们拥有了利用我们人类的能力。为了做到这一点，它们需要先读懂我们。当一条聪明的狗遇到一个不能解决的问题时，它会做的第一件事便是看主人的脸。对于生长在一个充满奇迹的世界中的狗，这是自然而然的事。但是狼不会这样做。而训练好一匹狼的关键就在于，让它学会这样做。

5

当然，这不过是事后诸葛亮。那时我并不知道这些。在我第一次出版有关这个话题的书时，布朗尼已经是一匹老狼了。而如今，我仍在不断更新着自己的观点。不过，有趣的是，正是通过这么一个多年来自己发展出来的理论，我才明白了为什么我选择的训练布朗尼的方法这么有效——而且我止不住想，是不是训练的过程使得我在后来发展出了正确的理论。如果是的话，也许这又是之前提到的一个偶然性的巧合了吧。

依照科勒的方法，布朗尼的训练就这样开始了。我找到一段15英尺[1]长的绳子，编成狗链。然后我们走到宽阔的后花园去，在那里，我设了三个明显可见的标志——钉进地里的长木桩。我将绳子的另一端系在布朗尼的颈圈上。不要听信别人对你说的，颈圈有多残忍：它们对于有效的训练来说是很重要的，因为它们向狗传达了“需要做什么”的信息。相比之下，一般的狗链并不精准，因此也需要花更长的时间训练。我会从一个标记走到另一个标记——时间与所选择的木桩都是任意的。我无动于衷地做着这件事，并没有看布朗尼，或者在意他的存在。

一个成功而睿智的训练要具备的因素之一，就是换位思考。有些哲学家依然在问“动物有没有思想”这个问题——它们能不能思考、相信、推理，甚至说有感觉？这很讽刺，而且对我来说非常可笑。他们应该从故纸堆中爬出来，尝试训练一条狗。训练总会给你带来一些意想不到的事情。你的狗不做它应该做的事；你不能从任何一本书里寻找到答案——即使是像科勒写的那样细致而全面的书。唯一的途径便是尝试去爱你的狗。如

1 英尺，英制长度计量单位，1英尺约合0.305米。——编者注

果你这样做了，便能经常知道自己该做什么。

现在，从布朗尼的角度来考虑问题。如果他向某个方向猛跑过去，那么只能有 15 英尺的强大冲力，然后就会突然被勒停。倘若我此时正在向同他相反的方向行走，那么情况会更加令他气恼。很快——是非常快——他就发现如果想要避免这种不快，他就应该注意我行走的方向。最初，他只在绳子极限的那一端观察。但这样的话，难防我的突然转身——我确实会这样做。所以他离我更近了一些，并试着在我的前头走——足以转头用余光看我在做什么。这样显然也很糟糕。我会突然转向他，冷漠而非残酷地用膝盖抵住他的肋骨。于是之后他开始在我后面走——真是个聪明孩子。我通过突然停下，然后转头走向他，并踩在他的脚上来纠正这一点。然后，理所当然地，他在走的时候会尽量远离我。但这样一来他又一次跑到了链子的尽头，这使得他很容易被我的突然转身反向走开所影响——当然我就是这么做的。于是我们又回到了开始。这一切都是静默而冷静地进行的。狼若犯错绝不是针对个人的，你也决不能大发雷霆。很快，布朗尼倦怠了所有与我作对的可能性，他所能做的只剩下乖乖听话。于是他开始顺从。

人们——包括养狼者——告诉别人：想训练一匹狼戴着链子行走是不可能的。这些人往往都会把自己的狼、狼狗或是狗锁在后院里。以我所见，这是一种犯罪行为，监护人应该受到起诉（这当然有益于让他们站在狼的角度思考问题）。事实上，布朗尼只花了不到两分钟就愿意被牵着走了。其他人说狼难以被驯服，而这也只另外花了我十分钟。

一旦掌握了拴链子走路的要领后，再教布朗尼不戴链子走路便变得格外容易——关键在于他已经明白了自己应该做什么。首先，我先试着不给他解开链子，但也不再拽着。然后，当这获得成功后，我们便开始完全不用链子了。在这个过程中，链圈的使用非常重要。这是一种小版的项圈——事实上我不过是将小型狗使用的项圈用在了布朗尼身上。如果布朗尼挣脱，我就会先把这项圈弄得嘎嘎作响，然后猛掷在他头上。击中的时候，疼痛感很强烈，不过很快就会消散。而且，当然不会造成任何持续的影响。我是如何知道这点的呢？由于对科勒在这方面的描述持谨慎态度，我先让一个朋友把项圈扔到我身上几次。很快，布朗宁就能够将嘎嘎的响声同之后将经历的不快联系起来，这时就没有什么必要再将项圈掷向他了。我用了四天（每天两次，一次 30 分钟）来训练他在不被牵着的情况下乖乖走路。

我只教给他我认为他需要知道的东西。我从来不觉得教他耍把戏有什么必要。如果他不想躺在地上打滚，那么我为什么要要求他这样做呢？我从来不花精力去教他坐下——在我看来，无论坐还是站，都完全是他自己的选择。跟在我身后走变成了他不假思索的预设行为。至于其他的，他只需要懂得四件事——

走去四处闻一闻——“去吧！”
待在原地不要动——“待着！”
到我这里来——“这儿！”

以及最重要的：
不要碰那个东西——“走开！”

每一个命令用的都是喉音，听起来就像咆哮。之后我们开始练习使用响指和手势。到夏天结束的时候，布朗尼对于基本的口头语言以及肢体语言已经相当——我不敢说完全——在行了。

我知道，对于这一点我有些沾沾自喜，不过这样的训练确是我给布朗尼的最好的礼物，可以说在我人生中“做得绝对正确”的几件事中熠熠发光。有的人认为训练狗，甚至说训练狼是残忍的，就好像打破了它们的灵魂，或者将使它们被永远地恐吓住一样。但是，与此相反，当一条狗或狼知道自己该做什么，不该做什么，信心会大大增长，随之而来的，也会更为镇定。就像弗里德里希·尼采说过的那句铁一样的真理，那些不能够约束自己的人，很快就将被他人约束。而对于布朗尼来说，我的责任就是做他的那个“他人”。不过约束与自由之间的联系是深刻而重要的：约束是自由最有力的助推，而非障碍。没有前者，就谈不上真正的自由，留下的只能是放纵。

在接下来的十年中，我们总能在散步时遇见有些狗主人牵着他们的狗——通常是哈士奇或者爱斯基摩犬这样类似狼的犬种，并解释说如果不这样，狗就会冲到远处，很难再把它们牵回来，甚至可能就此再也看不到它们了。这很有可能是真的，但其实完全没有必要如此。那之后，在我们住在爱尔兰期间，每天都会从田间的羊群中走过，这时布朗尼也是没被牵着的。我承认，第一次这样尝试的时候，自己还是有点紧张的，尽管也许羊儿们比我更紧张。而在我们相处的整个过程中，我从未对布朗尼大喊过，也从未打过他。我确定无疑的一个信条便是：如果一匹狼被训练得可以完全无视自己本能的猎物，那么狗也可以被训练得呼之即来。

正如你将看到的那样，布朗尼将继续着这样一种对于狼来说前所未有的生活。之所以如此，是因为我能够将他带到任何地方，而我也确是这样做的。诚然，这样做的推动力是考虑到在我因讲课而不能照顾他的早晨里，他有足够的精力让我的房子变成瓦砾。不过，我们之所以能一同过着如此有意义的生活——而非把他圈在后花园中并将之遗忘——全都得益于他学会了一种语言。若不是这种语言，他绝不会拥有这样一种生活结构，也因此绝不会得到满满的可能性。布朗尼学会了这种语言。而既然他已经要在这样一个充满奇迹，而非机械性的人类世界中生活，这样的语言便让他获得了自由。

6

当然，前所未有的生活并不一定就是好的。经常有人这样问我：你怎么能这样做呢？怎么能把一只动物从自然环境中带离，强迫它过一种完全非自然的生活呢？问这种问题的往往是这样一类人：一个自由的中产阶级学者，以生态主义者自诩，却从没有养狗的经历或相关知识。不过抛开对问这些问题的人的中伤，只看此问题本身，也就是避免在哲学中所谓“对人不针对事”[1]（ad hominem）的谬误。这个问题本是一个很好的、值得探讨的问题。

首先，我觉得我得指出，布朗尼并非出生在野外，他生下来就是带着束缚的。如果没有父母的训练而将他放生到荒野，

---

1 ad hominem 源于《圣经》，解释为“属肉体（人）的”，与“属灵的”相对应，后来“感情用事的”“带个人色彩的”等意思都是从这里引申出来的，ad 是一个介词，相当于 belong to，hominem 是业格。现在在哲学中，ad hominem 一般解释为人身攻击，意指针对论者而非针对论点的讨论。

他一定会很快死去。不过这并没有很好地为我开脱。从付钱买下布朗尼起，我就在维系着这样一个将狼哺育在束缚中的系统，如此一来，便剥夺了他依本性生存的机会。所以现在，问题变成：我怎样证明这样做的合理性？

我认为，能够支持这个问题的回答是：狼只有在完成了自然需要它做的事时，才会得到真正的快乐。这样的主张也许看起来明显是正确的，但事实上很难解释清楚。首先，"自然的需要"是一个很复杂的概念。自然需要狼来做什么呢？或者说，自然需要人来做什么呢？确实，我们能从哪个角度说自然能够"要求"某物做什么呢？根据进化的理论，我们有时候会用比喻的方式来说自然需要什么，但这种讨论从根本上来说归于这一点：自然要求生物传递它们的基因。我们所能为"自然的意图"赋予的实在性的意义，也只能依靠成功的基因来传递此概念。像狼这样的动物之所以会选择打猎与群居生活，也是为了满足这种基本的生物需要而采取的策略。然而，即使是狼，也可以采取各种不一样的策略。在历史发展的某一个节点上，由于尚不明了的原因，狼融入了人类的群体中，变成了狗。就"自然的意图"而言，这就是其意图的一部分，同狼继续为狼没有什么不同。

我从哲学中学到了这样一个有用的技巧：当某人下一个断言的时候，要试图去发掘这个断言的预设前提。因此，如果有人说，狼只有在参与符合自然本能的活动时，例如捕猎、群居，才能够过得快活的话，那么这种断言的预设是什么呢？如果我们仔细分析的话，我们看到的也许是——至少就大部分而言——人类的傲慢的表达。

萨特曾经定义人的概念，他认为对于人类来说——也只有对于人类来说——存在是先于本质的。这是后来被称作存在主义哲学思潮的奠基性原则。萨特认为，人类就是“自为存在”（being-for-itself）的所在；而与此相对的其他任何生物，都不过是“自在存在”（being-in-itself）。他还重复地讲到，人类是以存在为目的的所在。他的意思是，人类需要选择自己的生活，而非依赖于先天的规律或是原则——无论是信仰、道德、科学还是其他任何东西——来告诉他们需要怎样做。即使选择了这些原则中的一种，比如道德或宗教准则，也只不过是其选择的表现形式罢了。所以，无论你做什么，怎样生活，终究是个人自由意志的表现。就像萨特说的，人生来注定自由。

但萨特还说，这件事的另一面在于，对于人来说，任何事都是不自由的。其他事物，甚至说其他生物，可以只做它们本就应做的事。如果说上千年的进化规律将狼塑造成了这样一种依靠打猎与群居生活而生存的物种，那么这已经为狼提供了唯一合理的生存形式。一匹狼不需要为了存在而存在，它可以只依照自己的本质而存在。在我们的问题——“你怎么能这样对布朗尼？”——中，便存在着这样的预设：狼的本质先于存在。

当然，萨特对于人的自由的论说的正确性还有待探讨。不过我感兴趣的地方在于“存在的灵活性”（existential flexibility）这样一个整体的概念。为什么是人，且只有人，有能力过形形色色不同的生活，而其他生物却生来注定成为遗传法则的奴隶、自然历史的仆人呢？除了人类傲慢性的残余，还有什么可以作为这种想法的基础呢？几年前，在预备一大早飞往雅典的前一个晚上，当我坐在位于盖特威克机场[1]的一个旅馆的露天啤酒馆里时，一只狐狸走近我，像一条狗一样坐在离我不过几英尺远的地方，耐心地等着我扔些什么食物给它——我当然这么做了。服务员告诉我，它是这个旅馆里的常客——显然，也经常光顾其他旅馆。那么，请你试图告诉这只狐狸它的天性要求它捕捉老鼠，或者告诉它，与我们不同，它的本质先于存在，也并不会为存在而存在。

当我们认为狐狸的自然本性只限于捉老鼠的时候，实际上是在贬低它。当我们对它们的存在（就像萨特所说的）怀有这样一个局限性的想法时，实际上低估了其机智与随机应变的能力。狐狸的天性是随着历史与命运的变化而不断改变的。因此，其存在，也就是狐狸的本质，也在随之改变。

1　盖特威克机场（Gatwick Airport），伦敦第二大机场。

当然，我们不能简单地排除自然的限制。倘若把一只狐狸日复一日地关在笼子里，它是无论如何也不会感到快活或满意的。狼也不能。换作我也一样。我们都有某些历史赋予自己的基本需求。但若因此说狼与狐狸只不过是披着动物皮毛的提线木偶，任凭历史来操纵系在它们身上的线，这样的推论是没有道理的。它们的本质也许限制了存在，但并没有决定后者。就这一点来说，狐狸、狼与人是没有什么不同的。我们每个人的生命，都像是在玩着发到自己手中的牌。有时这一手牌太差劲，我们对之束手无策。有时则并非如此——然后要看个人的发挥。如今发到狐狸手中的牌便是，急速的城市扩张占据了它原有的自然栖息地——尽管这个术语很长时间以来已经没有什么实质性的意义了。我想，我的这位狐狸朋友，就将这手牌玩得相当出色，这一点仅从它在桌间穿梭的方式就可以判断——它只在有食物的桌旁停留，然后耐心地坐着，直到获得需要的东西。

布朗尼同样玩着命运发给他的那一手牌，而且我觉得他玩得相当好，至少那牌并不糟糕。他本可能会像其他狼或者狼狗那样，因难以驯服而最终被关在笼子或后院。但与此相反，他有着一个多样而丰满的生活。我保证他一天至少有一次长时间散步，而且由于训练过，我完全不需要牵着他。如果环境允许，我会让他参与一些符合自己天性的活动，比如捕猎，或者与其他犬类交流。我竭尽所能不让他感觉无聊——不过不包括听我的课这种恼人的日常工作。那种认为“布朗尼会因没有做野生狼该做的事情而不开心”的观点，只不过是人类傲慢心理的一种陈腐的表现形式，它完全轻视了布朗尼的聪明与灵活性。

当然，布朗尼是追随着他一万五千年前的祖先的脚步，响应着文明的召唤，与猿类中最强大也最堕落的一支缔结了共生的，甚至是牢不可破的关系。站在遗传的角度来看，你只需要对比一下目前狼与狗的数量——粗略来看是四十万比四亿，就能知道这个策略是多么惊人的成功。认为狼依附人是一种非自然的选择者，这种观点只能暴露出他们对“自然”的浅薄无知。考虑一下野生狼那短暂的寿命——七年已经相当长了——以及通常而言的，它们悲惨的死法，城市的召唤真的并非全然的灾难。

我之所以会认为自己用来训练布朗尼的科勒式方法是绝对成功的，是因为就存在主义而言，其中反映了关于狗与它们的野生兄弟们的某些天性。撇开我对其中有些过分之处的略夸张的排斥，可以看到这一点。其信念在于，无论是狗还是狼，其本质都并非先于存在，在这一点上它们与人类并无不同。因此，我们有必要给予每只狼或狗某种尊重，而且，基于此，应给它们某种权利——道德上的权利。这就是科勒所说的“为其行为产生的后果所赋有的权利”。一匹狼并非有血有肉的木偶，听任生物遗传的摆布——至少不比人来得顺从。狼的适应力很强，虽然并非能适应所有环境，但是又有谁能做到呢？若论打好发到手中的牌的能力，狼绝不比人差。它享受学到的东西，并且渴望学到更多。它变得更强大，也因之更快活。

布朗尼是奴隶吗？难道因为我设立了其受教育的范围，因而决定了他今后行为的框架，他就成了奴隶吗？难道因为我曾在一个“普通的”综合性中学待了七年，接着在曼彻斯特大学与牛津大学各学习了两年——在那些地方，我受教育的范围也是由别人来设立的——我就变成了一个奴隶吗？如果说布朗尼是，那我便也是。但如果真是这样的话，如何界定“奴隶”这个词的含义呢？如果我们都是奴隶，那么主人又是谁？如果说根本没有主人，那么又何来奴隶？

也许这个论点并没有我本人想的那么好。也许因为布朗尼为我做的一切模糊了我的判断。有些人养狗，但在新鲜感过去了以后，便将它们锁在后院并遗忘了它们。然后，狗对于他们来说，除了负担不再有任何意义。需要给它们喂食喂水，这也就是主人与狗之间仅存的交流了——这样的事情很无聊，让人不想干下去，但又不得不做。有些人甚至觉得，既然他们定时给狗投食、喂水，那么他们已经算作很好的主人了。如果你是这么想的，那么又何必花费精力来养一条狗呢？除了每天因做不情愿做的事而带来的恼怒，你一无所获。但是，当一条狗进入你的房子，同你生活在一起，当它如此完全地融入你的生活，并成为其中一部分，这就是所有快乐所在。养狗同其他任何关系一样：你愿意付出多少，就会得到多少回报。但由于狼并非狗——因为狼有着狗所不具有的一些小缺点——你需要花更大的心力来让它融入你的生活。

7

这十一年中，我同布朗尼从未分离。尽管住所变了，工作变了，国家甚至洲际变了，我身边的人也来来去去（大多数情况下是去），但布朗尼永远在那里——在家，在工作，或是在一起玩耍。他是我早上醒来时第一眼所看到的生物——主要由于他总是叫醒我的那一个，在大概破晓时他会用湿漉漉的舌头将我舔醒——在黎明模糊的亮光中，我会感受到那模糊逼近的身影、散发着肉味的呼吸以及砂纸一般的舌头。而这是比较好的时候才有的待遇，在糟糕的日子里，他会先在花园里抓住并杀死一只鸟，然后通过将它扔到我脸上的方式来叫醒我。（与狼共同生活的第一条规则就是：永远要期待着你期待不到的事情。）清晨，当我写作的时候，他会在书桌下趴着。在他生命的每一天里，他都会和我一起走，一起跑。下午，当我讲课时，他同样会走进教室中来。晚上，当我喝着杰克·丹尼[1]时，他会同我坐在一起。

这不仅仅是因为我喜欢有他陪在身边——尽管我确实如此。大部分如何生活、如何表现自己的道理，我都是在这十一年中学到的。大部分关于生命、关于生命意义的理解，我都是从他身上学来的。如何做一个人——这点是一匹狼教给我的。他是如此全然地渗透到我生命中的每一个方面，我们是这样毫无间隙地生活在一起，以至于，正是从同布朗尼的关系中，我开始了解，甚至定义我自己。

有人说，拥有宠物是一件错误的事，因为你将它变成了自己的财产。从严格意义上来说，我认为这是对的。就法律意义（极薄弱）而言，我可以说是布朗尼的主人——尽管，在他一生的大部分时间里，我并没有任何形式的所有权文件记录，所以我并不清楚如何能在法庭上证明这一点。不过我从未被这种异议说服，因为这事实上就是一个错误的推论。它认为，如果你在法律上是一个东西的主人，那么这就是你俩之间唯一的纽带；或者，至少说，所有权的关系在你与它之间占据着支配地位。但实际上，没有什么理由能让我们相信这一点。

从根本上来说，布朗尼并非我的财产；当然他也不是我的

1　杰克·丹尼（Jack Daniels），一种美国威士忌，世界十大名酒之一。

宠物。有时，他有点儿像我的小弟弟。有时，我又有些像他的保护者；保护他在这个他不能理解，也不能够获得信任的世界中不受伤害。在那些时刻，我得决定我们接下来应该怎样做，而且，无论布朗尼是否表示同意，都得强行这样做。针对这一点，我的一些支持动物权利运动的朋友便会抱怨说，我们之间的权利是不对等的，因为布朗尼并没有就我的决定给予同意。不过，这样的指责仍是没有什么说服力。想象一下，倘若我的弟弟不是一匹狼，而是一个人；如果他还太小，不能理解这个世界，以及他的做法将在这个世界产生的后果，那么我便不能简单地放任他不管。就像我们在前面看到的那样，科勒捍卫狗对其行为产生的后果所拥有的权利。我同意；不过当然，这种权利并非完全意义上的权利：在合适的情景之中，它会被推翻。如果一条狗也许是由于无视你的指示，将要飞奔到一辆车前，这时你便不能简单地容许它去“为自己的行为承担后果”。相反地，你应该竭尽全力去保证它可以避免这种后果。如果你的小弟弟要冲到一辆车前，你肯定也会做同样的事。在常识与一般人类原则准许的条件下，如果后果不是太严重或者不会造成太大损失的话，我会让我的弟弟去承担或者享受自己的行为带来的结果，因为只有如此，他才能学到东西。不过在其他情境下，我应该尽我所能去保护他，尽管他没有对这种保护表示赞同。如果说这样做让他成了我的奴隶，这种观点像是一种忽视了保护与监禁之间的区别的极端断言。

对于人——至少是较正派的人——来说，监护的概念要比所有权的概念更能合理地解释他们与其动物同伴的主要关系。不过，对于我和布朗尼，似乎这两种关系都不太贴切。这一点决定性地区分了他以及我知道的任何其他犬类。只有在某些时候，在一些特定的情境下，他才是我的弟弟。在其他时候、其他情境里，他是我的哥哥：一个我仰慕的，而且非常想要效仿的兄长。我们将会看到，效仿他不是一件容易的事，我至多不过能做到一小部分。不过这样的愿望以及随之而来的努力激励着我。我十分确信，如果没有他，我绝对不会成为像现在这样好的人。我们能够从兄长身上得到的东西也莫过于此了。

记忆有很多种方式。当我们回忆的时候，往往会忽视那些重要的东西，而对那些明显的东西记忆犹新。鸟儿不能仅仅通过拍翅而飞翔；这只是让它保持前进的推动力。飞行的真正奥秘藏在其翅膀的形状上，这样的形状使得上表面与下表面的气流产生气压差。不过在我们早先尝试飞翔时，忽略了这最重要的一点，而只关注到了最明显的那一点：于是我们建造了拍打两翼的飞行器。我们对于记忆的理解也是一样。我们认为记忆是有意识的经验，通过它，我们回想起过去的事件或片段。心理学家将这称为情景记忆（episodic memory）。

我想，情景记忆就如同扇动着的翅膀，它总是第一个背叛我们。大多数时候，我们的情景记忆并不那么可靠——数十年的心理学研究总是归结到这个结论。当我们的大脑运动不可避免地开始长期逐渐减慢至静止时，就像鸟扇动着翅膀慢慢消失在远方一样，情景记忆往往是第一个消失的。

不过，还有另外一种更深层、更重要的记忆方式；从来没有人想过给这种记忆方式起一个名字。这种记忆将过去镌刻在你的身上，深入到你的性格，让你带着这样的性格来过自己的生活。通常，你并不能意识到这些记忆；它们往往不是你能察觉到的那一类事。但是，它们塑造了今天的你。它们显现在你做的决定、采取的行动以及因而所过着的生活中。

我们根本不是在自己能够意识到的经历中，而是在自我的生命里，找寻着那些逝者的记忆。我们的意识是善变的，无法担负起记忆这桩苦差事。记住一个人，最重要的方式就是照着因他们而所能成为的样子成长——至少做到一部分，并活出一个他们参与塑造的人生。有时，他们不值得被忆起。在这种情况下，我们存在的重要任务，就是将记忆中有关于他们的那部分擦除。但如果他们值得我们记住，那么因他们而改变自己，去过一个因他们而得以不一样的人生，就不仅仅是我们记住他们的方式了；这是我们尊敬他们的方式。

我将永远记得我的狼兄弟。

第三章　独特的不文明

它们最不会的就是撒谎。

这就是它们在文明的社会没有位置的原因。

1

八月末，布朗尼和我一起走进亚拉巴马大学，开始了我们的第一堂课。一个夏天，他已经长成了一匹动作敏捷、四肢强壮的大狼。瘦长而有棱角的他已经不是当初那只胖乎乎的“小熊”了。虽然他现在还没有六个月大，却已经有 30 英寸[1]的肩宽，以及将近 80 磅[2]的体重。我曾抱着他上浴室的磅秤称体重，他对此有些不情不愿。不过很快我就不能这样做了——倒不是因为我举不动他了，而是因为我们两个的体重加起来已经超出

1 英寸，英制长度计量单位，1 英寸约合 2.54 厘米。——编者注

2 磅，英制重量计量单位，1 磅约合 0.45 千克。——编者注

了磅秤的承重范围。他的毛色倒是没变：棕色的、点缀着黑色的皮毛，肚子则是淡黄色的。他从父母那里继承了大雪鞋一般的双脚，给人一种随时会被绊倒的感觉。但他从来没被绊倒过。鼻梁有一条黑线，从头部延伸到鼻端，依然呈杏色的双眼则是它们的画框；那双眼睛现在已经呈现狼的半张半闭的倾斜形态。在早先的那段日子里，他刚刚开始感受到体内流窜的那股力量。我给他起了个昵称“野牛男孩”，因为他有一个习惯，总是在房子周围开足马力跑圈，撞倒家中一切没有固定在地上（以及有些已固定）的物品。在夏天的那几个月中，我们离开房子之前的行动已经逐渐发展到接近一项仪式。我会先说“我们走吧！”宣布我们要离开了。而对于他来说，这便是开始自己拿手戏的提示：在客厅的墙上表演侧空翻。其方式包括：向着沙发助跑，跳上沙发，继续向墙的上方跑，等跑到不能再高了的时候，荡起后腿，转个身，然后再顺着墙跑下来。每一次我们出去前都会如是上演一番。一般来讲，他会在我什么都还没说时就开始表演这项技巧，好像是要我知道我俩又有人要去拜访，有地方要去溜达了。所以我想我可以很确切地说，在驶往学校去上第一节课的路上，自己是有些不安的。

事实是，那一早没有出现什么重大的事故。在我们进入教室之前，我带着他走的那一段长路已经让他疲惫不已，所以当他已经习惯了有其他人和他同处一室的时候，便在教室前面的桌子下卧倒，进入了梦乡。就在我差不多开始讲笛卡尔对外部世界存在的猜想提出的论据时，他醒了过来，开始转着圈攻击我的凉鞋。不过我想，所有人都同意将这当作友善的分散注意力的方式。

然而事情并非总是那么顺利。有时也会有事故发生。几周之后，或许是为了表达对讲课方式的不满，他开始在课程中间插入小憩后的长嗥。只要向学生们的方向一瞥，就可以知道学生们认可他的抱怨。其他时候，他会在过道上上下下，四处嗅嗅，伸展拳脚。一天，当他感到尤其勇敢且饥饿的时候，我看到他把头伸进了一个哲学专业女生的包里。那个女生，绝不夸张地说，是一般周围有狗就会有些紧张的那种人。几秒钟后，当他把头伸出来时，已经叼着她的午餐了。预料到今后可能会有来自饥饿的学生们的赔偿要求接二连三地向我袭来，我不得不在课程大纲里加入了一条要求。我确信，这三句话一定从未出现在之前任何的哲学教学大纲中。在紧接着阅读材料和评估手册的部分，写着如下一段话：

注意：请不要在意课上这匹狼。他不会伤害你的。不过，如果你的包中放有食物，请确定拉好拉链。

现在回忆起来，那时没有人抱怨，也没有人提出更严重的诉讼，实在是个奇迹。

下午的时候，我会从老师角色转换成学生角色。刚搬到亚拉巴马的时候，我只有 24 岁，比我的许多学生都小。我用 18 个月多一点的时间在牛津大学拿到了哲学博士学位，这有些不太寻常的快，也许可以说是独一无二的。美国的（教育）体系很不一样，在拿到博士学位之前，至少要吃力地苦干五年。而且也因为拿到学士学位要花更长的时间——较之英国的三年，需要四年以上，这意味着大多数美国人直到将近 30 岁才能进入学术研究领域工作。在我看来，这样的体制完全是老式过时的。由于学生中半数都比我年长，学生圈自然而然地成了我选择朋友的范围，而非我的学术同人们。这也并非一件坏事：学生们更有意思。

所以，当我来到亚拉巴马后，便借助自己试验并信赖的方式——团队运动，来开始社交生活。我在英国打过橄榄球，水平相当高。就像美国的许多大学一样，亚拉巴马大学也有一个橄榄球队，以当地标准来看，还是支很不错的球队；又由于美国橄榄足球协会在检查资格认证时没有多少手续（换句话说，根本没有），我得以冒充学生进入球队。几年后，当布朗尼到来，我理所当然地带着他一起去训练。所以，周一到周五的大部分下午，我俩会在布利斯运动场，就在大学里那宽阔的综合运动场的旁边。

周末的时候，会有场对阵其他学校球队的比赛，或是在本地，或是在别处。布朗尼会加入我们所有的旅途中来。当然，旅馆是个对狗充满敌意的地方，几乎无一例外——更别说狼了。不过，偷偷把布朗尼带进汽车旅馆还是相当容易的。在汽车旅馆前，起码你停车的位置就在自己的房间附近。所以只要旅馆工作人员不探头向停车处看，偷渡狼的行为一般还是不会被察觉的。这样做的结果就是，凡是你举出的那些亚拉巴马州、佐治亚州、佛罗里达州、南卡罗来纳州或是田纳西州主要大学的名字，很有可能布朗尼都去那里看过橄榄球比赛，参加过赛后派对。他在新奥尔良的波旁街上，吃过被九月初的怡人晚风熏过的鱿鱼。他也在代托纳比奇度过春假。在巴吞鲁日，有一家他了如指掌的女子俱乐部。在亚特兰大的西部郊外，有一家他经常光顾的脱衣舞俱乐部。他甚至去过拉斯维加斯，去过一年一度的夜七人制橄榄球赛——之所以有这样的名字，是因为比赛总是在晚上举行。

橄榄球运动员们很快发现了对他们而言颇为重要的事：布朗尼简直是个“少妇杀手”。事实上，他们所用的是另外一种表达方式——更粗俗，这里就不便复述了。不管怎么称呼吧，事实大概就是，当你身在一个大学橄榄球派对，且站在一匹大狼的旁边，那么根本无需多久，一些非常迷人的异性（我们称之为“橄榄球员的拥抱员”）就会走近你，说道：“我只是很喜欢你的狗。”（原话）就这样，你不需要提前准备就有了一个开场白。于是，布朗尼的御驾侧侍成为当天表现最出色的那位球员，获得像他们所称呼的MVP球员（即“最受重视球员”）的奖赏。在这种竞赛中，我被取消了竞争资格，因为我随时可以用布朗尼来达到上述目的——据称是这样的。

在学期之中，我们几乎每隔一个周末就会踏上这样的旅程——周五下午出发，开车至一个离家1000英里左右的目的地，打橄榄球，喝得烂醉，再倒在一个廉价的汽车旅馆里。在周日下午回家之前，虽然微醺且疲惫，但我们非常开心。下一个周末我们在本地比赛，但是除却开车，我们还会做其他事。这差不多就是我俩在一起后前四年的生活——我的“野牛男孩”和我。

2

狼也会玩耍——但是同狗玩耍的方式不同。狗之于狼就好似玩偶之于狗，后者玩耍的方式是在它们一万五千年的历史培育中造成的一种幼稚的结果。如果你为你的狗抛出一根木棍，那么它很有可能极为兴奋地一溜烟跑过去。尼娜，我聪明的德国牧羊犬与爱斯基摩犬的混血狗，就是木棍游戏的狂热爱好者，她会一次又一次地追着木棍跑，直到精疲力竭，如果你真让她这么干的话。我曾经无数次地试图向布朗尼证明追棍、追球或是追飞碟游戏的有趣之处。他则像看傻子一样看着我，那表情的意味显而易见：取回它？你是认真的吗？如果你那么想要那支木棍，为什么不自己去拿回来？而且，如果你那么想要它，为什么又要先把它扔掉呢？

狼之间的玩耍，对于旁人来说是一件非常惊恐的事，因为它们无法将其与打架区分开来。我一开始也没意识到这一点，直到几年之后看到布朗尼和他的女儿苔丝以及尼娜玩耍。而尼娜，除却那追木棍的癖好，已经被布朗尼熏陶得更像一匹狼，而非一条狗了。那时，对我来说司空见惯的事，会在其他的人类旁观者那里引发一阵惊叫。对于布朗尼来说，玩耍便意味着咬住对方的脖颈，将其按到地上，然后进一步猛烈地摇来晃去，就好像在甩一个布娃娃。所有这一切都是在咆哮与狂吠交错的背景音乐中进行的。然后他会容许对方扭动着挣脱，再对他做同样的事。这只是玩耍。我不知道为什么狼的玩法这么粗暴，但它们确实乐此不疲。咆哮与吠声暗示了游戏的进行。这是狼暗示自己的玩伴它们还在玩的方式——否则，这些行为与打架太接近，后者极有可能会产生误解。就我观察到的而言，在真打架的时候，狼会陷入完全而可怕的沉默。

当然，上述这些仅为狼所知，狗儿并不知情。所以，当布朗尼天真地想发起同其他狗的游戏时，结果往往是灾难性的——后者要么袭击他，要么嗥叫着缩成一团。这两种反应都让布朗尼感到困惑。只有一条狗完全“领会”了布朗尼的意图。这是一条名叫罗格的巨大而强硬的斗牛犬——它也喜欢粗暴地玩耍。

在斗牛犬中，罗格算得上体形硕大，大概有95磅；而它的主人马特，在人类之中也算得上大块头，是队里的二排前锋。斗牛犬的名声不好，但它们并非生来就是坏狗，往往是人类使它们变坏的。我们人类总是对自己生而不同的观念感到自信，并喜欢告诉自己，我们的个性是自己特殊魅力的一部分。但事实上，我认为，个性与人类的特殊性没有什么关系。狗也各不相同。有些可爱，有些则相当凶恶。当然，凶恶者中的大部分是由于我们不当的培养方式造成的。这一点，我十分确定，类似的事就发生在我们精神错乱的大丹犬——蓝生命中的前三年。不过我也觉得，其中有些是天生的，跟人一样，生来就凶。我要再强调一遍，我在这里谈的是狗的不同个体，而非品种。根据我的经验，狗的性情同其品种有一定关系，但不是很大。

既然马特没有什么太严重的问题，那么罗格的性情也是无可厚非的。说罗格总是很能理解布朗尼，这点并不准确。罗格年长几岁，当布朗尼是一只小狼的时候，是很受前者蔑视的。而且，我们将会看到，当布朗尼18个月大以后，它们之间出现了一连串新的问题。不过有那么短暂的一年，它们俩是最好的朋友。那时，大部分工作日的下午，当我们正在练习的时候，训练场的另一侧，精彩上演的模拟拳术的炫目杂技总是能分散我们的注意力。

然而，当布朗尼长到18个月大以后，他对其他狗的态度便发生了变化。如果这条狗是没有做绝育的母狗，那么不可避免地，他会试着跳到它上面，无论两者间的体型有多悬殊。（一群受过惊吓的苏格兰小种牛与约克郡狗，以及它们受到惊吓的主人们很快便明白要在工作日的下午绕开布利斯广场走了。）不过，真正的问题出现在同公狗的关系上。对于后者，他的态度要么是轻蔑的无视，要么是完全的敌意，这取决于对方体形是否大得足以构成威胁。通常情况下，这并不是一个问题，因为布朗尼受过训练，是很顺从的，如果我没有要求，他不会主动接近别的狗。但偶尔，它们会主动接近布朗尼，通常眼中还闪着某种光，这样的话，麻烦就开始了。

罗格绝对是大得构成了威胁的那一个。事实上，很难再想象出比罗格还吓人的狗了。在布朗尼接近成熟的时候，它们又开始互相仇恨，于是我们的橄榄球队会看到它们不再玩耍，而是趾高气扬地擦肩而过，两腿僵直，背毛竖立。马特和我会费尽心力不让它俩碰面，但总是难免出现失误。一个周六的下午，在准备一场比赛的时候，罗格设法弄掉了将其拴在小卡车上的链子。当时，我正在场地的中央做一些赛前拉伸运动，因此便目睹了30码[1]之外它俩的相遇。先是罗格向布朗尼发起了攻击——慢行、低伏、肌肉紧绷，充满了攻击力。布朗尼静待着，直到罗格冲上来的最后一刻，才跳到一旁。于是，现在位于罗格后方的他进一步跳上了罗格的背，猛击它的脖子与头。几秒钟之内，罗格的耳朵便几乎被撕扯了下来，血流到它的脸、脖子与肋骨上。在这极其恐怖的场景刚刚展开之际，我便从场地中央全力飞奔而去。惊慌失措的我本能地跳进了“战斗圈”，试着把布朗尼拉下来。而这犯了一个错误——一个有可能致命的错误。罗格利用这个短暂的间隙锁住了布朗尼的喉咙不放。

从这里我学到了关于劝狗架的第一件重要的事：永远不要把你的狗从一条斗牛犬身上拽下来。第二点便是：如果你愚蠢到真的把它拉下来了，然后这条斗牛犬锁住了你的狼的脖子，那么这时只有一种方法能让它松开。不要试图撬嘴，这是没用的。也不要不停地猛踢它的肋骨——这样做也没有任何效果。往它的脸上泼水。这应是你唯一的直觉性行动——唯一能够制止斗牛犬的行为，亦即能够引起其本能反应的行为，就是泼水。幸运的是，马特比我早知道这一点。

第三点是我从后来的争斗中知道的：如果你需要把你的狼从同另一条狗的争斗中拉走，那么得拽着它的尾巴或者臀部，

1　码，英制长度计量单位，1码约合0.91米。——编者注

千万别抓着脖子。如果另一条狗不是完全受惊——一般会攻击布朗尼的可不是那种会轻易受惊吓的狗——那么它就会继续反攻。而这时若你的手正放在你的动物的喉咙附近——后果可想而知。我的双手和小臂如今依然存留着缝线的疤痕，这些都是我在磨炼自己拉架技艺的过程中留下的痛苦的痕迹。

我并不想夸大布朗尼搏斗的嗜好。像那种比较重大的事故我仅凭一只手的手指就能数得清——我应该庆幸至少还有手指能证明这一点。布朗尼从未对其他狗造成重大的伤害——严格意义上来说，我指的是那种缝一两针也解决不了的事。即使是罗格，那一次经过简单的包扎也恢复得相当不错。不过我十分确信，这一点是因为我总能及时地把他拉开。而且，布朗尼很少主动发起进攻，尽管这一点是因为，在他受到的训练中鲜有这样的机会。即使在我分神时，恰好有一条狗靠近他，一场战争也很容易避免。那条狗只需要做出一些屈服和恭顺的表示。这样的结果就是，和布朗尼打架的对手往往是那些巨大而有攻击性的狗，斗牛犬和罗特韦尔犬[1]最常见，而且它们往往都是挣脱了主人的束缚，且对他没有一丝顺从之意。

其实布朗尼热衷于打架并非什么问题。问题出在他的技巧上。如果一场争斗开始了，我得跳到它们中间，努力消除双方

1 罗特韦尔犬（Rottweiler），一种凶猛的德国种警犬。

的敌意。而且，为了不让罗格事件重演，我得同时抓住两只动物。这一点，毫不夸张地说，是不容易的。但是我必须这样做，因为只要对方的狗继续打架，布朗尼就不会停止。而只要布朗尼继续打下去，那条狗必死无疑。他的动作是那样迅猛，凶猛的程度也是惊人。很难把这样一个布朗尼和早上用湿漉漉的吻把我唤醒的，或是一天中几次趴到我大腿上索抱的那只动物联系起来。不过，我永远不会忘记，布朗尼就是这两种不同动物的合体。

3

一些人说，狼，甚至狼与狗的混种，在文明的社会中都是没有位置的。对这种断言经过多年的思考后，我不得不说其结论是正确的。不过，这些人的理由并不正确。布朗尼是一头凶猛的动物，这一点不必掩饰。他对其他人类完全不感兴趣——对于这一点，我默默地，又自私地感到欣喜。如果另一个人试图跟布朗尼说话，或者像你拍别人的狗那样拍拍他，那么他会谜一般地看他几眼，然后径直走开。不过，在一些恰当的场合中，他会迅速高效地杀死你的狗。然而，他并非因为危险才未能在文明社会中占有一席之地。事实是，他绝非危险至此。我想，文明，只在极其讨厌的动物中才可能存在。只有猿猴才能拥有真正的文明。

在布朗尼大约一岁的一个晚上，我正在电视机前吃着在美国所有有自尊心的单身汉中风靡的主食——一盘加热了的、加了味精的“饿汉餐”。布朗尼卧在我的身边，像鹰一样随时注视着会否有食物掉下盘子。这时电话响了，我把盘子留在咖啡桌上去接电话。你知道歪心狼如何追逐 BB 鸟[1]最终掉下悬崖的吧？想想它刚跨出悬崖踩到半空的那一刻，当它意识到有什么很恐怖的事情发生了，而自己却没完全反应过来时——就在它开始疯狂想返回然而已经无济于事的前一刻。它站在半空，凝固如石像，脸上的表情从热切变得困惑，最终意识到自己劫数已定。这就是当我返回屋子时，正等待着我的那种场景。刚刚迅速地吞掉了我的“饿汉餐”的布朗尼，正快速地穿过屋子，准备回到他的床上。而我的归来，虽然不被欢迎，但也并非完全意料之外，让正跨着步的他当场僵住；一条腿已迈到另一条腿的前方，转向我的脸渐渐与歪心狼的样子融为一体。有时，在歪心狼落入峡谷之前，他会举起一个写着“哎呀！”的牌子。我十分确定如果布朗尼手头有这么一个标志，他也会做同样的事。

---

1 歪心狼与 BB 鸟（While E. Coyote and the Road Runner），卡通人物，最初是一款网页游戏，歪心狼总是在追逐 BB 鸟时跑向悬崖，直到踩空才意识到自己要掉下去。

维特根斯坦曾经说，就算狮子能说话，我们也无法理解它们。维特根斯坦无疑是一个天才。不过，我们得实事求是地说，他并不很懂狮子。一匹狼可以用肢体语言说话；那一刻，布朗尼很明显是在说：被当场抓住了！你也许会觉得，如果他对这种小偷小摸的行径装作若无其事，或者说漫不经心的话，也许会更好些。“我不知道你的盘子怎么变成这样了。这不是我做的。我到它跟前的时候已经是这样了。”或甚至：“你是吃完了才离开的，你这老糊涂了的家伙。”不过狼不会那么做。它们会实话实说。更重要的是，我们能够读懂它们。它们最不会的就是撒谎。这就是它们在文明的社会没有位置的原因。狼无法对我们撒谎；狗也是。这就是为什么我们自认为优于它们。

4

与狼相比，类人猿的大脑所占身体的比重更大，这是众所周知的事实——事实上，这个数据大约是20%。所以我们不可避免地得出这样的结论：论智慧，类人猿要胜于狼。这个结论并没有错，只是太简单了。所谓“更优”是一个晦涩的概念。如果X优于Y，那么这通常是就某个方面而言的。所以，如果说类人猿的智慧优于狼的话，我们需要问：在哪个方面呢？为了回答这个问题，我们需要知道猿猴的大脑变得更大的方法，以及为此付出的代价。

曾经，人们认为，智慧与否只需看在自然世界中生存的能力。例如，一只大猩猩也许会发现，把一根木棍伸进蚂蚁窝后再抽出来，可以在不被蚂蚁咬的前提下吃掉它们。这就是我们所说的机械性智慧。机械性智慧存在于理解事物之间的关系上——在这个例子里，就是木棍与蚂蚁可能产生的行为之间的关系——以及运用这样的理解来进一步达到你的目的。就像我们看到的那样，狼是拥有机械性智慧的动物，也许不如猿猴，但比狗要强。

然而，通常来讲，群居动物的大脑要比独居动物的大。为什么会这样呢？就机械性的需要而言，这个世界对两者的要求是差不多的。无论你是一头老虎、一匹狼还是一只猿猴，所遇到的机械性问题的种类都是一样的。我们由此得出的结论是，机械性的智力并不是使大脑发展的动因。这样的观察结果构成了被安德鲁·怀特（Andrew Whiten）和理查德·伯恩（Richard Byrne）——两位圣安德鲁斯大学的灵长类动物学家——称作“权谋智能假说”[1]的基础。这种假说认为，脑容量的增加，以

1 Machiavellian intelligence hypothesis，直译为“马基雅维利式的智能假说”。马基雅维利（1469—1527），意大利历史学家、政治家、思想家。他主张，为了巩固自己的统治，君主应当“为目的不择手段”，即可以采取各种残暴、奸诈、背信弃义、不顾道德的手段；他认为法律和武力是两种斗争手段，前者属于人，后者属于野兽，前者常有所不足，必须诉诸后者。（选自《中国大百科全书》）

及随之而来的智力的增长，并非由机械性的世界推动，而是由社会生活促成。

我们一定要小心，不能本末倒置。比如，你也许会想，正是因为许多生物有着更大的脑容量，并因此更聪明，所以它们才发现群居的生活更好——因为集体提供了相互间的支持与保护。也就是说，它们选择群居是因为它们变得更聪明了。根据权谋智能假说，事实却截然相反：它们变得聪明，是因为选择了群居。大脑容量的扩增并不是动物过集体生活的理由。群居动物需要做很多独居动物做不了的事。如果说机械性的智力表现在懂得事物之间的关系，那么群居动物需要的智力远不止此；它们需要理解与同胞之间的关系。这就是社会性的哲学。

例如，一只猿猴、猴子或是狼需要有留心观察群组中的其他同伴的能力。它需要知道谁是谁，哪一个处于领导地位，又是哪一个从属于它。否则，它就无法做出适当的行为，也要为此承担相应的后果。许多昆虫——蚂蚁、蜜蜂等等——也需要这样的技能。不过昆虫通过发出与接收化学信号来做到这一点：这是进化的过程中遗传下来的方式。而群居的哺乳动物用的则是另外一种途径：增加某一种方面的智能。根据权谋智能假说，是动物群居的天性，以及保持社会联系的需要，推动着脑容量与脑力的发展，而非相反。

这一点，是许多猿猴与狼共有的。然而，从历史长河中的某一点开始，猿猴走过了一段后者未走过的进化之路。个中原因，大部分专家不能确定。过群体生活带来了新的可能性以及相伴而来的迫切需要——独居生物不可能拥有的可能，也从来不用具备的需要。首要的可能性便是操纵、利用你的同伴，由此得以在投入更少的情况下获得群居生活的所有好处。这种操纵与利用是建立在欺骗的能力之上的：操控、利用它们的首要也是最有效的方式就是欺骗。而群居生活的第一个迫切需求就是由此带来的，只要你生活在群体中，就避免不了。而且，由于谁都不想投入更多，却相对其他猿猴得到更少，群体生活还需要你变得足够聪明，从而分辨出自己是否被骗。智力就是在这样欺骗别人与不被别人欺骗的需要中不断提高的。在猿猴的进化过程中，说谎的能力与识别谎言的能力相辅相成，共同提升——后者势必要超越前者。

群居带来的另外一种可能性是：与同伴结成联盟。在猿猴的社会里，联盟就是利用群组中的某些成员联合来对抗另一部分成员的方式。为了做到这一点，你需要具有谋划的能力。不过随这个可能性而来的是另外一种需要：成为他人密谋的目标，以及一个接一个联盟的受害者。这种需要并不是什么好事——于你的幸福以及长远的图景无益。如果其他人不断地密谋打你的主意，而你又不想脱离群体，那么你就必须不断地密谋对付他们。生活在这样的群体里，你作为密谋者的能力绝不能逊于别人密谋对付你的能力。正是密谋的能力使得密谋的需要不可或缺。

在猿猴与猴子的社会智力中，密谋与欺骗占据着核心位置。出于一些原因，狼从来没有走这样一条路。在狼群中，密谋与欺骗都很少出现。一些证据似乎指出，狗或许有组成简单的、极为普通的联盟的能力。但是这些证据并不充分。即使这是真的，有一件事也是很明确的：说到像密谋、欺骗这样的能力，狗与狼跟伟大的猿猴相比简直就是小孩子。没有人完全明白为什么猿猴竟然拥有这种能力，而狼却没有。不过即使我们不知道原因，有一件事也是极其清楚的：它确实发生了。

当然，这一种智力在猿猴之王——人类（Homo sapiens）那里，已是登峰造极了。当我们在谈猿猴智力的优越性，或说类人猿的智力高于狼的时候，需要牢牢记住，被比较的是这一点：猿猴之所以比狼更聪明，是因为，归根结底，它们是更好的密谋者和欺骗者。这是两者的智力产生差距的源泉所在。

不过，我们是猿类，可以做狼永远不敢想象的事。我们可以创造文学、艺术、文化、科学——我们可以发现事情的真相。狼中并没有爱因斯坦、莫扎特或是莎士比亚。或者，更恰当点地说，布朗尼不可能写这本书；只有猿类才能做到这一点。这当然是真的。但是我们还是要记住这些能力都是从哪里来的。我们在科学、艺术上的智力都不过是社会智力的副产品。而这种社会智力，与其称让我们成为阴谋与谎言的受害者，毋宁说我们本精于此。我并非是把科学与创造力简单贬低成阴谋与欺诳。或许，当贝多芬谱写《英雄》交响曲的时候，头脑中唯独没有这两者。它们也不会在潜意识中操控他来做一些见不得人之事。我在这里绝不是要将贝多芬的创作才能做一个可笑的还原。相反，我的意思是，贝多芬之所以能谱写出《英雄》交响曲，正是因为他是自然历史不断发展出的产物，这样的一种产物拥有撒谎而不被骗的能力，以及密谋却不遭暗算的能力。

倘若我们忘记了自己的智力从何而来，那么这不仅对其他生物不公平，也不利于我们自己。我们得到它，并非探囊取物。在过去漫长的进化岁月中，我们走过了一条特定的路，一条不知因何原因，从未被狼探索过的路。对于我们走过这条路的事实，无可厚非，也不值得庆幸。因为我们别无选择。在进化的路上，从不存在选择。不过，既然没有选择，也就没有后果。我们的复杂、老练，我们的艺术，我们的文化，我们的科学，我们的真理——我们这些自认为的伟大之处，都是用代价换来的。而这代价就是阴谋与欺骗。诡计与谎言就是我们优越智力的核心，就好似苹果核中盘绕的虫子。

5

你也许会觉得，关于人类独特性的叙述只是一种固执与偏狭。也许，我们确实天生就有着阴谋与欺骗的倾向，但是我们也肯定有着闪光的特质吧？比如说爱、同情与无私的精神。当然，我不是在质疑人类没有这些东西。在这方面，猿类当然也有。但我一直试图去发现的，不只是人类有什么，而是人类特殊在何处。关于只有人类拥有这些优点的观点很难站得住脚。

首先，有许多基于经验的证据表明——除了那些成见最深的行为主义者——所有的群居性哺乳动物都能够在彼此之间产生深厚感情。当狼或草原狼在各自捕猎之后再聚首时，会尖叫着，狂吠着，猛烈地摇着尾巴，向对方飞奔而去。当它们碰面时，会互舔口鼻，相拥打滚，四肢乱踹。美国野狗也是同样热情四溢：它们的会面仪式包括刺耳的叫声、苏菲派托钵僧[1]一样的摇尾舞蹈，以及近乎夸张的上蹿下跳。当大象重聚，它们会拍打耳朵，原地转圈，低沉地问候，隆隆作响。除非你固守着站不住脚的行为主义观念——一种被坚持套用在动物身上，却不用于人身上的观念——那么，在所有的这些例子中，结论显而

1 苏菲派托钵僧（Dervish），属于伊斯兰教苏菲派信徒，一生奉守贫穷的生活，以激烈旋转身体的舞蹈进入心旷神怡的状态。

易见：这些动物相互之间都抱有着深厚的感情，因此它们喜欢有他者的陪伴，且欣然于彼此的相见。

那些关于动物的悲伤的例证也同样有说服力，而且，田野调查进行得越多，其说服力就越强。在马克·贝科夫博士（Ph. D. Marc Bekoff）的《心存动物》（*Minding Animals*）这本书中，他这样描述了他在大蒂顿国家公园研究一群草原狼时发生的一个事件：

> 一天，狼妈妈离开了狼群，然后再也没有回来。它消失了。大家焦急地等了一天，又一天。一些狼紧张地踱来踱去，好似盼望着新生儿的准父母一般，其他狼则出发寻找，然而空手而归。它们在它可能途经的地方走过，闻着每一处它可能到过的地方，嗥叫着，好似在呼唤它回家。一周多过去了，狼群活力不再。它的家人在思念它。我想，如果草原狼能哭的话，它们一定早已潸然泪下。

人们也曾发现狐狸埋葬死去的同胞。还有人目睹三头公象伫立在一头被偷猎者射杀的、已无象牙的老母象的尸体旁边，抚摸它，试图让它重新站起来。著名的自然主义作家欧尼斯特·汤普森·西顿（Ernest Thompson Seton），有一次利用一头公狼罗伯因失去伴侣而产生的哀恸情绪，诱捕并杀害了它。西顿，这个后来成为作家的猎人，通过拖拽尸体的方式散播罗伯的伴侣布兰卡的气味，直到引诱它越过诱捕线。罗伯渴望回到爱人的身边，等待它的却是西顿的杀戮。

你也许会说，这些都只是传闻。或许如此，然而这样的传闻如今却已有成千上万，且每一天都在增长——还没有包括宠物主人讲述的关于他们的伙伴的故事。另外，就像贝科夫说的那样，一旦传闻足够多，它们就产生了质的变化：它们成了数据。无论从哪一种合理的角度来解释“足够”，它们的数量肯定都早已超过了那个质变的转折点。

一个人只消去阅读珍妮·古道尔（Jane Goodall）的作品，就会知道，在猿猴之中，关怀、同情，甚至爱都是很常见的。比如，当她在《窗外的猩猩》（*Through a Window*）中讲述道，小猩猩弗林特在母亲弗洛死后，痛苦而迅速地虚弱下去时，一个人，就算是铁石，也会动了心肠。而证据表明，这样的情感在其他的哺乳动物之中同样强烈。关怀、同情与爱——这些不仅不是人类的独特之处，甚至不是猿类独有的特征，而是为全世界过着群居生活的哺乳动物所共有的情感。

事实上，我们有比较贴切的理论来解释其原因。这个理论最先是达尔文提出的。即，所有的群居性团体都需要有一个将彼此联合起来的东西——一种社会黏合剂。对于群居的昆虫来说，黏合剂便存在于昆虫用以互相交流的信息素。因而事实上，与其说每一只昆虫都是一个有机个体，不如说它们是细胞个体——一个把福祉甚至身份特征都拴缚在蜂巢或是集群有机体上的细胞。但在哺乳动物那里，进化显然采取了另一种截然不同的方式，这就是达尔文所说的“社会情感”（social sentiments）——诸如关怀、同情，甚至是爱等情感的发展。那将大猩猩群体或是人类家庭紧紧联结的东西，同样也将一群狼，或是草原狼，或是美国野狗，系缚在一起。这是我们所共同拥有的东西。

然而，我感兴趣的不是我们共有的东西，而是将我们与其他物种区分开来的东西。而我们中大部分人都接受——更确切地说，深信不疑——的说法是，我们引以为傲的智力将自己与那些“愚笨的野兽”区分开来。如果是这样的话，那么我们需要知道，这种智力的得来是付出了代价的。我们之所以拥有它，是因为许多年以前，我们的祖先走过了一段其他群居动物未曾走过的路，而在这条路上充满了诡计与欺诳。

6

这种关于人类智力的解释并没有遭到很严重的质疑。在《黑猩猩的政治》（*Chimpanzee Politics*）一书中，弗朗斯·德瓦尔

（Frans de Waal）描述了他对阿纳姆[1]的黑猩猩群落所做的著名研究，由此可窥见黑猩猩群体动态的复杂性。在这个群体中，三只雄性黑猩猩持续不断地争夺领导权。研究的一开始，耶伦占据着领导地位。这种地位的保持很大程度上得益于群体中母猩猩的支持。路特则是长期以来努力通过这种支持来罢黜前者的领导权，并最终成功。在谋权篡位之前，路特本来在群体中处于边缘化的位置——出于耶伦的淫威，它被强制要求同群体中的其他成员保持一定距离。这种动态关系中，关键性的转变发生在另外一只公猩猩——尼奇，长大到足以同路特结成联盟之后。这两只猩猩共同采取了一个“惩罚”策略，即捶打母猩猩。醉翁之意不在酒，它们的真实意图是想向被打的母猩猩证明，耶伦是没有能力保护它们的。在采取这个方法大约四个月后，母猩猩们开始支持路特，至此差不多可以断言，这是因为它们已经受够了路特和尼奇的惩罚，而耶伦对此无力阻止。

即位之后，路特很快改变了策略。作为一个领导者，无论是面对群体中的母猩猩还是其他公猩猩，它都需要转变态度。由于仰赖前者全体的支持，它需要在母猩猩中扮演一个公正无私的保护者的角色。然而，对于雄性，它则变成了弱者的保护者。也就是说，当两只雄猩猩之间出现纷争时，它总是站在势弱的

1　荷兰东部城市。

那一方。因此，即使它是凭借尼奇的支持才获得了现在的领导地位，但在尼奇与其他猩猩发生争执时，它也会照例站在对方那边。这种策略很是理智。在两只雄性猩猩的争斗中，获胜的一方更为强壮，因此也许会直接威胁到路特的权威。但失败的一方则不同了。通过支持后者，路特更有可能在之后的抗衡中得到后者的支持。换句话说，做领导的迫切需要要求它与那些不会挑战自己权威地位的成员结成联盟，共同对抗那些威胁者。

但最终，耶伦与尼奇组成了一个联盟，把路特赶下了台。尼奇成了新的领袖，不过实际大权还是掌握在耶伦手中。事实上，尼奇刚爬到顶端后，耶伦便做了相当多、相当有效的不利于尼奇的工作，以至于让人怀疑是否真的是尼奇在执掌大权。后者愚蠢地实行了在争端中支持胜利者的政策，而维持和平的是耶伦。例如，当尼奇准备干预两只母猩猩的争执时，耶伦会时常转而攻击它，或许会在两只母猩猩的帮助下将它轰走。为什么尼奇会忍受这一切呢？因为它别无选择：它需要耶伦来共同压制路特。就这样，尼奇成了一个永不被群体中的雌性接受的领导。不仅如此，它还时常被母猩猩攻击。而耶伦，一方面与母猩猩结成了对抗尼奇的同盟，另一方面又与尼奇结成了压制路特的同盟。谁拥有真正的权力，由此一目了然。

与路特和尼奇相比，耶伦的智力更高一筹，这表现在它为了不同目的而结成不同联盟的能力上：一个用来压制尼奇，另一个则用来压制路特。与此相比，路特同尼奇结成的联盟就显得过于简单。如果想要成为一个真正成功的猿类——也就是更好地显示出猿猴的智力——就必须要有密谋对抗其他猿猴的能力，仅能对付一个是不够的。而最为成功的猿猴，是那些在与其他猿猴共谋对抗一个对手的同时，也能够用阴谋对付自己的同伙。

除了耶伦与路特所展示出的那种筹谋的能力，在其他有关猿类的不确定而善变的联盟的典型研究中，欺骗性都占据了关键性的地位。事实上，在一项非常有影响力的研究（《权谋智能》[*Machiavellian Intelligence*] 中刊登的《灵长类动物高明的欺骗技巧》[*The Manipulation of Attention in Primate Tactical Deception*]）中，怀特和伯恩区分出了多达十三种猿猴常用的欺骗方式。我们不需要关注每一种方式的细节；从一些有代表性的例子便可窥见一斑。

一个处于从属地位的雄性黑猩猩或是狒狒会在处于更高地位的同性面前隐藏自己勃起的阴茎，与此同时又将其故意展示给一个异性。为了达到这个目的，它将靠近黑猩猩领袖那一侧的手臂自然下垂，搭在膝盖上；与此同时，它还不停地偷瞄其他雄性黑猩猩。我想我喜欢这个例子，因为它如此低俗有趣：只有在猿类之中我们才能看到如此不可复制的狡猾与淫荡的结合。这就是被怀特和伯恩称为“隐匿性”（concealment）的骗术。在这样的“隐匿性”事件中，还有另一种常见的结果：这次，雄性和雌性黑猩猩把身子藏在附近的一块石头或一棵树后偷偷地交媾。

这里还有另一个关于隐匿性的例子，怀特和伯恩称其为“注意力的隐藏”（inhibition of attending）。当一队狒狒沿着一条狭窄的小道走时，其中一只母狒狒S，发现了附近的树丛里藏着一棵隐秘的桑寄生——一种被狒狒视作珍馐的藤蔓植物。S并没有看自己的同伴便径自坐到了路旁，开始梳理自己的毛发。其他狒狒陆续从它身边走过。待大家都走远了以后，它跳上了那棵树，开始吃那藤蔓。狒狒的这种做法就好像你装作蹲下系鞋带，但实际上，是因为发现了地上那张二十镑钞票。

7

一方面是结盟与欺骗，另一方面是智力的增长，这两者之间的关系很容易被看出。两种行为都不仅需要读懂这个世界的能力，更重要的，是需要读懂他者的能力。隐藏于两者之下的，是观察，是理解或者预测别人眼中的世界。

想一想我们低俗的黑猩猩吧，在猩猩首领面前隐藏阴茎，却在其他雌性之前展示。能做到这点的猩猩，一定是对对方的视野有所了解的。也就是说，它一定知道，那位猩猩领袖能看得到它的动作，但它所看到的不一定同其他猩猩所看到的相同。至于它会看到什么，取决于其同其他猩猩的位置关系。也就是说，为了成功地隐匿，黑猩猩必须对其他猩猩心里想什么有起码的认知。当灵长类动物学家谈及猿猴的“读心术”（mind-reading）时，所指的就是这种能力。

在第二个有关欺骗的例子中，读心术能力的复杂性又上升了一两级。为了隐藏自己的注意力，或者说正在注视的目标，狒狒 S 不仅需要知道其他狒狒也可能看到桑寄生，而且还需要知道，其他狒狒能够发现它正在看着桑寄生。也就是说，S 懂得其他狒狒可能会明白它在树上看到了什么重要的东西。当 S 看到桑寄生，这就是所谓第一阶表征：S 对这个世界产生的视觉表征。如果它的其中一个同伴明白了 S 正在看什么有意思的东西，那么它便产生了对“S 对这个世界的表征”的表征。这就是第二阶表征：表征的表征。然而，当 S 明白了其他人可能会发现它在看什么有意思的东西时，这就是表征的表征的表征：第三阶表征。

在这里，怀特与伯恩举了一个令人更加印象深刻的例子。在这个例子中，我们要喂一头黑猩猩——姑且叫它猩猩 1——香蕉。这些香蕉被放在远处的一个金属盒子中。在打开盒子的时候，另外一只黑猩猩——猩猩 2——出现了。猩猩 1 便迅速地合上了金属盒并走开，在距盒子几码远的地方坐下。猩猩 2

也随即离开了当时的位置，但是它躲在一棵树后，观察猩猩 1 的一举一动。就在后者打开盒子的时候，猩猩 2 冲向它，抢走了它的香蕉。猩猩 1 明白猩猩 2 可以看到它的举动——这是第三阶表征——但是猩猩 2 又知道猩猩 1 明白自己可以看到它的举动。这就是一个值得注意的关于第四阶表征的例子。

从猿猴结成联盟相互对抗的例子中，也可以看出这种理解他者心理的能力。成功的联盟——哪怕只是一个很简单的联盟——的关键在于，不仅要明白你的行为会对他者造成什么影响，也要明白别人看到你的行为后会作何反应同样重要。也就是说，你必须明白“你做的事”和“他人会因为你做的事而采取的行为”之间的关系——想一想路特与尼奇对群体中的母猩猩实施的暴力活动就知道了。为了明白这一点，就要明白你的行为为他人的反应提供了怎样的动机。因此，若想达成基本的结盟，你需要懂得自己的猿类同伴的心理活动。

简而言之，我们在猿猴之中寻到，却未于其他群居动物中发现的智力的增长，来源于两种推动力：密谋优于被暗算，说谎好过被欺骗。不可避免地，猿猴智力的本质便是由这些必要的因素来形塑。我们只有变得更聪明，才能更好地猜透同伴的想法，从而欺骗他们，为我所用——这也正是他们想要在我们身上做的。其他令人钦佩的一切——我们对自然世界的领悟能力、我们的理性以及艺术创造力——都只是随之产生的副产品。

8

然而，至此，我们尚未回答那个最有趣的问题。不，其实是我们还没就此提问。为什么狼忽略了这条让猿猴如此有效地通往智慧的道路呢？对于这一点，专家们耸了耸肩。其中有人曾提出，这也许同群体的规模有关。但这样的回答同模糊的耸肩一样，对指明答案的方向没有太大益处，因为从没有人搞清群体的大小同密谋和欺骗的好处之间的关系。我倒是有另外一个想法：那是从关于猿猴的字里行间中慢慢渗出的假想，虽然不易察觉，但是确然存在。

现在，路特正在对一头雌性黑猩猩大献殷勤，而这时的首领尼奇，正躺在距此 50 码的草坪上。你或许已经可以猜出路特的调情技巧了：它在向母猩猩暴露生殖器，展示出它勃起的阴茎，与此同时又把背冲向尼奇，这样后者就看不见正在发生的事。然而尼奇起了疑心，站了起来。路特慢慢地向与母猩猩相反的方向移动了几步并坐下，这一次还是背冲尼奇。它不想让尼奇觉得自己是因为察觉到了它的动静才移动的。尽管如此，尼奇还是缓慢地走向路特，并在半路捡起了一块大石头。因为偶然的张望，路特发现了尼奇正朝自己走来，它随之低头看向自己正在软下来的阴茎。只有在它完全不再勃起了之后，路特才转身迎着尼奇走去。随后，为了展示出自己是一只多么强横的猩猩，它对着那块石头抽了抽鼻子，然后扬长而去，留下尼奇和那只母猩猩在一起。

为什么我们走过了这样一段被狼忽视了的进化之路呢？有很多关于这个问题的文章，为我们提供了毫不含糊的答案：性与暴力。正是它们，使我们成为如今的男人与女人。即使是一匹幸运的狼——雄性或者雌性头狼——一年也只能有一或两次交媾。许多狼一生都未曾交合，而它们也从未有明显的迹象表示出渴望，或者是对这种强制性的禁欲的怨恨。作为猿类中的一员，我很难客观地看待性这件事；不过我们可以想象，一位来自火星的动物行为学家要对狼与人的性生活做一个比较研究。那么，这位动物行为学家很有可能得出这样一个结论：从各个方面而言，狼对于性的态度是健康而有节制的，它们享受其过程，但在缺乏的时候也并不渴望。如果我们将狼换成人，将性换作酒，那么我们也许会说，对于酒，人类培养出了一种很健康的态度，在过度沉溺与强制禁戒之间游刃有余。但我们无法以同样的视角来审视我们对于性的态度。不能享受性的时候，我们当然会想念它，我们不得不去想：这是符合天性的，这很健康。我们之所以这样想，是因为我们是猿类。与狼相比，猿类醉心于此。

为什么会这样呢？这是一个很好的问题。也许只是因为狼并不知道自己渴望的是什么。至少，我心中的那只猿是这样告诉我的。母狼一年中只有一次繁殖期。整个繁殖期持续三周，而只有中间的一周才能够受孕。在整个群体中，通常只有雌性头狼才能进行繁殖行为。其中的原因仍是未知。一些研究者指出，这是身份地位所造成的群体压力的一种，为的是防止处于从属地位的母狼进入生殖周期。不过，这也仅是一种猜测而已。

另一方面，一般情况下，猿类都会知道它们渴望的是什么。那可怜的年轻时的布朗尼：他误入歧途，且无休无止地与塔斯卡卢萨省每一条母狗交媾的尝试总是受挫；他拒绝基于品种与体型做出区分，也完全无视品种或身材差距带来的限制。显然，他并没有掌握被我们想象中来自火星的动物行为学家所称道的那种"健康而有节制"的性态度。他那时一定是在渴求着什么的，否则，这种努力的目的在哪里呢？不过，由于我从未松懈的警惕性，他那时并没有机会知道那自己所渴求的东西究竟是什么；在接下来的年月里也无缘知晓。

一旦你知道了自己所渴求的东西，那么无疑，你会将性与单纯的生殖区分开来，这便是布朗尼所做不到的那点。后者被基因型的刺激盲目地驱动着，而非对随后而来的快感的知晓——他对此完全不熟悉。但我们猿类深知那种欢愉。对于狼来说，快感的次序是要后于生殖的本能驱动的。而猿将两者的顺序颠倒了过来。对于后者来说，生殖只是在寻求感官刺激的驱动下产生的带有偶然性的——有时甚至可以说是麻烦的——结果而已。当然，猿类这种倒置的做法并没有什么错误。不同的物种对于繁殖和快感之间的关系抱有不同的理解，就此没有必要细究谁对谁错。

然而，猿类所做的这种倒置却有一个显而易见的结果：由此而来的密谋与欺骗的动机便比狼大得多。它们都是猿类用来满足这种颠倒之后的渴望的手段。这倒不是说，性是密谋与欺骗的唯一目的。就在之前，我们还看到了狒狒 S 为了尝到那一丛美味的桑寄生而采取的欺骗手段。然而，我们试图去理解的是，猿类在哪些方面与狼不同。一匹狼也同样会被隐匿的食物所吸引，然而，与猿类不同的是，它不会用欺骗的手段去获取。那么，结论似乎便是，猿类欺骗他者的能力是在不同的背景下，因为不同的原因获得的。而这种背景与原因，我认为，是由猿猴将快感与生殖的倒置而引起的。

人类思想的历史——不只是西方思想——总是围绕着理性，或者说是智慧，同欢愉或享受之间的区别展开的。后者被置诸基础需求或是兽性需求的领域。正是理性与智慧将我们人类与自然界的其他生物分隔开来。然而我认为，理性与快感两者间的紧密性，要远远超过我们愿意承认的程度。我们的理性，很大程度上是寻求快感的欲望所带来的结果。

对于猿类来说，阴谋与欺骗的更强烈动机与更大的危险性相伴相随。尼奇并不打算温和地斥责路特：它拾起一块大石头，因为用石头来击打对方比赤手空拳要凶猛得多。我们在讨论猿类的阴谋与欺骗时，总是忽略了那些为了实现这些目的而采取的手段中所包含的蓄意手段。而这种蓄意，在狼的生命中却不见踪影。

布朗尼与罗格之间的争斗是猝不及防、临时起兴的。这并非是说，如果可以，其中不会有死伤者。我也无法确定，如果我继续袖手旁观的话，这场争斗会不会以一方的死亡终结——如果真的有，我也不会太惊讶。然而，即使其中有一方伤亡，也绝不能就此说致死是这场战斗的预期目的。布朗尼和罗格都只是情绪失控。它们互相间的冒犯只是激情犯罪；这是盛怒下的犯罪。

假设布朗尼和罗格、尼奇和路特都是人。如果现在他们站在法庭上，那么结局会是如何呢？布朗尼与罗格会因他们的情绪失控而受到惩治。而如果尼奇只是在看到路特向雌性示好的时候发火，且当时便袭击了他，那么其宣判结果也应该是差不多的。但是尼奇在走向路特的路上捡起了一块石头。如果尼奇继续袭击路特——路特这一方任何明显轻率的言行都无疑能给他足够的理由这样做——那么他将会，也应该，为他的攻击承担更严厉的审判结果。拾起石头证明了他是蓄意的；依据法律，这已是充足的证据证明其是蓄意犯罪。尼奇的犯罪是有预谋的，而非激情的。如果是一个公正而有同情心的法官审理，在布朗尼与罗格这桩案子中，倘若争斗造成一方死亡，那么胜利的一方会被判为过失杀人罪。但是手中握着石头的尼奇的行为，则是由恶意的蓄谋所驱使的，那么他便会被指控为谋杀。我认为这就是狼的恶意与猿类的恶意之间的区别：过失杀人与谋杀的区别。

恶意的蓄谋在类人猿之间的交际中随处可见，我们不得不将其归为猿类独有的特质。事实上，猿类对这个世界做的唯一伟大的贡献，唯一让它们将永远被世界记得的贡献，就是发明了恶意的蓄谋。如果说生殖与快感之间的倒置关系是猿类所做的颠倒，那么我们也许可以将恶意蓄谋称作猿类的发明。

当你面对一个有着恶意蓄谋能力的生物时，计谋与欺骗便变得更加重要。站在路特的位置上，此时尼奇正向着它的方向前进，手中拿着武器。如果路特是一匹狼，那么此事对它来说便相对容易得多。头狼也许打算攻击，但路特只要表示顺服，就可以轻易躲过惩罚。如果尼奇不相信路特的假意，便无论如何都会继续无情地打击路特，不管后者的道歉多么卑怯，懊悔的神情多么真切，结果都是一样的。一匹狼可以迅速地宽容然后忘记，但是一只由恶意的蓄谋驱使的猿猴很难轻易息怒。在对待同伴的态度上，猿类是冷酷无情的，这一点狼永远做不到。

9

18 世纪的普鲁士哲学家伊曼纽尔·康德曾经写道："有两件东西永远让我感到赞叹和敬畏：一个是头上的星空，一个是心中的道德律。"康德的说法很典型。检视人类思想史可以得知，有两种东西，我们对它们的重视超乎任何其他事物。一个就是我们的智力：凭借这种智力，我们得以理解许多事情，包括头顶星空的运行。另外，我们重视自己的道德律令：我们对于对与错、善与恶的感知；这种感知向我们揭示了道德律令的内容。我们认为，正是我们的智力与道德感将自己同动物区别开来。我们是正确的。

然而，理性与道德感并非凭空而来，好似诞生于海浪中的阿佛洛狄忒[1]。我们的理性是令人难忘且独一无二的；但它仍是建立在暴力与获得快感的原始驱动力上的上层建筑。在尼奇那里我们便看到了道德律的一种不成熟的形式、一种最模糊的暗示：原始的正义感。路特躲过了一场惨痛的殴打，因为尼奇并没有找到这样对待它的充分理由。不过，正义感首先由猿类所

1 阿佛洛狄忒（Aphrodite），古希腊神话中的爱与美之女神，是奥林匹斯十二主神之一，在罗马神话中称为维纳斯。传说中她是在海水的泡沫中诞生，而且一诞生就完美无瑕，天生成熟。

具有，这并非偶然。当一只猿猴袭击它的同胞时，这种袭击是经过蓄意的预谋的，不会因受害者一方表示出一些习惯性的和解态度就有所转移。如此一来，这种攻击必然不会经常发生，否则，整个群体就会面临崩溃。因此，考虑到猿类身上那种恶意、暴力的特质，我们至少应该在它们身上可以看到一种敏感性的萌芽。尽管微弱，但是在某种程度上，尼奇察觉到了攻击路特是需要理由的。这种理由需要适当的证据来支撑。只有证据才能使它的攻击具有正当性，因而才是合理的。理由，证据；正当性，合理性——只有真正恶劣的动物才需要这些概念。越是令人讨厌，越是满怀恶意，越是不愿接受调解的可能性的动物，才越需要正义感。在自然界中，我们发现了自力更生的猿类：那唯一的，讨厌得足以成为道德者的动物。

我们自恃为最好的，来自我们最不好的那部分。这倒不一定是件坏事。不过，这是我们需要记在心里的事。

第四章　狼之美

狼是美学的一种最高形式，

在其面前，精神很难不被振奋。

1

当布朗尼还是一头小狼的时候，他最喜欢的游戏就是从沙发或者扶手椅上把坐垫偷下来。如果我此时正在另外一间屋子里，比如说在书房里工作，他就会叼着垫子出现在屋门口，而且，当他知道我发现了他的时候，就会夺路而逃，穿过客厅、厨房，一直跑到花园里，而我则会在后面穷追不舍。这是一种持续时间颇长的追逐游戏。其实，我已经在对布朗尼的训练中包括了放下某物的指令——也就是那“走开”命令的作用之一——所以，我随时都可以让布朗尼放下那块垫子。但我无心那样做；而且，不管怎么说，还是游戏更有意思。就这样，他绕着花园狂奔，耳朵紧贴在脑袋两侧，尾巴夹得低低的，双眼闪着兴奋的光，而我在他身后发出无甚作用的响声。在布朗尼三个月大之前，他还是很容易被捉到的，所以我只是假装跑得比他慢而已。但是这种“假装”逐渐变成了现实。很快他就开始像跳西米舞[1]一般甩给我假动作了——假装要走某条路，实际却走了另一条。当我理解了这种技巧后，假动作就变成了双重假动作。最终游戏变得越来越难以捉摸，双重假动作、三重假动作——假动作之中再套假动作。我十分确定，当布朗尼玩得正在兴头上的时候，自己是完全不确定接下来要做什么动作的。因此，很显然，我也没有头绪。当然，这种侧向移动的练习对我的橄榄球球技起到了奇妙的作用。我打球时，一向是采用与对手直接冲撞的策略，而不是绕着他们跑：我因此被称作攻击手。这一招在英国行得通，在美国则不行，因为美国人体形更大，而且他们是玩橄榄球长大的——橄榄球赛中的阻截动作是相当激烈的。然而，我却很轻易地就把他们搞糊涂了。有了布朗尼的指导，我成了一个凭借脚步轻盈、横跨动作敏捷的精湛技艺而叱咤美国东南部球场的球员。

我抓不住他的失败结局，使布朗尼增添了某种嚣张的气焰，这点在他尝试游戏新玩法时显露无遗。在我如其所期望的那样精疲力竭了之后，他会面朝我站着，把那块垫子扔到我们中间

1　西米舞（Shimmy），一种摇肩摆臀的爵士舞。

来。“继续呀！”这是他的暗示。“来拿呀！”就在我弯下腰去捡起垫子的一刹那，他会突然夺过垫子，然后追逐再次开始。无论我弯腰去抢垫子的动作有多快，布朗尼都会快我一步。这是一个有用的技巧，其中的物体可以转换：一次，我一时疏忽分了神，布朗尼趁机叼走了厨房一只刚烤好的鸡，玩起了相同的游戏。当然，我可以让他把烤鸡丢下。不过这有何意义呢？在那只烤鸡入了他的嘴之后，我就对它不再感兴趣了，所以我们就此玩起了追逐的游戏。

一些专业驯兽师会认为，我们这个游戏相当危险。我之所以知道，是因为他们告诉过我。他们反对的理由有两点。首先，这个游戏本身来说就很有可能让布朗尼越来越兴奋——这并不是你希望在狼身上激发出来的特质。其次，我抓不到布朗尼，这会让他认为他的体力优于我，而进一步尝试争夺领导地位。也许这些担忧确实合情合理；但是它们在布朗尼身上从未成为现实。我想，这是因为这个游戏总是在按照一个设计好了的模式来进行，而且有一个明确的开头和结尾。如果我就在客厅，是绝不允许布朗尼拿走那些垫子的。如果他此时做这样的尝试，我会用斩钉截铁的“走开！”来回答他。这是在告诉他，这个游戏只有在某些特定的时刻才能玩。同时，游戏的结尾也非常明了。我会说：“好了，就到这儿了！”然后我会让他带着垫子走到我这儿来，并且把它放下。然后我会带他走进屋去，给他一些好吃的，一方面是为了证实游戏已结束，另一方面是让他把这样的结尾与好东西联系起来。

这些都仅在一段时间内起效。当他大概九个月大时，他决定将游戏难度升级。一个早上，当我正在书房里写东西的时候，听到了从客厅处传来的连续的巨响。原来是不满足于把垫子叼到院子中的布朗尼突发奇想，觉得把扶手椅拖出去也不错。而那响声正是来自当他试图将椅子从门中拖出时，椅子与门框不断撞击而形成的声音。就在那一刻，我明白了：布朗尼需要一种更激烈的娱乐方法。这种方法基于的假设便是：综合考虑各种情况，能让布朗尼累得精疲力竭的方法，对我们双方而言都是好的。因此我们开始一起跑步。

2

通过让一匹狼保持疲倦状态来使其顺从是一种方法。不过只需再稍加考虑，你就会知道这并非一个好主意。诚然，我们的跑步运动一开始确实让布朗尼疲惫不已。我也是——不过这倒是次要的，毕竟竭力要把家具拖到花园里的人不是我。但另一方面，布朗尼变得越来越健壮，因此在房子中搞破坏的能力也越来越强了，只要一有机会他就会这样做。很快，原本能够让他在剩余的半天里进入睡眠状态的跑步活动，变成了他温和的放松操了。所以，跑步的时间无可避免地变得越来越长。与此同时，布朗尼也变得越来越健壮。你大概可以猜到事情的发展了。我本可以选择骑单车，但是在那个时候，亚拉巴马州的人对待自行车的态度并不友好——我是在一场险些丧命的事故中发现这个事实的。当时正骑车的我与一位醉得面红耳赤的货车司机相撞，司机的手里还握着一根棒球棒。当时，只有左倾分子、共产党员、乳臭未干的嬉皮士才敢独自上路旅行。所以在那个时节，我对骑单车这项选择并不热忱。

所以我继续跑着，布朗尼跟着我一起跑；我俩都变得越来越健康、精瘦、强壮。然而，这个刚刚让我投入健身运动的实际动力，很快变成了其他东西。当我们一起跑步的时候，我意识到了某种让人羞愧而又意义深远的东西：我眼前的这只生物，无论从哪个重要的方面说，都毫无疑问、显而易见、不可纠正而又毫无悬念地优胜于我。这个发现是我生命中的一个分水岭。我是一个很有自信的人。如果别人不觉得我自大的话——很有可能他们就是这样想的——那只是因为我善于隐藏。我从不记得我在任何人类同胞面前会有这种羞愧感。这不符合我的性格。但如今我意识到了：与其说保持自己，我更想像布朗尼一样。

我的领悟从根本上来说属于美学的范畴。当我们跑步时，布朗尼仿佛在地面上滑行，动作之优雅简约，我在狗身上从未见过。当一条狗小跑的时候，无论其步伐多么文雅、高效，总能看出它的腿在轻微地垂直移动。如果你有一条狗，请在下次带它出去时仔细地观察。当向前迈步的时候，它的脚同时也在上下移动，无论这个动作是多么细微。而脚上的这种移动会直线传递到它的肩膀与后背上来——若仔细看，你会发现当你的狗向前走时，这两个部位也是一上一下的。不同的犬类移动程度也不一样，有的明显，有的几乎难以察觉。但只要你足够细心，总是可以看到的。但在布朗尼身上，你绝对找不到这种移动的痕迹。狼是依靠其脚踝与大脚的力量推动前进的。如此一来，腿上的移动很少——它们会保持竖直，前后而非上下移动。所以，当布朗尼小跑的时候，他的肩膀与后背都能保持平坦、稳定。从远处来看，就好像他是悬浮在距地面一到两英寸的地方漂移。当他非常高兴或者自我得意的时候，小跑便变成了夸张的蹦跳，但默认的动作还是滑行。现在布朗尼已经走了，每当我想要描绘他的时候，总会发现很难把细节填入画框，让这个形象变得丰满现实、栩栩如生；但是对我而言，他依然存在。我依然可以看见他：在亚拉巴马弥漫着薄雾的清晨，这匹幽灵一般的狼正毫不费力地在地面上滑行着，宁静、流畅而又安详。

同他相比，我这么一个奔跑时噪音阵阵、气喘吁吁、脚似千斤重的猿类跟在他后面，不消说是分外沮丧的。我多希望自己可以从容不迫地大步向前。我渴望能够在地面上滑行，好似在距地面一两英寸的半空漂浮。但无论我变得多么善于跑步——我确实越来越擅长——也永远无法获得这项技能。亚里士多德曾经对动物与植物的灵魂做过区分。他说，植物的灵魂只不过是营养性的——其功能仅在于吸收、加工、排出食物。而动物的灵魂，却被亚里士多德称作运动性的。我想，他用运动来作为动物灵魂的特征，这并非意外。我并不认为，就像我在学生时代被教诲的那样，亚里士多德只是单纯地指出动物可以移动，而植物不能。大体而言，亚里士多德并不喜欢重复陈词滥调。我倒认为，如果你想理解狼的灵魂，也就是狼的本质、狼究竟是什么东西，那么你应该关注一下狼的移动。而我也开始不无遗憾且悲伤地意识到，在猿类那易怒、粗俗的忙碌举止下潜藏着的，该是怎样一种同样粗俗且难称优雅的灵魂。

撇开这种让人感到不幸的“种族嫉妒”不谈，我的身体也在急速变化着。在布朗尼一岁的时候，他的肩宽已达 34 英寸，体重 120 磅。而当他发育完全时，肩宽又增加 1 英寸，体重增加 30 磅。他的健壮难以形容。所以我也必须变得更强壮才行。因为，一方面，我不能让他挑战我的权威；另一方面，我也有责任保证他能与其他的狗和平相处。像罗格那次的事件之所以很少发生，就是因为一般而言，布朗尼都会照我说的去做。我也打算让他一直都如此听话。因此，一周中有那么四五次，我会把布朗尼托付给别人照看几个小时，跑到健身房去进行平生最辛苦的训练。就这样，在布朗尼一岁，我 27 岁那年，我身高 5.9 英尺——这从我 12 岁之后便没变过——体重 200 磅。我的体脂率是 8%，且可以卧推 315 磅重的杠铃。

我也可以仅用前臂举起 120 磅的东西。我并非是在体育馆里知道这一点的，而是在将布朗尼与其他狗分开的方法中实践得出的。我曾说过，真正打起来的情况是很少的。我很善于审时度势，每当感觉到争斗就要开始时，我便会抓住布朗尼脖颈的两侧，把他拎到半空中，让他脸朝向我，直盯着他琥珀色的眼睛，低声说："你想找我的麻烦吗，小子？"这句话听起来相当有男子汉气概；我想也确实如此。如果一周五天，周复一周，你都去健身房锻炼，那么你便会全身充满睾丸素。但还有一种方法，同样可以使你具有男性气魄。狼父母经常会通过叼脖颈的方法来将小狼叼起来。当它们这样做的时候，小狼会停止挣扎，乖乖地任由爸妈把自己带到别处。通过这种拎抓方式，我想强化一个事实：在我俩的关系中，我扮演的是父亲的角色，因此他也同样不应再挣扎。我想布朗尼很清楚此刻我在做什么：我在给他提供一个他很容易了解的局面，使他即刻终结脑子里的一切企图。事实上，这个方法只有在他的积极配合之下才能起作用。他至少和我一般高。而我之所以能把他拎到半空中，只是因为，当我开始抓住他的脖颈并向上提的时候，他的后腿会蜷曲起来——就好像一只被魔术师从帽子里拎出来的兔子一样。

3

亚拉巴马州的夏天，漫长、炎热，潮湿至极。就在这样的一个下午，我准备出去跑跑步。这次，我一反常态地决定留下布朗尼。他这几天都没什么精神，我不想让他在湿热的暑气里遭罪。我的这项决定遭到了布朗尼的激烈反对，他的不高兴劲儿溢于言表。但我还是把他留在了家里，让一个女友照看他。

在经历了几次失败尝试后，布朗尼成功地打开了花园的门——基本上是通过把铰链撞落——然后出发寻找我。由于我们并没有固定的跑步路线——每一天都会沿着不同的路跑——我猜他是循着气味找到我的。在跑了大概十分钟后，我听到了一声急刹车，紧接着就是一声不祥的巨响。我转过身去，看到布朗尼正躺在路中间，他被一辆雪佛兰“开拓者”（Blazer）撞倒了。在此向非美国读者解释一下，“开拓者”就是SUV，类似于欧洲的沃克斯霍尔（Vauxhall）或者欧宝（Opel）的弗龙特拉（Frontera）。但是美国的“开拓者”要更庞大。几分钟前它曾从我身边驶过，据我判断，它正以每小时40到50英里的速度前行。布朗尼躺在路中间，嗥叫着，经过了让人心惊胆战的几秒后，他自己站了起来，跑到路边的树林里去了。我花了将近一个小时来找他。但当我找到他时，他的状态还可以。

我们的兽医詹妮弗确认说他只是有几处破皮和擦伤，但没有骨折。不到一天的工夫，他就恢复如常了。事实上，那辆雪佛兰输得更惨一些。

那辆“开拓者”完全有可能撞死我。但是布朗尼身上的伤口仅仅几天时间就愈合了，而且他看起来没有受到一丝一毫的心理创伤。就在第二天，他还缠着我带他去跑步，这之后也从来没有对从身旁飞驰而过的汽车显示出任何恐惧的情绪。无论从生理还是心理上来说，布朗尼都是一头顽强而自信的动物。我希望在给你讲述下面这个故事时，你可以牢记这一点。

这次事件与上次事件时隔几年，同样发生在跑步的时候。我们那时搬到了爱尔兰，精确一点说，是科克郡[1]。我们一起沿着黎河岸边跑步，在将黎河河谷公园甩在身后之后，我们就会与在河边排成列的牛群相遇。提起牛，大多数人脑海中浮现的应该是那种性情古板、头脑迟钝的生物，生活在臭气熏天的牛圈里，一边咀嚼草料，一边目光无神地望着前方。但我和布朗尼知道它们并非如此。通常，当阳光和煦，风儿带来夏的气息时，它们会兴奋得忘乎所以，将万年来精心培育造就的优良品种意识抛在脑后，舞着、唱着，欢庆自己可以活着享受如今天这样美好的日子。

---

1 爱尔兰南部芒斯特省的一个郡。

那些牛异常地喜欢布朗尼；而他显然也回应了这种感情。在这样的春日里，只要它们看到我俩，都会从草场遥远的一角蜂拥而来，哞哞地叫着打招呼。我猜想这是因为，它们是奶牛，而小牛犊刚刚从它们的身边被强行带走，所以错误地以为布朗尼是它们的孩子，如今浪子回头，终于回到了绿草如茵的家园。而布朗尼呢，也许他是觉得对方把自己当成了神：母牛之神。不管原因是什么吧，他都会小跑到它们身边，在每一只母牛湿湿的大鼻子上舔一下。也许他并不喜欢狗，但是真的喜欢牛。

母牛是用电网围在草场上的。当我俩往回跑时，我忽然抓住了布朗尼的脖颈，因为我发现，帕卡，一头圣伯纳犬[1]就在前面。布朗尼当时依然对所有大型雄性犬怀揣着敌意，我可不想花精力去把它俩分开。所以我抓着他的脖颈，一起猫着腰从电网下面钻过去。这时，我的手肘不小心蹭到了电网，电流传导到了布朗尼的身上。霎时间，布朗尼拔腿就跑，径直地从看愣了的帕卡身旁飞奔而过，那威严全无的样子不再像母牛之神，倒活脱脱一只被烧焦的猫。他一刻不停地跑，连歇都不歇，直到跑到好几英里外我们的车旁边。当我焦急不已、上气不接下气地赶到时，他正在那里等着我。此前，无论刮风下雨，在这一年中最好时节的大部分日子里我们都在那个地方跑步。但从

1　圣伯纳犬（Saint Bernard），一种瑞士大狗，擅长救生。

那以后，他再也没有去过。无论我怎样苦苦恳求，威逼利诱，他的拒绝都直截了当，决心坚定不移。这显然能够证明，电对于狼来说是多么恐怖的东西。它们恨透了电。

也许你会觉得布朗尼的举动有些装腔作势。毕竟那只是个温和的电击而已。如果你这样想的话，就回忆一下那次雪佛兰汽车事件。两相比较，我们似乎可以得出：对于布朗尼来说，轻微的电击要比被 SUV 汽车撞倒糟得多。

4

如果你想看人类是如何将恶发挥得淋漓尽致，花样百出而又肆意妄为，那么你可以看看“穿梭箱”（shuttlebox）实验。这是一种用于折磨的工具，由哈佛大学的心理学家R.所罗门（R. Solomon）、L. 卡明（L. Kamin）以及 L. 温（L. Wynne）发明。这个箱子由一道屏障分割成两部分，每一部分都有一个可通电的金属格栅。所罗门和他的同伴们先将一条狗放进其中一个隔间，然后给它的脚部一个强烈的电击，狗便会本能地从这个隔间跳入另一个。然后实验者会再重复第一个步骤——一次典型的实验中，狗要重复跳上几百次才能停。对于那条狗来说，每次跳跃都越来越困难，因为实验者在逐渐增加屏障的高度。最终，狗再也无法跳过障碍，掉到下方的电网上——气喘吁吁，抽搐、尖叫不已，精神遭受了极大的损伤。在另一个改动后的实验中，实验者给屏障两边的电网同时放电。无论狗跳到哪里，都会被电到。尽管如此，狗还是会因受不了电击带来的剧痛而试图逃脱，尽管结局总是徒劳无益。就这样，狗不断地从一边的电网跳到另一边。而实验者在记录此次实验时，是这样描述的："在落到另一个依然通电的格栏时，带着逃脱希望的犬吠变成了尖叫哀号。"最终的结果是一样的。精疲力竭的狗倒在地上，大小便失禁，哀叫着，颤抖着。在经过了十或十二天这样的折磨后，狗便不再反抗电击了。

如果所罗门、卡明和温他们是在家中私自做这样的实验，那么他们会被起诉，处以罚金且很可能被禁止养宠物五到十年。他们本应该被送进监狱。但是由于是在哈佛的实验室里做这项实验，他们非但没有受到处罚，反而因其"学术成就"得到奖赏：安逸的生活、丰厚的薪水、学生们的仰慕以及同事们的嫉妒。对狗的折磨让他们平步青云，也引来了无数效仿者。其中最著名的效仿者便是马丁·塞利格曼[1]，现美国心理学会主席。他现在已经不再做这样的实验了。快乐是他目前致力的研究对象。当然，狗不会参与到让它们变快乐的实验中来。它们只被允许

1 马丁·塞利格曼（Martin E.P. Seligman，1942— ），美国心理学家，曾获美国应用与预防心理学会颁发的荣誉奖章及终身成就奖。1998 年当选为美国心理学会主席。

参与那些令人不快的实验。

为什么这种折磨是被允许的？为什么这会被视作有用的研究？这项实验的目的在于建立一个关于绝望情绪的“习得性无助感”（learned helplessness）的模型：绝望的概念是可以通过习得获得的。一段时间里，心理学家认为这个结果很重要。然而，没有任何一个人从这项实验中实际获益。最终，在经过了三十年之久的对狗以及其他动物的电刑之后，这个模型被断定经不起严格的审视。

在这项实验中，我想我们可以看到人性之恶的“精华”所在。

5

近来，邪恶的处境很艰难。这并非是说在我们身边，恶已经远去——事实完全相反——而是由于，许多所谓聪明人不愿承认其存在。因为，在他们眼中，邪恶已是一个过时了的中世纪遗物——一种超自然的力量，来自魔鬼撒旦，他恶毒的工作就是将邪恶注入男人与女人的内心去。因此，我们今日谈及“邪恶”，总是带着引号的。我们要么称它是一种物理上的问题——精神疾病造成的结果；要么将其看作社会问题——这样或那样的社会风气带来的后果。相应便产生两种推论。首先，“邪恶”

只存在于社会边缘，存在于心理或社会地位处于劣势的人群中。其次，它并非任何人的错。当一个人做了可能被我们称为“邪恶”的事情时，他们其实并不应该为自己的行为负责。他们要么是有精神疾病，要么就是其所处的社会环境使他们别无选择。他们在医学或社会学意义上是不正常的，在道德上却并非是恶的。恶从不是它表面呈现出来的那样；邪恶总是另外的其他东西。

我认为这些都是错的。那些现代的、所谓开明的关于恶的概念忽略了一些真正重要的东西。这不是说我要为中世纪将恶作为一种超自然力量的观点辩护。但是在现代恶的概念中，两点核心内容——恶只存在于社会边缘，以及，它不是某个人的错——在我看来都是站不住脚的。取而代之，我将向你们介绍一种关于恶的解释，听起来相当简单。首先，恶存在于非常坏的事物中。其次，邪恶的人之所以做坏事，一定是因为他这一方存在过错。

让我们先试图理解，我们是如何变得如此怀疑“邪恶”这个概念的。现代对于邪恶的怀疑，是基于这样一个想法之上的：邪恶的行为需由邪恶的人来做；而邪恶之人的行动一定是出于邪恶的动机。如果因为疾病或者无法适应社会，你无法控制自己的动机，那么你就无法控制自己的行为。这种在邪恶行为与邪恶动机之间建立起来的联系并非偶然。它要回溯到中世纪时关于“道德之恶”与“自然之恶”的区分上来。中世纪哲学家，例如阿奎那[1]，认为邪恶包括了痛苦、磨难以及相关现象，可以由两种不同的事物造成：自然事件与人为手段。地震、洪水、飓风、疾病、干旱等等，都可以造成严重而持续的痛苦。他们将因这种原因造成的痛苦与磨难称作“自然之恶”，用以区分由人为手段，也就是因人类做的恶而带来的痛苦与磨难。他们称后者为“道德之恶”。不过关于手段（或者行为）的概念也包括了动机或目的。一场地震或是洪水不带有动机；它并不行动，只是发生。而另一方面，人类可以行动，可以做事情。但是，与某事发生在你身上不同，行动是需要动机的。掉下台阶并不是你做的事情，而是一件发生在你身上的事。有创造力的行为需要动机。因此，人们推断（尽管推断过程并不很严谨），一个邪恶的人是在邪恶动机的驱动下行动的。

这样一个结果是将道德之恶进行深度推理之后得出的。我的一个朋友，也是身边最出色的哲学家之一，科林·麦金（Colin McGinn）为其提供了一个很好的例子，他将道德之恶从本质上理解为一种幸灾乐祸（schadenfreude）：把自己的快乐建立在他人的痛苦、磨难以及不幸上（然而说实话，我认为科林无

1　阿奎那（Aquinas，Saint Thomas，1225—1274），意大利多明我会修道士，神学家和哲学家，经院哲学杰出代表，将亚里士多德的方法应用于基督神学，代表作是《神学大全》。

意将其作为普遍意义上的对道德之恶的解释)。这也许像是理解恶的一个好方法。但真的，恶就是为他人的苦痛与不幸感到高兴吗？而且，那些真的以此为乐的人可以代表所有邪恶之人吗？事实上，我并不认为这种想法讲得通。

一个年轻的姑娘自孩提时代起就饱受虐待，从小就经常被亲生父亲强暴。你也许会像我一样惊恐地问：她父亲做这一切的时候，她的母亲在做什么呢？她难道没有意识到发生了什么吗？这个女孩的回答让我寒彻骨髓，直到今天依然如此。她说，每一次当她的父亲大醉而归，满嘴脏话，一心想打架的时候——这在她的家庭中是家常便饭——她妈妈会叫她到里面去，让他平静下来。每当我需要在头脑中形成一个确切的人性之恶的图景时，只需要想想这个妇人跟她女儿说的：到里面去，让他平静下来。

这里出现了两种邪恶的行为：父亲屡次的强暴、母亲主动的同谋。很难看出两者谁更恶劣。这位母亲也是一个受害者——这是当然——但难道她的邪恶就可以因此减轻吗？她拿自己女儿的身体、纯洁以及几乎是未来所有的幸福做筹码，交换自己从野兽一般的丈夫身边的片刻逃离。我们必须假定，她是出于恐惧才有如此举动，而并非在女儿的痛苦与折磨之中寻求快乐。但这不能改变这样一个事实：她的行为同人们所能想象的一样邪恶。每当你以为受害者不可能邪恶的时候，就想想这个例子。

如果说这对父母都不邪恶的话，那很难想象还有谁邪恶了。

然而，无论是这位父亲还是母亲的行为，都不能通过动机的说法来合理解释，至少用麦金那种关于动机的想法来解释是行不通的。谁知道那父亲的动机何在呢？也许他知道自己的行为是恶的；也有可能不知道。假设他不知道，假设他认为这是家庭生活非常正常的一方面——也许他就是在类似的家庭环境之中长大的。也许他只是觉得事情就该是这样的。也许他认为这是他的权利，因为是他将自己的女儿带到世界上来，因此也对她有着完全的支配权——造物者对于自己所造之物的支配权。也许他觉得自己是在帮助自己的女儿——尽可能以一种调教的方式，来为她未来的性生活做准备。

我只能说：谁在乎他是怎么想的。猜度他的动机在此没有任何意义。即使他认为自己什么也没有做错——甚至，即使他认为自己做的是对的——也丝毫不能减轻他的恶。他的行为依然是可想象到的最可怕的恶行之一。

如同那位母亲一样，邪恶可能是因为你没有尽到自己的保护责任而造成的，这与你在其中感到了多大的恐惧无关。邪恶也可能——像我们为那位父亲的动机所做的猜测性还原一样——是因为你是一个无可救药的蠢人。但无论是其中哪种情况，都同“把自己的快乐建立在别人的痛苦与不幸上”无关。我认为，故意造成的恶意同邪恶的本质无关。这并非是说，恶意在邪恶的行为中不起任何作用。我只是说，这样的事例还在少数。

现在让我们往后快进几年，哪怕只是想象一下，由于对女儿的折磨，这对父母被送上了法庭。我们假设这对父母最终被抓捕，受到惩罚——至于惩罚力度是否足够，尚有待争论。我不太确定,在这种情境下,女儿的心理反应会是什么样的。我想，也许会有些复杂。但假设没有，假设她是完全地为此高兴。进一步，假设她这种高兴并非出于认为漫长的监狱生活能够让他们重新做人——父母终于可以得到他们所需的帮助了。假设她高兴也并非因为不会再有别人受到他们的伤害了。再假设她高兴也不是因为这样的审判对其他恋童癖者起到了震慑作用。假设她的高兴只是出于一个更简单、更基本的原因：复仇。

假设她希望自己的父亲受到的惩罚不只是绳之以法、失去自由那么简单。假设她更希望自己的父亲与一个喜欢鸡奸与强暴的大块头待在同一牢房，从而“自食其果”。那么我们要说这是一个邪恶的念头吗？因为这样想，她就是一个邪恶的人了吗？我并不这样认为。我认为，她对于复仇的渴望也许是令人惋惜的，因为这可能是其永久性心理创伤最终使其难以健全地生活的表现。也许。但在这种情况下，这个女孩难言邪恶。为极恶之人的不幸而感到欣喜，也许这并非道德发育与成熟的好范例，然而同邪恶还相去甚远。

因此，我认为幸灾乐祸对于成为邪恶之人来说，既非必要条件，也非充分条件。它并非必要条件是因为，即使你不以他人的痛苦、折磨与不幸为快，你依然可以是一个恶人。就像那位母亲一样，你的恶也许是因为没有尽到自己的责任。或者像我们为那位父亲做的动机推测性还原一样，你的恶也许是出于自己一开始的错误信念。同时，幸灾乐祸对于成为一个恶人来说也并非充分条件。为恶者的痛苦感到高兴并不能自动地使你变坏，尤其是在你曾受过他们蹂躏的情况下。

许多人也许会对我将所罗门、卡明与温的实验同这位受虐待的女孩的例子放在一起说感到惊异——好像这样对她所受的痛苦有些轻描淡写。不过这种反应没有任何逻辑根据。这两个例子是类似的，背后都潜藏着这样一件非常恶劣的事——某种我们不能想象的痛苦与折磨。这些坏事是犯罪者一方的过失所带来的结果。这种过失是有关责任的过失。不过这涉及两种不同的责任。

一方面，是没有尽到道德责任（moral duty）。这种责任是保护那些无助的人，使他们免受那些以此认定他们处于弱势因而可牺牲的人的伤害。如果这不是一种基本的道德义务，那么很难想象还有什么是。那位母亲就是没有尽到这种责任，而且，就她的处境而言，她的过失毫无疑问是出于对丈夫的恐惧，但这也只可能减轻她的罪责，而不能消除。

然而，还有另外一种责任，被哲学家们称作知识责任（epistemic duty）。这种责任要求人们对自己的信念做适当的审慎考量：检查是否有适合的证据为它们提供合理性，并至少确定是否有与其抗衡的证据。我们现在对知识责任的关注少之又少，以至于大部分人根本不将其视作责任（当然，这本身就是知识责任出现过失的表现）。在我们对那位父亲的动机进行重建后（或许不太合理），会发现他的过失就属于这种。

在所罗门、卡明与温，以及他们的无数仿效者中，我们可以看到同样的过失。我们看到的是这样荒谬无疑、不具备合理性的想法，例如，用电击来折磨狗可以揭示出人类抑郁的本质——包括其各种各样的根源、病因以及表征。在他们身上，我们亦看到了道德责任的堕落：保护无力抵抗的有情生命（sentient creature）免受我们大多数人（幸好）难以想象的痛苦的折磨。

我们人类之所以没能看到世上的诸多邪恶，是因为我们被那些冠冕堂皇的动机所遮蔽，没能看到其中潜藏着的丑陋。这样的遮蔽是人类独有的缺陷。只要我们仔细地去审视恶，观察其各种不同的形式与伪装方式，总能追本溯源地看到我们在道德责任或者知识责任方面的过失。那些出于制造痛苦与折磨的特定目的，并且乐在其中的恶只是特例。

这带来了一个显而易见的后果：越来越多邪恶的行为与邪

恶的人相继出现，远比我们能够想象或者愿意承认的数量要多。当我们把邪恶当作精神疾病或者社会缺陷的时候，会认为邪恶只是特例：它只存在于社会的边缘。但实际上，邪恶充斥在社会的各个角落。它依附于暴力的父亲、共谋的母亲，也同时依附于荣耀而幸福的哈佛心理学家，而在我们看来，后者的行为仅是出于最好的人道主义关怀。我也曾有过邪恶的行为；很多很多。你也是。邪恶平淡无奇、司空见惯。邪恶是平庸的。

在关于阿道夫·艾希曼[1]的审判的出色分析中，汉娜·阿伦特[2]提出了“恶之平庸”（the banality of evil）的概念。作为SS（纳粹党卫军）的军官，艾希曼负责帮忙纳粹政权系统有序地灭绝犹太人。阿伦特提出，这样的罪行并非源于他施加痛苦与羞辱的渴望。他并没有这种渴望。她认为，他罪恶的行为是因为没有能力与受害者产生同理心，以及不能对自己的信念与价值观进行合理的审视。我赞同阿伦特提出的“恶之平庸”的观点。但是它是由我们的“不情愿”（unwilling），而非“不能够”（inability）导致的。所罗门、卡明与温不是没有能力检视

1 阿道夫·艾希曼（Adolf Eichmann，1906—1962），德国纳粹军官，盖世太保犹太部门的头目，对在第二次世界大战中数以百计的犹太人的被杀负有重要责任。战后逃往南美，后被以色列秘密组织逮捕，在以色列被审判处决。

2 汉娜·阿伦特（Hannah Arendt，1906—1975），德裔美国历史学家，主要出版著作包括《极权主义的起源》（1951）及《论革命》（1963）。

自己的信念，他们只是不愿意而已。对他们而言，绝非没有能力保护狗免受进一步的伤害。他们只是不愿这样做。

康德曾经很正确地说过，“应该”（ought）暗示着“能够”（can）。当说到“你应该去做”什么的时候，其实就是暗示“你能够去做”什么。相反地，当说“你应该不去做”——也就是“你不应该去做”——什么的时候，也暗示了你有能力不去做。若我们从“不能够”的角度来理解这种邪恶的平庸，那么它便给我们提供了太便利的理由：这件事只能做成现在这个样子，我们再做不到其他了。无能为我们撇清了罪责。但我认为，我们很难如此轻易地为自己开脱。

一个人未尽职责（无论是道德上的还是知识上的）的过失，都是根于不情愿而非无能的过失，是这铸就了世界上大部分的恶。然而，邪恶还有一个更深层次的原因，如果不是它，两种过失都无法造成严重的后果，这就是受害者的无助。

6

你也许已经注意到了，这一章的主旨同前一章关于猿类独特性的讨论并不完全契合。在前一章中，我论证了这样一个观点：世界上有一件东西毫无疑问是由猿类带来的，这便是某种驱使他们互相对付的蓄意的恶意。从这里，很容易就可以推导出，独特的人类之恶是心存恶意的后果。然而，这一章里我论证的却是另外一个观点：大多数人类所造之恶并非存心的恶意之果，而是出于履行道德和知识责任的不情愿。但至此，关于邪恶，我们只解释了一半，还有充足的时间将这项猿类的发明娓娓道来。蓄意的恶念确实在人类之恶中扮演了一个重要的角色；倒不是说表现在恶行的实施上，而是为这些行为提供了一个理由。猿类的恶意——人类尤为突出——体现在他们制造无助的能力上。在这一方面，人类操纵着自身的邪恶性，使其成为可能。

实验中的狗与那受虐的女孩一样无助。孩童的无助是天生的，但是狗的无助是人为制造的。所罗门、卡明与温自认为在研究“习得性无助”的表象，但与此同时他们也参与了制造无助的共谋。这听起来有些讽刺，但其实并非讽刺，只存在目的：为了研究人类的无助，就必须先在动物身上制造无助。

捷克作家米兰·昆德拉在其《生命中不能承受之轻》中提到了人性之良善的本质，我觉得非常重要且正确：

> 真正的人类美德，寓含在它所有的纯净和自由之中，只有在它的接受者毫无权力的时候它才展现出来。人类真正的道德测试，其基本的测试（它藏得深深的不易看见），包括了对那些受人支配的东西的态

度，如动物。在这一方面，人类遭受了根本的溃裂，溃裂是如此具有根本性以至其他一切裂纹都根源于此。[1]

如果我们人类过分重视动机，而遮蔽了隐于其下的丑陋的真相，那么为了读懂人类的良善，我们必须撇去这些动机。面对一个软弱无力的人，你无须体面而恭敬地对待他，因为这对自己毫无好处。他们既不会帮助你，也不会阻碍你。你不害怕他们，也不觊觎他们的协助。在这样一种状况下，善待他们的唯一动机只可能出于道德上的原因：你这样对他们，是因为这样做才是对的。你这样做，因为你就是这样一个人。

我评价一个人，总是通过看他们如何对待比自己弱势的人。我评断一个有钱的用餐者，会看他是如何对待为自己侍餐的服务生。而评判一个经理，我会看他是怎样对待自己的员工。从这一点你可以知道这个人的许多方面。不过这种检验并非完全准确。受辱的服务生可以往用餐者的汤中吐口水，或者做更糟糕的事。办公室职员也可以把工作做得很差，从而使得经理被上司找麻烦。观察一个人对待相对于自己的弱者的态度，你会发现他身上重要的一面。但是，通过观察他对待完全没有力量

1　此段译文节选自韩少功、韩刚译本，时代文艺出版社，2002 年。

的无助者的态度，你会发现更多。那么，就像昆德拉指出的那样，最切合这种弱势者地位的，便是动物。

极具讽刺的是，作为一只一向被用来比喻人类灵魂阴暗面的生物，布朗尼其实在昆德拉的测试中表现得不错。他的争斗，尽管粗暴而血腥，但总是针对比自己大而凶猛、咄咄逼人的狗。换句话说，它的对手总是那些让自己感到威胁，或者实际上已经威胁到自己的大狗。我认识其中很多狗，它们为我的橄榄球队队员或者是他们的朋友所有。其中的一些会用头撞破窗玻璃，只为了和玻璃那头的另一只狗打架。它们是事实上的或者潜在的威胁，这一点是客观、不争的事实。而对于那些明显弱于自己的狗，布朗尼要么不感兴趣，要么就会显示出一种独特的友好态度。我还记得有一次，一条六个月大的雄性拉布拉多犬从远处向布朗尼跑来，它惊慌的主人在其身后穷追不舍；小狗兴奋地扑到了布朗尼的身上——布朗尼本来十分讨厌这种行为，但是他对此无计可施。最后，他将狗儿的头轻轻地含到嘴里，试图温柔地阻止它。你真应该看看那狗主人当时的表情。或许是因为怀旧的缘故，我的描述有些偏差，但是，就我能回忆起的事实而言，若用昆德拉的方法来检验布朗尼，我认为他确实显露出名副其实的完好道德名誉。

如果说人类的良善可以通过与弱势者的关系来自我检验，那么人类的软弱——至少是相对的软弱——也是如此，这是人类之恶的必要条件。而从这一点，我认为，可以看到人类的根本缺陷。人类是制造弱者的生物。我们驯化了狼，让它们变成狗；我们捕捉了野牛，让它们成为奶牛；我们抓住了种马，让它们变成阉马。我们制造弱者，这样自己便可以利用它们。就这点而言，我们在整个动物王国是独一无二的。那被虐待的孩子生来无助，但所罗门、卡明与温所利用的狗，却是一万五千年来社会与基因制造的产物，终究这样无可避免地，被扔入带电的穿梭箱中。

人类倒并非唯一不客气地对待弱者或者无助者的物种。所有的动物都会利用弱者，尽管大体而言，它们别无选择。一群狼会先假装多次袭击一群驯鹿，如此一来便可知道这一群鹿中哪一头是弱小的。当它们察觉目标，便会集中力量来对付那个个体。狼妈妈在发觉自己的狼崽有不寻常的虚弱迹象时，也会杀掉自己的孩子。从最深处来说，生命就是一个弱肉强食的不愉快的过程。生命是极其残酷的。

然而，人类的特别之处在于，他们会在接受了生命的残酷之后，将之提纯，以此强化。他们将生命的残酷上升到了一个新的高度。如果用一句话来定义人类，那就是：人类就是操纵着自己的邪恶，使之成为可能的动物。

我们会成为这样一种动物，这并非偶然。我们已经看到，在猿猴之中，社会智力是放在第一位的。我们善于在其他动物身上制造无助感，因为我们是第一个有能力这样对待同类的物种。猿猴的阴谋与谎言，就是为了试图让那些比自己更强势的同类变得比自己弱小。我们身上的猿性总是为了寻机在其他猿类身上制造无助的可能性而存在。它总是在寻找将邪恶付诸实践的机会。

然而，善有善报，恶有恶报。当你将他人视作可利用的机会、可欺凌的弱者时，这种目光势必会污染到你看待自己的方式。我毫不怀疑自己是一个会受欺负的弱者，因为，在我的一生中，一直都是这样看待他人的。我们在自己身上架构的无助感，其实是源自我们看待自己的方式，以及自己实施过的恶行。我们哀诉着自己的理由，哭诉着那些使自己"情有可原"的境况。除此之外，别无出路——我们就是这样告诉自己，以及那些愿意听我们讲述的人的。也许这是真的。但我们会这样想，这就是弱点所在。一匹狼从不找借口。它做了就是做了——也许那也是他不得不做的——然后自己承担结果。

将邪恶视作心理问题或者社会问题的后果的想法，究其根本，是因为我们为自身构建了那种小心翼翼地在他人身上建造起来的无助。我们觉得，自己早已不再是值得进行道德评判的对象。无论我们是好是坏，都是另一回事——与道德无关；那是不受我们自己控制的。为自己的道德状况辩解，为我们实施邪恶的罪行开脱，这就是制造邪恶的最有力证明，也最清晰地展现出我们坚持不懈地在自己的灵魂中积累的那种软弱。认为道德实是另外一回事——这是多么显而易见的弱点，也只有人类才会无视这种缺陷。我们不再强大到能够离开借口生活。我们不再强大到拥有为自己定罪的勇气。

7

据我们所知，宇宙起源于一场大爆炸。随之而来的便是急速的扩张——从一个难以想象的微小的奇点[1]，到一个不可思议的庞大的且仍在继续扩张的宇宙。最终，这个宇宙冷却到了足以让物质形成的程度，结果就是我们熟悉的如今宇宙的二重性——物质与空间。这种物质进一步浓缩，形成独立的恒星，之后是行星。在一些行星之上——就我们所知，至少有一个，但或许有更多——生命体开始出现。最开始，它们是简单的有机分子，漂浮在由甚至更简单的成分构成的汤[2]上。为了获取汤中的自由电子，这些分子开始相互竞争。每一个分子的复杂化，伴随着的是其他生命的停滞与终结。从这样的开端来看，

1 奇点，宇宙大爆炸之前宇宙存在的形式。

2 此指原生汤（Primordial Soup），又称原生浆液，是地球上产生生命的有机物的混合溶液。

生命便是一场零和博弈（zero-sum game）[1]。就这样，一些分子变得善于发现周遭分子中的弱者。它们成了分子中的肉食者，剥削那些弱小分子，分解其身，侵吞其原子。这样的过程缓慢地继续着，就这样又过了数十亿年，逐渐产生了越来越复杂的分子。

当然，这一切并非由宇宙决定的，它们就是这样自然发生的，至今我们尚未发现任何整体上的指示与控制。不过大约四十亿年之后，一件出乎意料、令人难忘的事情发生了：宇宙开始具有自我思考的能力了。这个宇宙中的一小部分开始有能力询问关于自己、关于这个宇宙的其他部分，以及关于整个宇宙的问题。最终，20 世纪 90 年代初的某一个初夏早晨，两个在此过程中出现的产物（其中一个热衷于思考此类问题），发现他们正一起在亚拉巴马凉爽的晨风中跑着步。那正迈着笨拙的步子、气喘吁吁地穿过塔斯卡卢萨的“宇宙的一小部分”，正在问自己这样一个问题：这一切值得吗？在经过了四十亿年盲目的、未经思考的进化后，这个宇宙产生了我。这真的值得吗？与之相应的一个问题是：在经过四十亿年盲目且未经思考

1　博弈论的一个概念，属非合作博弈。指参与博弈的各方，在严格竞争下，一方的收益必然意味着另一方的损失，博弈各方的收益和损失相加总和永远为零，双方不存在合作的可能。——编者注

的进化后，这个宇宙产生了布朗尼。两者中哪个更值得呢？

我猜，在我和布朗尼中，只有我才能问这些问题。但这难道就使我成了存在于宇宙中的更有价值的那一个了吗？人类往往都是这样认为的。20 世纪的哲学家马丁・海德格尔曾说过，一个人的独特之处——可以引申为价值——在于，对于存在的人来说，其存在本身就是一个问题；也就是说，人是可以问诸如“我是谁？”以及“我值得吗？”这种问题的生物。这就是广义的理性，正是它让我们优于其他动物。不过想要理解“更优”这个词的含义，确实是很难的。我在解决复杂的逻辑以及概念上的问题做得更好——至少在我状态好的日子里如此。譬如，在喝了晨起的第一杯咖啡以后。不过布朗尼更善于跑步。哪一种技能更优（better）呢？

理解“更优”这个单词的方式之一（或许是最显而易见的方式）是“更有用”。不过如果真的如此，“更优”的概念便要因物种而异。对我们有用的东西可并不适用于布朗尼——反之亦然。对于他来说，快速奔跑以及在狭窄之处急转弯的技巧才是有用的——至少在他老家，这是他得以捕获猎物的本领。然而，对于我来说，这种技巧却并没有这样大的用处。每一种动物都有其独特的生活方式，而每一种技能的“更有用”与否与之息息相关。

这个道理，在从“杰出”（excellent）的角度理解“更优”

时也同样适用。作为野心勃勃的、狡猾善竞争的猿类，我总是力争杰出——也许并非“总是”，但至少在近来的一段时间里如此。对于我来说，杰出包括思考复杂的概念问题，并且将思考的结果写在纸上的能力。柏拉图曾率先提出一个传统思想，认为理性就是人类独特的杰出属性。但这种想法也只是在重申，杰出的概念与动物的生活方式有关。猎豹的杰出在于迅猛的速度，因为跑得快就是猎豹的专长。狼的杰出在于（与其他方面相比），在某种意义上，它们的耐力惊人，可以为了追逐猎物而连续跑 20 英里。杰出的概念为何，取决于你是什么。

理性优于速度与耐力。我们总是，或许无可避免地，倾向于这样说。不过我们能够为这种断言提供什么依据呢？“更优”并不能提供什么客观实在的意义让我们证明这一点。一旦我们这样说，“更优”便失去了其意义。只能说什么对人更好，什么对狼更好。没有普世性的标准来评判这些“更好”中哪个更好。

我们人类很难认识到这一点，因为我们很难客观地对待自己。即使是我，也难免怀疑自己的论述中是否遗漏了许多东西。所以，这有一个关于客观性的实践。中世纪的哲学家曾使用过一个短语，我认为它优美婉转，一语中的——“在永恒的凝视下”（sub specie aeternitatis）。在永恒的凝视下，个体不过是浩瀚宇宙中一个微不足道的斑点；在永恒的凝视之下，人类不过是众多物种中的一员，而且还是诞生时日并不长的那一个。在永恒的凝视之下，纵使我们能够解决复杂的概念性问题又如何？与布朗尼那如同半空悬浮般在地面上滑行的技艺相比，永恒的双眼为什么要觉得我们这样的本领更优呢？在它看来，我的所谓“能力”不过是微不足道的小花招。

尽管我们不能评判其他动物——如果不能通过逻辑客观有效地证明我们优于它们的话——也不妨碍我们欣赏它们。我们对它们的欣赏源于一点模糊的意识：在它们身上，有我们缺乏的东西。通常，甚至是一般性地，我们在别人身上最欣赏的，就是自己所不具备的东西。如此说来，到底是出于什么，使得这个猿类竟会如此羡慕身边这匹奔跑着的狼呢？

当然，其中部分是因为某种我不能模仿的美感。狼是美学的一种最高形式，在其面前，精神很难不被振奋。每一次，无论我在开始跑步的时候状态多么糟糕，只要看到他那种安静的滑行之美，我的心情就会好很多。他让我充满活力。更重要的是，在这样的一种美身旁，你很难不想去仿效。

但如果说，狼之美是一种我不可仿效的东西，那么潜于其下的是另一种东西：一种我无论如何都无法试图接近的力量。作为猿类中的一员，我粗俗、乖戾、善于对付弱者，在其他生物身上制造软弱，最终自己也受其传染。正是以这种软弱为根基，邪恶——道德之恶——开始在世界滋生。而狼之美，根源在于力量。

一次，当布朗尼大概两个月大的时候，我像往常一样带他一起参加橄榄球训练。那会儿他正喜欢戏弄罗格，因此后者一点也不喜欢他。最终，罗格大发雷霆，咬住了布朗尼的脖颈，将其按到了地上。为了自己的荣誉，罗格就是这样做的。它完全可以像弄断一根小树枝一样拧断布朗尼的脖子（可见斗牛犬也可以通过昆德拉的测试）。但我永远忘不了布朗尼的反应。大多数小狗会惊惧而害怕地尖叫起来，但布朗尼咆哮着。这并非小狗的吠声，而是蓄积在他稚嫩的年龄下的，深厚、冷静、洪亮而铿锵的咆哮。那是一种力量，也是我一直尝试具备的东西，我希望我能够做到。作为猿类中的一员，我十分缺乏这种力量；但是我有一种义务，道德上的义务，去永远记得它，尽我所能地仿效它。如果我能做到，哪怕只是与一头两个月大的小狼崽一样强大，那么我便不会再有道德之恶滋生的土壤。

一只猿猴若遭遇类似情况，会急速躲到一旁，然后暗暗地谋划着它的报复，寻找让羞辱了它的强者变得脆弱的方法。一旦这样的计划落实,邪恶也随之成为现实。我是猿类中的一员，这与生俱来，无可选择。但在我达到自身最完善的时刻时，我是一头小狼，用嗥叫反抗那头将我按在地上的斗牛犬，告诉它我的轻蔑。那嗥叫在向着降临的痛苦致意，因为我知道痛苦就是生命的本质。那嗥叫宣示着我不过是一头小狼，知道自己的脖颈随时可以被生命的对手如折枝一般拗断。但那嗥叫同时也是一种意志，告诉自己永不服输，无论何时何境。

我曾经有一个同事，在哲学家中显得很不寻常，因为他是一个信徒。他总是告诉自己的学生：当灾难来临，你们就会相信上帝的。也许事实确是如此。大难临头之时，人们会去寻求上帝的庇佑。而当灾难降临于身，我，会忆起那头小小的狼。

第五章　骗　子

人类文明，

以及最终的人类智力，

都是一场武器竞争的产物，

谎言是其最基本的导弹头。

1

有这么一个故事，讲述的是一匹住在意大利古比奥的狼同阿西西的圣方济各[1]的遭遇。这匹狼对村民们造成了威胁，大家请圣方济各劝说狼停止其恶行。一天，狼与圣徒在城墙外会面，最终达成了一致的意见，缔结了一份由城市中合适的官员公证的有效协议。狼同意不再威胁当地民众，也不再骚扰他们的牛。作为回报，古比奥的居民承诺为狼提供饮食，并且允许它在城内自由穿行。这个故事让我觉得有趣，因为我也跟布朗

1 又称圣弗朗西斯，天主教方济各会和方济女修会的创始人，是动物、商人、天主教教会运动以及自然环境的守护圣人。

尼达成过极为相似的协议——完全由我俩独立缔结，与这个故事无关。具体而言，我与小布朗尼之间的协议内容如下：

> 好的，布朗尼。我走到哪里，都会带上你：我的课堂、讲课过后的橄榄球训练、周末的比赛（无论是在家还是在外地）。如果我去购物，你也可以一起去，但是必须待在车里。（我会尽快回来的！）而且，我绝不会在炎炎烈日之下把你独自留在车里的，也幸亏我们离家不远处就有一个24小时超市。我会保证你每一天都能享受一个长时间且有趣的散步运动。我跑步的时候，我们可以一起。你每天的饮食都会营养丰富。每一个晚上，微微疲惫的你会带着这又一天的美好与新奇进入梦乡。这里还要提到一点——订立协约的时候我还没有意识到，但是随着岁月流逝，我逐渐痛苦而分明地察觉：每一次买房时，我都要比原先多交至少5万美金，这样才能确保有一个大小说得过去的花园任你跑。另一方面，你呢，不可以破坏这座房子。这是我唯一的恳求。我发现，有的时候你会禁不住我放在你触手可及之处的饿汉餐的诱惑。不如意之事难免会发生嘛。我不会总想着这些事，也不愿让你为这吃苦头。我只希望你饶过我的房子。也

就是说，希望你不要毁坏房子里的东西。谅你还是头
小狼，且意外时会发生，尤其是在夜间，我不会苛责，
但请尽量不要在我的地毯上撒尿。

如果你把我的房子换作古比奥这所城市，将我换作故事中的圣方济各，你会发现，两个故事简直如出一辙。但是，不同于圣方济各的是，我打破了这份契约。直到现在，十多年后的今天，我仍为这事耿耿于怀。

在亚拉巴马的生活，实际上就是一场持续七年的派对。从很多方面来说，我是幸运的。其中一条就是，我有一个二次享受大学生活中所有要素（派对、酒会、各种各样的运动）的机会。而这一次比头一次还要有更多乐趣——或许是因为这会我有钱了；也或者因为，青春总是在年少时光中被挥霍，而学生也总是虚度求学生活。谁知道呢？

在布朗尼 4 岁，我 30 岁那年，我们放浪的日子不得不画上了句号。究其真正原因，或许是我们都有些老了，不能再过那样的生活了。刚接到亚拉巴马的工作时，我只有 24 岁。在 24 岁时过着学生生活是一回事，不过这个岁数还在参加学生橄榄球派对的你，已经开始有些伤感，随之而来的便是局促不安。不过我搬走的直接原因倒不是因为我自己，而是我父亲的衰老。一次又一次肺炎的发作，让我越来越怀疑他是否时日不

多了，因此我觉得我应该离家更近一些。当然，这个老家伙后来痊愈了，如今仍健在。不过这对于我来说已经太迟了：那被酒会和衣着暴露的“橄榄球员的拥抱员”填充的生活，已经一去不返了。

不过这却是我迄今为止做过的最好的决定，即使那时候看来并非如此。我在哲学上尚有未完成的工作。在亚拉巴马过的那种放纵而骄奢的生活，使得我完全不再有文章写作或者发表上的成就。很显然，我绝非那种自制力强得足以抵挡身边诱惑的人，所以我必须改变自己的生活。因此，我决定，在返回大西洋彼岸之后，要选一处绝对僻静的地方。为了布朗尼，我应该在某一处乡村定居。不过最重要的是，我需要一处为我一心一意写作排除干扰的地方。所以我们搬到了爱尔兰，我在那里的科克大学任教。哦，忘了说，影响我去那里的另外一个比较重要的原因就是：这是唯一一个愿意聘任我的大学了。这就是在派对之中挥霍了七年青春的后果。

但问题在于，布朗尼需要接受爱尔兰政府的处置，送往都柏林北部索兹的丽莎戴尔羁留中心观察六个月。那时候还没有宠物护照，布朗尼需要度过六个月的隔离检疫期。这是一项难以言表的愚蠢而可恶的制度。它是从狂犬病疫苗发明以前开始实施的，而这项“近来”的医学发明进入英国和爱尔兰竟花了大半个世纪的时间。布朗尼自幼便年年打狂犬病疫苗，很显然他的血液里已有抗体了。尽管如此，他还是得和其他上千条狗面临相同的处境，服满应服的刑期。

我不知道布朗尼在那边感觉是怎样的，但对于我来说，那是最难熬的一段日子。六个月来，我常常是哭着睡着的。我到现在都不确定自己是否对他做了正确的事：六个月对于一匹狼的一生是很长的。不过，不同于一般的狗，他是一头非常镇定的动物，即使在幼狼时期也是如此。没有什么能够真正烦扰他的东西。在他与斗牛犬罗格的相处中，你已经能看出这一点了。所以我猜，在这段日子里，他也能安之若素。事实上，他也的确泰然自若，不像其他被隔离的狗，留下了明显的心理创伤。

事实上，丽莎戴尔实施的是相当宽容的政策。马吉拉，羁留中心的所长，很喜欢布朗尼。这很容易理解，因为他毫无疑问是到访爱尔兰的“狗”中最英俊的一只，给那里增色不少。这一次，他冒充一条阿拉斯加雪橇犬。我在表格中是这样填的，因为在爱尔兰，狼的法律地位很模糊。那时，爱尔兰人没听说过阿拉斯加雪橇犬，即使是兽医也不确定它们应该长什么样。因为他极为突出的外表和谦逊有礼的举止，马吉拉给予了他许多特权。其中最重要的一项是白天中大部分时间他都可以四处游走。显然，他利用这些时间向其他囚徒们显示了自己的优越感，而且大多是通过在它们的栅栏前到处撒尿的方式。我那时会每周去看他一次，在那段日子里，这意味着我得在爱尔兰的道路上颠簸十小时；然后我们再一起在那建筑群周边走上几个小时。但这样的特权最终被剥夺了，因为他有一次极为不明智地偷翻了马吉拉的购物袋，并且迅速地把她的速冻鸡肉吞了下去。好在那时，他已经快要刑满释放了。

在他被放回之后，我尽一切所能补偿他。这意味着每天尽可能多跑一会儿。他重获自由的那个夏天（他是六月出狱的），我俩一直待在威尔士西部我父母的房子里。事实上，不能完全算是在他们的房子里，而是在花园末端的活动房屋里，因为刚一见面，布朗尼就讨厌我父母的大丹犬——邦尼和蓝。事实上，我们刚到家没几小时，他就已几次试图咬死蓝了。那些日子里，我们经常在西淡水、南布罗德港，还有他最爱的巴罗方多景色壮丽的海滩上或者附近奔跑。巴罗方多后面的沙丘上有上千只老鼠，就是在这里，布朗尼开始学习捕猎。在亚拉巴马时，我是不会让他学习这项技能的，因为那里有蛇。

那个夏天接近尾声的时候，我们搬到了爱尔兰。到那里的第一年里，我们住在主教镇，位于科克城西界的郊区。我尽可能让布朗尼的生活过得和他在亚拉巴马时一样。所以我们依然每天跑步——通常是在黎河河谷公园和与之毗邻的原野上。或者我们会去巴林科利格的火药厂公园。周末的时候，我们会出发去各个地方：前往因奇多尼的海滩，在去都柏林的路上经过米切尔镇的格兰加罗森林，在巴利科顿湾的悬崖上散步，还有其他许多地方。这个时候我开始四处冲浪，一周中有好几天，如果海浪合适的话，我们会前往海风徐徐的海滩。在那里，当我试图在冲浪板上站稳的时候，布朗尼会到处扑腾水玩儿。隔离期也许是难熬的，但是，感谢圣帕特里克[1]，我们在这里用不着担心蛇的袭击。

2

某件事是无可避免的事实，并不能使其因此变得不讨人厌。我知道我不得不回到大西洋彼岸。我知道布朗尼必须要度过隔离期。我知道在那更合适于他的气候与乡下条件下，他会在爱尔兰过着更加滋润的生活。但是我至今仍难以摆脱十二月初的那一天，当我开车把他送去亚特兰大并将他送上飞机时的阴霾。它如今依然时时在我的噩梦中出现，而当我醒来，面对着的是第二重梦魇。一开始，我因为在梦中背叛了布朗尼而伤心，但随后，我会想起，他已经离我而去。那个圣方济各与古比奥的狼的故事是个与狼订立协约的愉快故事。它之所以愉快，是因为当事人都遵守了协议。但是这里还有一个关于同狼制定协议

1　圣帕特里克（St. Patrick），在爱尔兰传播天主教的圣人，传说他用手杖将蛇赶到海中，使得爱尔兰从此免遭蛇的困扰。

的更为阴郁的故事，从中我们读到了破坏协议后的悲惨结果。

芬里尔（Fenrisulfr）是北欧神话中的一头巨狼。他与自己的弟弟妹妹都生活在一个不幸的环境里。他的哥哥，耶梦加得（Jormungandr），那条尘世[1]巨蟒（Midgard serpent），被奥丁（Odin）以莫须有的罪名扔到了海里——至少那罪名在法庭上是站不住脚的。他的妹妹，赫尔（Hel），只因一个神志不清、满腔恶意的干瘪老太婆的一句话，便被放逐到了死人的国度。所以，有关神，或许我们应该知道的第一件事很简单：不能相信他们。然而，芬里尔似乎并没有给予诸神具体的证据使得他们不相信自己。恰恰相反，正是记得自己是一头谣传中有着可怕天命的巨狼——在诸神的黄昏（Ragnarok），也就是世界末日的那一天，他将吞噬太阳——他才因而过着一种极为克己的生活。但是，当他长得越来越大，诸神开始害怕他，而他们的解决办法——同样毫无逻辑——就是将他绑在一条链子上，然后将其遗忘。首先，他们制造了一条叫作"洛丁格尔"（Loedinger）的链子。但很快链子就被挣断了。于是他们又制造了"德洛米"（Dromi），这一条铁链有洛丁格尔的两倍粗，但还是被芬里尔扯得粉碎。所以他们又让小矮人们做了另外一

1 尘世（Midgard），北欧神话中人类居住之地，介乎天堂与地狱之间，有彩虹与天堂连接。

条链子。这条链子是用猫的脚步声、女人的胡须、山的脚、熊的灵魂、鱼的呼吸以及鸟的唾液做成的。

至此，我们又学到了关于神的第二件事，它合理而直白地解释了前一件事。倒不是说诸神格外愚蠢，虽然实话实说，其中许多确实脑袋不够灵光。他们倒也不一定是道德败坏或是怀揣恶意，尽管其中许多确实如此。确切点说，他们只是在理解他人心理的能力上有些缺失。这些神不懂得心理学的理论，在换位思考方面存在着先天缺陷。他们并不具备同理心。再直白些说，可以用来形容神的最有把握的特质或许是：他们是反社会者[1]。

他们难道真的认为芬里尔会上当受骗吗？他可从没给过别人自己是头智力残缺的狼的印象。但他们还是给芬里尔拴上了两条链子，还是有史以来锻造出的最重、最结实的链子。这并没有用，所以他们又给他系上一条丝绸一般的带子。难道他们不觉得芬里尔会感到疑惧吗？所以，芬里尔便如此质问他们。“没有，没有，”他们这样向他保证，“其中没有任何诡计。”“我以我母亲生命的名义向你保证。”据称奥丁是这样说的，也许他是以为自己在讲着什么巧妙的行内笑话（但这只能再次证明大量文献证据所证明的一点：巧妙绝非奥丁所长）。

1 反社会者（sociopath），因心理障碍而有攻击或者伤害他人行为的人。

关于这件事，官方版本是这样的：众神之中最勇敢的提尔（Tyr）自愿将自己的手放入芬里尔的嘴中，以示诚意。他就这样牺牲了自己的肢体，成全了大家。但是，当然，神话是由胜利者书写的。也许是我同一匹狼共同生活了太久的缘故吧，这种官方版的故事实在不能让我信服。确实，我认为其中很多特征显示出，这个版本是被提尔篡改并固执地流传下来的。这使人不得不怀疑，提尔不仅不是诸神之中最勇敢的，而且是最危险残忍、满怀恶意的。我们都知道他对于饲养芬里尔有着难以解释的兴趣，从这点来看，很不幸地说，或许从芬里尔还是一头幼狼开始，其早年生活中的大部分时间，都是在提尔这样或那样的折磨之中度过的。而且，如果是这样的话，芬里尔在他的“欲咬之物清单”中，一定把提尔排得很靠前。我们也忍不住猜想，提尔并不是自愿把自己的手放到巨狼的嘴里的，而是奥丁让他这样做的——他一定不肯忍受这样的疼痛。如此，我们便可以想象，当提尔鼓起勇气照奥丁的指示做，或者当他鼓起勇气反抗诸神让他将手放进巨狼口中的要求时，其表情将会是什么样的。芬里尔只需对提尔皱一皱眉，这位“诸神之中的最勇敢者”想必就要吓得屁滚尿流了。

也许提尔的手牺牲得值。也许芬里尔也很乐于配合诸神玩这个游戏。他毁灭世界的时候还没有来到，还需要等很久很久。

据说，等到时日到来，也就是在诸神的黄昏那天，他的体形会变得无比巨大，上颌耸入天，下颌触及地。不过，这距现在还要等上好一会儿。他可是头分外沉稳的狼。他不惧怕监禁；他可以毫不费力地度过刑期。于是，他就这样被铁链系缚在了林格维岛上一块名叫“尖叫”的石头上。当然，提尔想要复仇。因此，对仅是把芬里尔拴到世界毁灭之日这个办法并不满意的他做出了其拿手之事：将一把利剑插入芬里尔的口中。于是，这巨狼的口水从两颌间喷涌而出，汇成了一条河。河的名字就叫“希望”。而那条将芬里尔拴至世界尽头的铁链叫作“格莱谱尼”（Gleipnir）：“欺骗者”。

当然，这个故事的悲剧性在于，没有人能够得知，倘若不被如此过分地对待，芬里尔将会如何表现。众所周知，在诸神的黄昏那一天，他协同巨人反抗诸神，将奥丁开膛破肚以复仇。不过谁又知道，倘若诸神不背弃约定，他会站在哪一头呢？而既然他们自己毁约在先，又有何权利期望芬里尔的支持呢？

驱车前往亚特兰大的旅程中，我是如此恐惧。这恐惧源于，我知道自己将会无比想念布朗尼。这恐惧同样也源于，我不确定当他从羁留中心走出后，会站在哪一头：是诸神的那头呢，还是巨人的那头？那些神祇又有何权利——我或许只是出于审慎，更确切地说，出于讽刺，才这样说——在背叛了他之后，又期望着他的支持呢?

在有些版本的神话中，神祇们知道他们的做法是必然的。他们知道，除了拴住芬里尔，他们别无选择。他们知道，在“诸神的黄昏”那场战役中，芬里尔必然要与他们作对——那是神的时代将被巨人的纪元所取代的日子。他们知道，巨狼需要被拴缚，才能在之后与巨人携手对抗自己。他们知道自己必须做这样的事。但是这“知道”并不能使你从“已做”的沉重负担中解脱。

在亚特兰大的那一天，同布朗尼的告别让我悲伤欲绝，因为我并不知道，当我再见到布朗尼，我的“野牛男孩”的时候，他是否还会在那里等着我；还是说，同样的皮毛之下，他已俨然被另一匹狼所取代。

3

事后一想，我觉得，如果一位哲学家认为我和布朗尼的小国是基于契约条款缔结而成的，那么这个想法是很自然，甚至说有点毫无新意的。社会契约的概念在西方哲学史中，占据了举足轻重的地位。其中，首要的先驱便是 17 世纪英国哲学家，托马斯·霍布斯。

对霍布斯而言，自然是令人不快的——正如丁尼生[1]在之后形容的那样，腥牙血爪。人类也曾在这种自然的状态下生活，这基本就意味着生活在彼此的对抗之中。没有人是安全的；没有人可被信任。友谊与合作都绝无可能。我们像动物一样生活，或者说，像霍布斯眼中的动物那样生活，其结果便是，我们的生命“孤僻、可怜、低贱、野蛮而短暂”。

霍布斯提出，正因如此，我们缔结了一项契约，一份协议。而这份协议的所有要素如下：你同意尊重他人的生命、自由与财产，前提是他人也要尊重你的生命、自由与财产。因此，你要同意不去杀害他人，他们也便同意不杀害你。你要同意不奴役他人，他们也便同意不奴役你。你要同意不偷盗他人的房屋与财产，他们也便同意不偷盗你的房屋与财产。社会就是这样建立在“你帮我，我便也帮你”的基础之上。或者，至少达到，“你克制住没有在背后捅我一刀，我便也会克制住，不在背后捅你一刀”。

霍布斯就是这样讨论从野蛮——他所理解的野蛮——到文明的转变的。契约推动了这样的转变。如果你接受了契约，那

1 艾尔弗雷德·丁尼生（Alfred Tennyson，1809—1892），英国诗人，其作品《悼念》《轻骑兵的责任》等，反映了维多利亚时期的情感和美学思想。1850 年获得“桂冠诗人”的称号。

么你就要接受某些自由上的限制。而你之所以这样做，是因为你的生活可以因之变得更好。这就是社会形成的目的与理由；这就是道德的目的与理由。

不幸的是，霍布斯这套关于我们如何从腥牙血爪的“自然”状态变成如今的文明而非野蛮阶段的说法有很大的漏洞，大到足以让体重150磅的布朗尼从容地穿梭而过。如他所说，在此契约之前，我们是野蛮的：我们的本性血腥而粗鲁，我们的生活孤独而可悲，如此种种。而在契约之后，我们变得文明，我们的生活也随之变得更好。

霍布斯从未想过的一个问题是：这些名副其实的腥牙血爪者，是何以被带上谈判桌的呢？另外，更重要的是，当你把他们聚集到那里以后，又会发生什么呢？如果说，在缔结协约之前，我们都如霍布斯说的那样低贱而野蛮，那么何不利用这个聚在一起订立协约的良好契机来残杀一两个对手，或者在竞争中展示自己强于对方的权威呢？那么谈判的场景必然成为一场灾难，一次屠杀。我们的生活将会变得更凄惨，更孤独、卑贱而粗野，而且毫无疑问地，会更短暂。那么问题来了：契约只在文明人中才有可能出现。因此，它不可能是先让人们变文明的东西。

人类文明绝不可能建立在一纸契约上，这已是不争的事实。不过有哲学家提出，我们可以认为文明是这样被建造的：先想象，人们选择依照协约的规定生活后，所出现的一个公平的社会、公正的文明的样子，然后再思考那些规定应是什么。我曾经也是这样想的，但现在不是了。我现在认为，协约的重要之处在于其揭示出了我们人类的本质，以及——再次强调——揭示出了人类本性中根深蒂固而又难以称道的一面。

有的时候，某种理论说了什么并不重要，重要的是它说明了什么。所有理论都是基于某些假说之上的。有些假说很明确，提出者意识得到并且承认它们。不过总有一些并不明了的假说。有的甚至永远不可能明了。那么此时，哲学家的任务从本质上说是考古学意义上的。但他挖掘的并非土壤，而是理论，尽自己所有的才能与韧劲，揭示出理论所基于的假说。这就是理论所说明的东西，它比理论本身要重要得多。

而社会契约论说明了什么呢？它似乎是在讲述道德与文明的基础以及合法性。问题在于，它真正探讨的是什么呢？答案是：两个东西。这两者一个比一个显而易见，然而没有一个讨人喜欢。

4

社会契约揭示的理论就是，只有我们人类——或者，更确切地说，猿类——才对权利如此着迷。这个理论有一个显著的结果：对任何一个显然弱于你的人，你都没有道德上的义务。你与他人订立契约，是基于以下理由：他们可以帮助你，或者他们有可能伤害你。你需要帮助？没问题——如果你答应在别人需要帮助的时候对他伸出援手，那么他便会帮助你。你想保护自己不受谋杀、袭击与奴役的伤害？别担心——如果你同意不这样对待别人，他们也不会这样对你。但如此一来，这意味着你只有理由同那些可以帮助你或者能够伤害你的人订立契约。契约的概念，只有在签约者有着至少大致平等的权利的条件下才有意义。这几乎是每一位被契约绑缚者都认可的观点。结果就是，任何一个明显弱于你的人——任何既不能帮助，也不会伤害到你的人——都被排除在契约的范围之外。

不过，请记得，契约应该是能为文明、社会与道德提供正当性的。那些被契约排斥者必然游离于文明之外，他们存在于道德的边界之外。你对于那些显然比自己弱势的人并无道德上的义务。这就是以契约化的观点来观察文明的结果。道德的目的就是积累更多的力量，这是社会契约论揭示出的第一件事，也是此理论基于的第一个假说。野蛮或是文明，哪一个是真正的腥牙血爪呢？

如果我们再深挖一些，会发现第二个未被承认的假说。契约是基于故意的牺牲以及预期的所得之上。你之所以会放弃一些东西，是因为你期望得到一些更好的东西作为回报。你交出自由换回保护，是因为你觉得保护胜于自由。为了得到契约的保护，为了有人保护你的利益，你必须去保护他人。而为这，你将付出时间、精力、钱财、安全，甚至生命。为了获得契约的保护而做出的牺牲不一定总是最小的；有时候这牺牲非常巨大。你之所以甘愿如此，是因为你相信自己会得到更多回报。

不过此处有个空子可钻。你不需要真的交出自己的自由，不需要真的做出这些牺牲。因为重要的不是你的牺牲，而是在于让别人相信你有所牺牲。“我会帮你留心背后，如果你也留心我的背后的话。”不过你是否真的帮他们留心了背后，这无关紧要。重要的是他们相信你在。你牺牲的事实并无意义。在契约之中，有想法足矣。如果你能在无须牺牲的条件下获得契约中的回报，那么你当然愿意占那些确实牺牲了自己的时间、精力、钱财与安全的蠢货的便宜。契约从根本上奖励欺骗，这是其结构深层的特征。如果你会欺骗，那么就可以不付任何代价地获得契约提供的好处。

骗人者永不会成功，我们是这样告诉自己的，但是我们心里的那只猿猴知道这并非事实。笨拙的、未经训练的骗子才永远不会成功。他们会被发现，然后承担其后果。他们被放逐，被排斥，被鄙视。但我们猿类鄙视的只是其做法的笨拙、愚蠢与粗劣。我们心中的那只猿猴并不蔑视欺骗本身；相反，它欣赏欺骗。契约并不奖励谎言；它奖励的是精巧的谎言。

契约应该就是那个让我们人类变得文明的东西。不过契约也使我们不得不去欺骗。那给予我们文明的东西也让我们变成了骗子。不过，与此同时，只有在这种欺骗是少数而非惯例的情况下，契约才有可能生效。如果每一个人都总是能成功地骗过所有人，那么任何本有可能建立的社会秩序与凝聚力都会崩溃。因此，契约又把我们塑造成了谎言的侦破者。变成更巧妙的骗子的动力是与变成更娴熟的谎言侦察者的动力相辅相成的。人类文明，以及最终的人类智力，都是一场武器竞争的产物，谎言是其最基本的导弹头。如果你是个文明人，却并非一个骗子，那很有可能只因你的说谎技巧并不高明。

这告诉了我们什么呢？什么样的动物才会认为自己最有价值的资本——道德，是建立在一纸契约上的呢？什么样的动物才会认为我们可以通过一份由其成员同意的假想协议去构建出一个公正合理的社会呢？对于一匹狼——绝对不是一只猿猴——来说，答案不言而喻：骗子。

5

我曾经写过一本关于社会契约的书，灵感来自布朗尼最擅长的事。那是我们第一次一起在爱尔兰过圣诞节，我俩一起回威尔士去看我的父母。布朗尼总是喜欢去威尔士，尽管他与邦尼、蓝的思想观念很不一致。我妈妈在一些我不能及的方面很溺爱他；就是在那里，他第一次发现了奶酪的神奇。我发现，奶酪就此轻松地打败了我给他买的牛肉，以优势地位居于他“最喜欢的食品”之榜首。若是我妈妈在做一些会用到奶酪的食物时，布朗尼就会不请自来，成为厨房的不速之客。他会坐在那里，发出一阵难以形容的声音，因为从没有狗会这样叫。这是一连串短促、尖锐的叫声，介于狗吠与狼嗥之间。狼不会汪汪叫，汪汪叫是狗的行为，基本上意味着“过来帮帮我，这里发生了一些我实在不知该怎么对付的事情”。布朗尼并不会发出这种声音，尽管他时不时地会嗥叫一番。不过当他变得兴奋的时候——每一次，奶酪都能触发他的兴奋神经——都会发出一阵断断续续的“喔噢——喔噢——喔噢——喔噢——喔噢……”同时，还会伴随着偶尔的蹦跳，以及我之前从未见他做过，也从来没想象过他会做的动作——立起身来作揖。最后，我妈妈会扔给他一片奶酪，然后这个过程会一次又一次重复。他会这样乐此不疲地玩上几个小时，如果这顿饭的准备时间足够长的话。到最后，是否在做饭这件事变得无关紧要。只要我妈妈一在冰箱附近出现，就足以让他兴奋起来了。

这个圣诞节，我们乘坐爱尔兰渡轮从罗斯莱尔到彭布罗克。渡轮大概要开四个小时。我把布朗尼留在了车里，反正他要是不被留在那儿，也得被关在汽车甲板的笼子里——他不能和我一起到楼上去。我先前多次这样做,都没有发生什么不好的事。我通常都会在我们上船前，带他在罗斯莱尔的海滩上散好长一会儿步，好让他消耗些体力。然而这一回，就在我们停靠彭布罗克港前十分钟左右，也就是船正开往米尔福德港的水道时，我从书上抬起眼睛，发现布朗尼正开心地小跑穿过上方的乘客休息室，向着餐厅的方向跑去。爱尔兰渡轮上的几位船员正跟在他身后，假装自己正在试图捉住他，但实际上与之保持了好一段安全距离。我叫住了他，刹那间，他跨出一半的脚僵在原地并转头看向我，脸上慢慢显现出歪心狼明白自己要完了的表情，那反应简直同五年前那臭名昭著的饿汉餐事件如出一辙。

我当时是把车窗玻璃留出了些空隙，以给布朗尼一些新鲜空气。不知在船横渡到哪里的时候，他把窗户强行推下，爬了出来。汽车甲板本应是锁着的，不过我估计，应该是在我们通往水道的时候，有人将它打开了，布朗尼因而得以逃出。然后他成功地连爬四层，到达最顶层的乘客休息室，也许是在找寻我，或者，更有可能，是循着食物的香气。我不敢想象，倘若他真的成功进入了餐厅，会有什么事情发生。我记得真切，当我的学生在背包里装了食物来到课堂,又忘记拉紧背包的时候,发生了什么。我能够想象用餐者尖叫着从渡轮餐厅中夺路而逃,而布朗尼却把爪子搭在桌上大快朵颐的场景。当然，是从有奶酪的菜肴开始。

圣诞节之后，在我们回去的旅程上，为了杜绝一切在餐厅出现屠杀的可能性，我只给汽车开了一条窗户缝。最后的事实证明，这属于一次严重的判断失误。毫不夸张地说，布朗尼把我的车搞得四分五裂。等他完成了他的杰作，而我也被告知发生了什么的时候，汽车内部已经没有任何属于车的痕迹了。座椅被撕碎，安全带被嚼烂，车顶的气垫被扯了下来，使得人几乎看不到外面。另外，他还撕开了一大包狗粮，把里面的东西弄得各个角落都是。

我是被乐不可支的船员们叫到汽车甲板来的，然后难以置信地向车里——或者说向那些残存的物品——望去，怔了好一会儿。注意到甲板上的一位服务员正好拿着一把刀，我问他可不可以借来用一下。如果说，我尝试回家路上开车时，还想看清前面的路，就需要把那些从车顶掉下来、悬在半空的布片割断。那服务生看起来有些神情异样，似乎不愿与自己的刀分离，询问过后我才知道，他是以为我要杀了布朗尼。这怎么可能？我于是向他解释道——显然这种震惊使我转换成了讲师模式——虽然我对事件如此发生感到遗憾，但是我无法就此事追究布朗尼的责任。布朗尼并不是那种应承担道德义务的生物，我如是告诉那些傻笑着的服务员们。他既非我们所说的道德受动者（moral patient），也不是道德施动者（moral agent）。布朗尼并不能理解自己在做什么，也无法判断自己行为的对错。

他只是想出去。同其他动物一样，布朗尼是那种有权利得到某些特殊待遇以及生活方式的动物——但他无须承担相应的责任。讲演之后，我便做了一件自重的哲学家在这种情况下会做的事：回到家，就此问题写了一本书。

这本书的基本观点是：通过制定更为公平的契约，找寻到一个将动物纳入契约系统的方式。想象一下，你们有一群人，而你只点了一份披萨，你如何确保每个人得到相同大小的一块呢？这里有一种很简单的方式。先让一个人来切它，而且保证他是最后一个拿披萨的人。如果他们不知道自己将会拿到哪一块，那么他就无法事先做出对自己有利的安排。他们别无选择，只能均等地切披萨。现在，想象披萨就是这个社会。你如何确保自己居住的社会是公平合理的呢？就好像我们为了确保每一块披萨的大小相等，而让一个不知道自己最终会得到哪一块的人来切披萨，我们也同样可以通过让一个人不知道自己将站在社会中何种位置的人来选择社会运行方式的方法，来保证社会的公平。这样一种虚构的设计最初来自由哈佛哲学家罗尔斯[1]提出的“原始立场”（original position）。

---

1 约翰·罗尔斯（John Rawls，1921—2002），美国政治哲学家，他撰写的《正义论》（*A Theory of Justice*）认为社会的所有成员应在保证公正的条件下支持正义的同一原则，从而复兴了社会契约传统。

罗尔斯将原始立场作为使契约变得公平的方式，对于他来说，社会的正义被简化为了公平。而我想说的是，罗尔斯在发展他的原始立场学说时，忽略了一种不公平的来源。罗尔斯坚持，在选择社会的运行方式时，你要排除固有的"你是谁"以及"你重视什么"的认知。你不知道自己将是男是女,是富是穷，是黑种人还是白种人，是聪明人抑或是傻瓜，如此种种。你也不知道自己将是个宗教徒还是无神论者，自私还是无我，等等。但罗尔斯还是允许你知道你是谁以及你可以做什么的——你知道你是人类，而且你也知道你是理性的。我的观点便是，实际上，如果你真的想让契约完全平等，应该连这最后的认知都排除。进一步地，我认为罗尔斯含蓄地致力排除这种认知，尽管他认为自己没有。所以，最后的结果将是一种罗尔斯不愿看到的"罗尔斯契约论"。最终的契约受益者将不仅包括动物，也包括那些被传统契约排斥在外的人群：婴儿、老人、精神病患者等等。简言之——弱者。

6

我最终写成的书叫作《动物权利：一场哲学的辩白》(*Animal Rights: A Philosophical Defence*)。如果你可以找到该书的第一版，便可以在封面上看到布朗尼。虽然这并非我的第一本书，但它将我的学术生涯从持续七年的狂欢拽入了正轨。而我需要付出的代价就是一辆不值钱的车以及从此告别肉食的生活。

这是那天布朗尼破坏欲爆发后真正的收场。当然，如果不是我已经从社会契约的观点来审视道德的话，这个问题也不会思考得这么深入——事实上，我当时正在教一门与此相关的研究生课程。不过这些事件不幸地碰在了一起，促成了我作为一个素食主义者的黯淡未来。如果我站在原始立场——那个更新、更公平的原始立场——那么我不会选择这样一个世界。在这里，动物被饲养、被食用，它们生得艰难，死得凄凉。而且，如果在完全无知的假设下，物种的区别已经被抹杀，我便知道在原始立场之下，我会成为其中任意一种动物。如果你站在原始立场，一定会觉得选择这样一个世界是不理智的。因为这是一个非道德的世界。同时，以我的观点来看，也是一个不幸的世界，因为我会想念多汁的牛排和炸鸡。不过道德有时趋向于令人不便。

我真的当过一段时间的纯素食主义者，而且，从道德的角度来看，我现在也仍是素食者——这是唯一的以一以贯之的立场对待动物的方式。不过，尽管我没有沦落成一个坏人，我也没有变成一个本应成为的好人。我曾经试图通过让布朗尼吃素来报复他；但是他对那些食物连碰也不碰。如果我只给他吃全素的狗粮，他会直截了当地拒绝——谁能为此责备他呢？而如果我将狗粮与“宝路”牌鱼罐头拌在一起，情况便大不相同了。不过这样一来，显然此种努力的初衷便会落空。最后，我们达成了妥协：我吃素，他吃鱼。我会将全素的狗粮同一罐金枪鱼罐头——一种保护海豚的食物制品，不过并非黄鳍金枪鱼，因为其汞含量太高——混在一起，而且，有时还会加上几块奶酪。我希望他不会像我当时那样想念肉食，虽然事实上，我现在依然想念。我怀疑他实际更喜欢新的食谱，尤其是当我加了奶酪的时候。如果他不喜欢的话，哼，或许他在吃我的车的时候就应该想到了现在这样的下场——让我当时对那位服务员说的话见鬼去吧。

我强行给布朗尼改变饮食，这件事是否不道德呢？有些人告诉我确实如此。不过，考量下这个新食谱：每天几杯以肉类为主的狗粮，再加上一罐肉。倘若把他余生中所有的食物分量算上，加起来抵得上好几头牛了，即便我们需要考虑到，干狗粮中的肉含量或许并非如其宣称的那么多。布朗尼看起来挺喜欢他的新食物，同原来一样狼吞虎咽地吃着，而且我十分肯定，一罐金枪鱼怎么说也要比一罐肉制狗食的味道好得多。所以说，这份新食谱，一方面将给布朗尼带来的不便降到最低，另一方面又避免了几头牛的死亡。如果布朗尼拒绝吃饭，或者说吃得少，或者变得消瘦甚至生病，那么此事便另当别论了。不过，总而言之，此举可谓一种取舍：一边，牺牲了布朗尼一些微小的利益；另一边，对于牛儿们来说却是性命攸关。而这从本质上来说，就是素食主义者们面临的道德状况：避免动物们悲惨的生活和可怕的死亡，要远重于贪图一时的口腹之欲。当然，念及布朗尼如今并非一个素食主义者，而是食鱼者，我觉得这项新政策对鱼而言有些残酷。但鱼的生活起码比牛好——至少，我是这样宽慰自己的。

7

我之前一直在论证的便是，契约真正关乎的是两个东西：权力和欺诳。我的书，和近几年所有关于契约的书一样，讨论的是如何将权力差异在道德决策上的影响降至最低。不过我们还没触及一个实质性的问题：你无法仅凭试图将一份契约变得更公平，就能指出其原本存在的问题。真正的问题在于欺骗，以及隐藏在欺骗之下的东西：算计。我现在认为，契约，便是猿类发明出来的，用以规范猿类相互间交流的手段。

审视一下我们透过契约的棱镜所看到的是与非，你会发现，这种道德的视角实质上是建立在“陌生人”之上的——道德的目的在于调节几乎不相识，也完全不喜欢彼此的人之间的关系。如果我们用这种角度来理解道德，自然会认为，公正——也就是公平——是最基本的德行，也就是罗尔斯所设的社会制度的

“首要德行”（first virtue）。从道德上来说，如果没有公平，一群陌生人将怎样对待彼此呢?

然而，除了针对陌生人的道德，还有一种针对同伴的道德。霍布斯认为自然是腥牙血爪的。而当我想到“自然”这个词的时候，浮现的是六周大的布朗尼。我会想到第一次把他抱回家的那一天，他好似一头大大的、棕色的、破坏力极强却又让人忍不住想拥抱的泰迪熊。那是他在我俩相互适应之前的模样；是他进入我的文明前的样子。自然其实并不比我们的文明来得更血腥残酷，自然之中也没有相互间的对抗。狼的生命也许很短暂，但我们的生命亦是如此。狼并不孤单，而且也只有在我们的度量下才显得可怜而已。

在那个五月的下午，当我和布朗尼在房子里共度了一个小时的时光后，我完全地爱上了这头可爱的、与窗帘和空调管道作对的小家伙。当然，他在任何条件下都没法帮助我，也不能伤害我（不过他已经这样做了），除非是在他处于兴奋状态的时候；对此我无计可施。如果说我们之间真的有一份契约的话，那也是无关紧要的，其道德基础也是更基本、更发自本心的。这种道德宣说的并非公正，而是忠诚。

当我使布朗尼变成一匹只吃鱼的狼时，这种决定是非同一般的。我很少如此，将一些我从未见过的动物的利益置于我的狼的利益之上。在这种情况下，我将公正置于忠诚之上。不能否认，我这样做只是因为我觉得此事对忠诚的要求微不足道——布朗尼完全可以适应饮食上的这一点不方便，如果真的有的话——而对公正的要求则绝不含糊。不过，如我所说，这种情况还是很罕见的。就像我在跟学生讨论道德两难困境时说过的，如果你和我、布朗尼同时需要救生艇救援，那么你真是倒霉透了。他们觉得我是在开玩笑。

最艰难的道德任务之一，就是去权衡“陌生人的需要”与“同伴的需要”之间的关系，即公正的要求与一贯的忠诚之较量。遍观整个哲学史，我们都能清楚地看出，道德是为陌生人强调的。我觉得这并非巧合，而是植根于我们猿类的血液里。当你将社会看作一群陌生人的集合时，那么你会将道德也看作一种计算形式。通过它，我们将一切因素计算在内，努力算出最佳结果——某种标准上的“最佳”。这种计算就是我们猿类最擅长的东西。我们并不关注自己的猿类同胞；我们只是观看他们。我们策划，我们密谋，我们估计可能性、度量潜在价值；与此同时，我们等待着占便宜的机会。我们的生命之间，最重要的关系就存在于盈余与亏损、收益与损失的计量之中。你最近为我做什么了？你满足我了吗？通过与你相处，我得到了什么，失去了什么？我可以获得更多吗？计算控制着社会，使之成为一个整体；但这种道德上而非精密的计算，也只不过是基本技能的延伸。对于我们猿类来说，从契约的角度思考问题是很自然的事，因为契约不过是为了预期收益而做出的经过深思熟虑的牺牲。契约的意义不过是将我们深藏在头脑中的那些东西做一个汇编，使它们变得更加明晰。算计位居整个契约的核心，存在于我们身上那只猿猴的心里。契约是猿类为了对付猿类的发明；至于猿与狼之间的关系，它只字未提。

为什么我们（至少我们中的一些）喜欢自己的狗呢？为什么我喜欢布朗尼呢？我会这样想——在此我必须使用隐喻：这是因为我们的狗唤醒了存在于我们灵魂深处的，早已被遗忘的那一部分。那里居住着古老的我们，那里是我们还未变成猿猴之前本初的自我。这是我们曾经成为的那匹狼。这匹狼知道，幸福不能于算计之中得到。它明白，不可能有真正意义上的关系存在于契约之上。在这个地方，我们首先找到的是忠诚。这是我们必须尊重的东西，哪怕沧海桑田，天塌地陷。算计与契约永远置于其后——就好像我们灵魂中属于猿的那部分，永远跟随在狼之后。

第六章　追求快乐与追逐兔子

坐在长长的草坪上看布朗尼伏击兔子，
这教会了我，
在生活中，
你要追逐的是兔子，
而非感受。

有的时候，
我们生命中那些最不愉快的时刻，
才是最有价值的。

1

在爱尔兰的那段时间，布朗尼正处于盛年。他长得确实高大，肩宽35英寸，体重将近150磅。他和同我一起长大的那条大丹犬一样高，不过更加结实有力。和他的妈妈一样，他的腿很长，腿末端的脚掌和我的拳头一般大；不过他很厚实粗壮，遗传到了他爸爸的大块头。他的脑袋就好像一个架在宽大脖子上的三棱镜。他胸脯宽阔，臀部苗条。这样一个形象让我贴切地想到了一头公牛。事实上，每当忆起他是如何从亚拉巴马那匹年轻的小狼变成现在的样子时，我就会想起狄兰·托马斯[1]的诗作《哀悼》及其讲述的故事：一个人从弹尾的公猫变成了一只隆背的公牛。曾经顺鼻梁而下的黑色条纹已经隐去，不过依旧可辨，而将其框住的是同样奇异的、杏仁色的眼睛。我没有太多布朗尼的照片，那个年代我并不怎么照相；但每每回想，总试图在头脑中固定他的样子，于是便看到了许多的三角。活跃在我意识最前方的，总是那些三角：脑袋与鼻子组成的三角；耳朵的三角；当他侧着身子的时候，从肩膀倾斜到尾巴的三角；正面望去，往下倾斜到双腿和大脚的三角。而那道口鼻部的黑线与那双杏仁色的眼睛则是这一切的焦点，所有的三角都以其为中心构成。

我们在科克城待了大约一年以后，我觉得布朗尼需要一个朋友：一个腿比我多、鼻子比我凉的朋友。于是，在细细阅读了《科克观察报》（*Cork Examiner*）以后——就好像五年前我详阅《塔斯卡卢萨新闻》一样——我看到了一则关于“阿拉斯加雪橇犬”的广告。这让人又惊又喜。阿拉斯加雪橇犬是一种北极犬，类似于哈士奇，但是更高更壮。更重要的是，“阿拉斯加雪橇犬”还是布朗尼的官方用名——我一直告诉所有打听

1 狄兰·托马斯（Dylan Thomas，1914—1953），以游唱的独音节诗而著名的威尔士诗人，主要创作《佛恩山》等与人性有关的诗歌，也从事剧本和小说创作。

布朗尼的人，他就是阿拉斯加雪橇犬。不知道为什么，爱尔兰人有些惧怕大型犬。如果有人发现了布朗尼是一匹狼，我们很可能就得逃离这个国家，或者结局更惨。上班路上，我和布朗尼总会光顾街头的一家小商店。一天，商店外面的板子上贴着头条——“狼”。这是一个非常悲伤的故事：一头（还很小的）杂交狼从家里跑出来，在北爱尔兰的乡村远足。尽管它在北部，却在爱尔兰共和国[1]掀起了巨浪，那位每天卖给我一听可乐和一块奶酪三明治的老板娘也是同样的惶恐万分。“那些孩子怎么办呢？这些狼应该被下禁令。它们的天性就是杀戮。”这是随意的闲聊，并没有暗指布朗尼的意思，因为她对布朗尼已经很熟悉了。故事的结局就是，这头小狼在漫步到一位无知的农民附近时，被他杀害了；或许它只是想向他讨点吃的。这下这位商店老板娘和爱尔兰的孩子们又能睡个安稳觉了。因此，就像克拉克·肯特[2]（Clark Kent）一样，布朗尼有充分的理由隐藏自己的身份。“阿拉斯加雪橇犬”就是我的方法。这种狗在爱尔兰鲜为人知，而我指望着这样的情况可以持续下去。

第二天，我们开车到了一个小村庄，位于克莱尔郡恩尼斯的郊外，驱车大概三个钟头的距离。这群小狗崽的父亲确实是

---

1 在北爱尔兰的南部。

2 电影《超人》的男主角。

一头阿拉斯加雪橇犬；一头棕色的大狗，事实上，几乎同布朗尼一样大。后者无可避免地对它产生了敌意。而另一边的狗妈妈却完全不是阿拉斯加雪橇犬，而是一条小德国牧羊犬；也许是我见过的最丑的牧羊犬。

根据我的经验，当两条长相不般配的狗结合，生出的小狗的相貌往往会接近不好看的那一条，因此我原没有打算碰它们。然而，当我看到那些小狗的时候，我改变了主意。它们以车库为窝，浑身被污秽与跳蚤覆盖。我决定解救其中的一只，于是就选了其中最大的一条母狗。我对小狗毫无抵抗力。尽管如此，我还是怀着沉重的心情开车回到了家里。很好，我想，这回我接下来的十多年就得和一头丑陋的德国牧羊犬拴在一起了。但实际上，一周之内我就发现了自己的好运。她很快成为我见过的最棒、最勇敢也最聪明的狗——而且，说实在的，一点也不丑。我给她取名叫尼娜，卡列尼娜的简称，取自我最喜欢的一本书《生命中不能承受之轻》中的狗儿卡列宁，后者名字的灵感则来自安娜·卡列尼娜。

我最初只是想养另外一条狗，好让布朗尼有一只同类伴侣。但是，一开始，布朗尼一点也不想感激我。当尼娜还是只小狗的时候，总是折磨布朗尼，让他一刻都不得安宁。几乎没过多久，她就学会了利用他在野外遗传下来的特质来对付他，发现了让他反胃的方法。只需舔布朗尼的口鼻几秒钟——布朗尼会试图扭过头去，但是尼娜不依不饶——他就会把晚餐吐出来，然后尼娜就会狼吞虎咽地吃起来。这场景既刺激又恶心。就这样，尼娜很快成了一条胖狗，而布朗尼变成了一匹瘦狼。终于，布朗尼发现了花园中一处尼娜不能靠近的地方，因为这需要他跳上一块差不多 4 英尺高的垂直的板子。他会连续几个小时躲在那里，尤其是在晚饭过后，而尼娜则徒劳地在下面跳着、汪汪叫着。尽管这暂时的喘息也只持续了几个礼拜——尼娜后来变成了一条大狗，能够跳上去找布朗尼了，但已足以让布朗尼把减下来的重量恢复回去。

尽管受到一刻不停的折磨，布朗尼还是非常护着尼娜，不允许任何狗、任何人靠近她。而这带给我那一周的第二份幸运。一个晚上——那是尼娜到来几天后的一个午夜，一阵噪音出现在我的后花园里。花园四周都是高大的树篱——8 英尺或者更高——因此若是偶然闯入我的花园是不可能的事。我没有听到噪音，但是布朗尼听到了，他很快蹿了起来，跳到窗户旁边，前爪搭在窗台上。我把他放出去，他便跑到花园尽头的那块板子那里，也就是他曾经用来躲避尼娜的地方，消失在一棵树后。当他再出现的时候，拽着一个男人，随后他便把那男人按到了地上。我并不愿叙述后面发生的事，因为我至今没有从其阴影中走出来。由于在美国待了太久，因此当时防卫的过程中，我依然保持着美国式思维。我的第一反应是："哦，天呐！如果他有把枪怎么办？他会开枪杀了我的孩子的！”所以我跑到花园中开始踢这个家伙，用美国用语叫着“不要动，你这个混账！”但当然，他还是动了。如果有一匹狼咬着你的喉咙，同时又有一个疯子一边骂着脏话一边踢你，那么你很难一动不动。最后，整件事平息了下来。我给这个人——与我岁数相当的一个大块头，我猜凭我一己之力很难搞定他——来了一个肩下握颈擒拿法：一条胳膊按在他的后背，另一条绕过他的肩膀。“你在我的花园里干什么？”我问。“没干什么。”他回答。所以我押着他走出了房子，将他甩在街道上。

那时候我没有电话，所以不可能打电话叫警察。不过在涌上的肾上腺素消退之后，我发现这也不是什么好主意。因为我开始意识到自己刚刚犯下的滔天罪行。如果我还在美国，而捉住了这么一个闯入者，那么很可能会得到邻居和警察的祝贺。但我并不觉得此举会被爱尔兰人接受，因为他们并不认可用狼来防御侵入者。幸运的是，那是十月底一个阴冷的晚上，那个家伙穿了一件厚实的衣服。我不觉得布朗尼的牙齿会穿透这件衣服，从而造成什么伤害；至少，在我将他推出去的时候，没有看到明显的血迹。但我依然觉得，综合各方面考虑，应该让布朗尼出去避避风头。或许，这有些反应过度，但是北爱尔兰的混血狼事件使我高度紧张。因此我计划让他在我父母那里待上几周，直到风声过去。我很快收拾好行囊，准备连夜开车去罗斯莱尔港口，和布朗尼以及尼娜一起赶上九点的客船，这样我们就可以在爱尔兰警卫知道我们的行踪之前，逃离这个国家。

这时，屋里响起了敲门声。警卫已经到了。我拉上窗帘，仔细看了看前门附近，头脑中飞速闪过各种念头，比如，当一个人被包围的时候该如何做？或者，应该说，当一个人被包围，而手中却没有枪的时候，应该怎样做？抑或，就此景而言，没有人质该怎么办？然而，我无须担忧。敲门的是住在隔壁的妇人。原来，那个被我和布朗尼袭击的男人是已和她分居的丈夫。她告诉我，他总是时不时出现，往往是在喝得酩酊大醉之后，来痛打她一顿。更好的消息是（至少对于我和布朗尼而言），根据某限制法令，他不应出现在我的邻居住所附近方圆 100 英尺之内，虽然这条法令看起来并没有什么作用。据此推断，他报警的概率十分低，因此我决定悬置前往罗斯莱尔的计划。

到现在，我依然不敢相信那一晚自己是多么幸运。诚然，任何在半夜闯入我的花园者都不会是什么好人。但即便如此，你愿意与我和布朗尼当邻居吗？如果那个出现在我的花园中的只是一个孩子呢？这就是那位商店老板娘会说的话。不过我倾向于往好的方面想。布朗尼一生中并没有遇到过多少小孩子，但是对于遇到的那些，他总是温柔体贴地对待，令我印象深刻。可想而知，这晚过后，他和隔壁的小男孩相处得很投缘——男孩和他的妈妈都非常喜欢布朗尼。

尽管如此，事后这段小插曲依然让我察觉到，有件事情在我的前意识[1]中迟迟徘徊不去。我和布朗尼还是有些太易激动了。也因为这点，我俩太危险了。如果我们是西部牛仔的话，别人一定会说我们是动不动就要扣动扳机的家伙。每当我想起那晚的所作所为，脑海中都会跳出这个念头。我介入得实在是太快了，而我飞起的双脚也实在太急于支援布朗尼闪着光的尖牙。我们对彼此忠诚度的敏感程度，已经大大超出了对别人的正义感。我们变成了一个小团体；一个由两个人组成的国家。而那些在我们国度之外的人，没有得到他们应得的重视。

这次事件之后，你们中的许多人也许会觉得布朗尼在文明的社会之中没有立足之地。这也许是对的，但是我要加上一点警告：我也没有。那个夜晚，标志着我渐渐抽离人类社会的开始。这个世界——对此我应该实话实说——开始让我产生反感。它使我反感，是因为这里实行着对布朗尼格杀勿论的政策。它使我反感，是因为我不得不当一个逃犯，永远做好了收拾行囊逃之夭夭的准备。这些想法，当然是过于夸张的反应。但实际上，它们给了我做自己想做的事的借口。真正改变了的并非世

1 前意识（preconscious），无法立即意识到但能通过有意识的努力而唤起的记忆或情感。

界，而是我自己。我已经从那个亚拉巴马善于社交的动物，变成了一个完全不同的人：一个独来独往、离群索居的厌世者。我成为一个没有归属的人。我厌恶人类。我要从鼻孔中清除他们的恶臭。

几个月后，我们搬离了科克城。隔壁的妇人和她的儿子对我们的离去表示伤感。当你的生活因一头凶猛的大狼而变得不幸时，你的“文明”对此无计可施，这时你通常需要的，是一头更大更凶猛的狼，来照看你的背后。

2

我买了一所小房子，那是位于诺克多夫半岛上的一间小门房，距离爱尔兰南海岸上名为金塞尔的城镇大概 20 英里。我想说，我对这个地方一见钟情。本来，我已经看了一些房子，但是买房计划总是在最后一刻泡汤，主要是因为房主们的犹豫不决。因此，当我看到金塞尔的这所房子时，不到两分钟，我的真实反应便是：就是它了！我出了价，十分钟之内成交。这个房子是建于 18 世纪的一处门房，墙体由 3 英尺厚的石头建成，被粉刷成白色。房子的前后都有着棕色的叠开门；鉴于墙体的厚度，窗台也有 3 英尺宽。只要屋外一有风吹草动，布朗尼和尼娜就会扑到叠开门前，将巨大的爪子悬在门的边缘上。或者，如果门是关着的，他们就会跳到窗台上，面带恐吓地凝视着外面。他们几乎是世上最好的盗贼震慑者。事实上，他们几乎威慑住了所有人。因此也不难理解，为什么邮递员科尔姆不是很乐意从送货车上出来，而是先坐在车里按喇叭，直到我向他招手，告诉他警报解除。最后，我在门外放了一个邮筒，这样他就可以把报纸信件丢在那里，而不必走下他的移动避难所了。

这所房子的精髓可简单地用两个词来概括：小巧、简单。我认为，即使是布朗尼和尼娜也会觉得它有些原始。这里总共只有五间屋子：客厅、卫生间、厨房和两间卧室，每一间都很小。出于一些奇怪的原因，不知是历史意图还是特殊含义，卫生间是整所房子中最大的。房子中用的是中央供热系统，如果它心情好的话；倘若心情不佳，我就得跑到锅炉房内，同在那里安家的老鼠一家协商，获得修复许可（不过布朗尼和尼娜很快就帮我解决了这个难题）。这是我拥有所有权的第一处房产。人们都认为我疯了：我居然肯为这间又狭小又潮湿的房子出这么高的价钱，即使是坐拥无数高档餐厅（保守说来，有几十家吧）的金塞尔时尚一条街“爱尔兰饮食之都”都不能媲美。不过我无须对此担忧。根据当时爱尔兰房地产市场的行情，即使我只是买了个鸡笼，也可以赚上好几桶金子了。

我真正看中的是这所房子的地段。这间门房同罗斯摩尔的金塞尔相去数英里，其所归属的主房也已经废弃。这便意味着布朗尼、尼娜和我有着上百英亩的连绵乡野作为每日的跑道。只需走出门，我们便置身于一望无际的麦田中。麦田连绵数里，直到林地边缘，而大海便在那森林的彼岸。布朗尼和尼娜很快便发现，只要有大麦的地方，就有老鼠的身影。他们还发现，为了看到麦田中的老鼠，需要有一个居高临下的视野，因此需要不停跳跃。这动静吓坏了老鼠，使得它们仓皇逃窜，而因了这暂时的高度，布朗尼和尼娜得以捕捉到麦田中的动态，从而跳起扑将上去。而我所能看到的，只是他俩时不时在半空中一晃而过的身影，很快便又潜入麦浪之中，好似鲑鱼在大麦的海洋中腾跃。我想，此时此景，让人心情难免为之一振——尽管老鼠们应该不是这样想的。

麦田倾斜入森林。在林地的边缘地带，是一处养兔场。在这里，布朗尼和尼娜的举动骤然一变，从麦地里的跳跃转换成了潜伏模式——他们试图偷偷地靠近某一只在空地上晒太阳的大意的兔子。布朗尼比尼娜更精于此道，后者通常会因起跑太早而暴露目标。我为此真是松了口气。自从写了《动物权利》那本书后，我已经正式而公开地成为“反对因娱乐或食用而杀害动物”的支持者了——即使是老鼠。但当它们在我的锅炉房中做窝时，我对此信念便睁一只眼闭一只眼了。但不管怎样，我是极力反对针对动物的残忍行径的。就这样，我不可思议地变得比以往更加古怪——一个道德上的素食主义者，怪人中的怪人，注定要伴随着自己再无肉食之欢的味觉度过余生。而且，在几次三番地破坏布朗尼的捕兔计策后，我也不断地提醒他，这全都是他的错。

3

离开亚拉巴马前往爱尔兰之时，我的打算是在乡下找一所房子，尽可能远离文明的喧嚣，让我得以一心一意投入到写作中。大体而言，我严格依照计划行事。我也曾有些女朋友，她们在我的生活中来了又去，频繁得可以以此调节自己的表针，或者可以据此打赌，我们必然会分手。她们之所以会进入我的生活，也许是因为我文质彬彬而又诙谐幽默——至少在我可被打扰的时段里如此——而且还非同一般的帅气，至少以学界的标准而言，有着一张未被常年的酒精侵蚀的容颜。她们之所以离开，是因为很快意识到我并不怎么关心她们，她们觉得对于我来说，自己不过是得以释放一时性欲的工具而已。我当时还没处于能够跟人类分享生活的状态。我有其他关心的事。

我想，事实在于，我一直以来便是一个厌世者。这并非令我引以为豪，或者是让我刻意去寻求（哪怕曾经寻求、培养过）的性格特质。但它确凿无疑地存在在那里。根据自己不太确切的思考，除了极少数的特例，我与他人的关系总是被这样的感觉充斥——我所做的，只是在打发时间。我总是在喝得烂醉的情况下度过与朋友在一起的时光，无论是在威尔士、曼彻斯特、牛津，抑或亚拉巴马，都是如此。这并不是说我不享受这样的时光，相反，我玩得很痛快。不过我很确定，倘若离了酒精，情况将大为不同。这绝非是在高傲自大地唱学术高调，说我只愿意与自己所认可的知识阶级交往。学术让我更觉无趣。归根结底，所有错误不在任何一个被我称之为“朋友”的人身上，而在我自己。我生来便欠缺着什么东西。随着岁月的流逝，它开始显露端倪，以至于我所做的决策、所过的生活，都无不是对这种缺乏的一种回应。我想，对于我来说最重要的东西，恰恰就是我错过的那些。

我在生涯规划上的选择，也几乎是此缺乏的表现无疑。除却如纯数学或理论物理等有可能存在的更高领域，一个人很难再想象出比哲学还要非人道的东西了。它尊崇的，是冰冷而澄澈的纯粹逻辑；它决意跨过的，是荒凉萧瑟、白雪覆盖的理论与抽象之巅——做一位哲学家，就意味着将自己从存在的土壤之上连根拔起。每当我想到“哲学家”的时候，出现在脑海的便是用了五年时间，日复一日地坐在大英图书馆中，写作《数学原理》(*Principia Mathematica*) 的贝特朗·罗素[1]，他所做的尝试困难而精巧（也许也是很难成功的）得令人难以置信——从集合论中推导出数学。单单是用集合论来证明“一加一等于二”这个被他称为“偶尔有用”（这有些讽刺）的命题，罗素就花了八十六页的篇幅。你可以从这想见这是一部多么宏伟的巨著。或者我会想起尼采，那个在各国流浪的跛子，没有朋友，没有家庭，没有财产；而他的作品，从一开始的好评，到后来只能换回拒绝与嘲讽。可是想象一下他们为此付出的代价：从心智上来说，罗素已不能再同原来相比，而尼采则坠入了癫狂——尽管得承认，梅毒在其中也发挥了作用。哲学引人走向毁灭。我们应该献给哲学家的，不是鼓励，而是哀悼。

因此我在想，在我的体内，其实一直潜藏着这么一个遁世者，一直等待着他的机会。早年间，他在自己所隐遁的盒子中安稳待着。然而，我一迁到爱尔兰，他的时机就变成熟了。鉴于我对数学毫无天赋——在曼彻斯特那一年的工程学学习已经毫无争议地显示出这一点——哲学也许是唯一能助长此种有志气的厌世主义的谋生之道了。我在人类世界的自我放逐也只不

---

1 贝特朗·罗素（Bertrand Russell，1872—1970），英国哲学家、数学家、社会评论家和作家，于 1950 年获诺贝尔文学奖，对于符号逻辑、逻辑实证论和数学的理论体系的发展也有很深的影响。他的代表作有《数学原理》（与阿尔弗雷德·诺斯·怀特海合著）和《西方哲学史》。

过是他在逻辑上的延伸。而布朗尼，这匹又大又坏的狼，便成为这种放逐的一种象征性表达。布朗尼不仅是我最好的伙伴，也是我唯一的朋友。我开始从他所代表的意义来认识自己：拒绝人类社会的温暖与友谊，甘愿拥抱一个冰冷抽象的世界。我变成了一个居住在北极的人。而这所乡下的小房子，这所因穿堂风的经过而冰冷的我的房子，这所有着一个几乎不能工作的供热系统，即使供热也依然寒冷的房子，就是最适合我这种新的冷漠情感的有形躯壳。

上天保佑我的父母，他们非常担心我。对于我越发不频繁的回家探望，他们所重复的一句话便是：你如此生活，怎会快乐呢？

4

许多哲学家说，快乐就其本身而言，就是有价值的。他们的意思是，我们快乐就是为了快乐，而不是为了其他任何东西。其他大多数被我们珍视的东西，我们珍视它们仅仅是因为，通过它们，我们可以得到别的东西：食物、庇护、安全，甚至许多人认为可以得到快乐。我们觉得药有价值，不是因为药本身，而是因为它在促进健康上所起的作用。钱财与药所有的都是工具性的价值，但从其本质来说并不珍贵。一些哲学家认为，只有快乐才是本身珍贵的：我们看重的是快乐的固有价值，而并非为了通过快乐去获得别的东西。

从 20 世纪 90 年代，也就是父母担心我的那段日子开始，快乐以引人瞩目的高姿态出现在世人面前，且并非仅在哲学领域，而是更广泛的文化范畴。快乐甚至成了大事业。数以百万的森林变了模样，成为书籍，告诉我们如何获得快乐的技巧。政府也加入了这个活动并赞助研究，以揭示为何从物质上而言，我们要比自己的祖先富有，却并不比他们快乐：证明用钱不能买到快乐成为各个政府部门的重中之重。

最后，无可避免地，那些善于嗅出可图之利气息的学者们，也加入这样的行列中来：搭讪——或者，更确切地说，让他们的研究生去搭讪——街上的行人，问他们鲁莽的问题诸如“你在什么时候最快乐？”腼腆与审慎显然并没有在 21 世纪初的西方美德神庙中排到一个较高的地位，许多人确实回答了这个问题。显然——几乎所有研究都得出了这样的结论——他们在做爱的时候最快乐，在和上司谈话的时候最不快乐。而如果他们正一边同上司做爱，一边和对方谈着话，就很难界定其性质了：也许是喜忧参半的升职良机吧。

当我们以“当我在做爱的时候”来回答“你在什么时候最快乐？”这个问题的时候，我们是如何为快乐定性的呢？我们一定将快乐当作了一种感受，更确切一些说，是快感——当你享受鱼水之欢时会出现这种感受。同样地，你与上司谈话所产生的不快也是一种焦虑与不自在的感受，或许此对话带给你的是恶心与不屑。快乐与否被简化成了某种感觉。设若我们将这种想法同哲学家们“快乐有着其固有价值”——或许是我们生命中唯一不以其他东西为目的追求的东西——的断言联系起来，那么便可以得到一个简单的结论：生命中最重要的东西就是某一种感觉。你生命的质量，即你生活得好坏与否，只关乎你有着什么样的感觉。

若要描述人类，一个实用的方法便是：人类会对某种东西上瘾。这点或许在某些伟大的猿猴身上有个别的例外，却是适用于人类的金科玉律。大体而言，人类并非药理上的瘾君子——尽管显而易见，有些人是。但人类是有“快乐瘾”的人。同自己平庸的、对药物上瘾的表兄弟一样，对快乐上瘾的人也对某种东西有着渴望，尽管这种东西并不如想象中那样有益而重要。不过，从某种明确的意义上来说，有快乐瘾的人更可悲。对有毒瘾者来说，他们的错误在于对自己的快乐来自哪里持着错误的概念。而对于有快乐瘾的人来说，他们的错误在于不知道快乐是什么。这两者都没能正确认识到，生命中最重要的是什么。

对快乐上瘾的人各种各样，来自三教九流。他们并没有在胳膊、腿或是脚上打着标签，也不需要依靠针管或者鼻子来吸毒。其中一些属于 18~30 岁的快乐瘾者。他们每个周五、周六的晚上都会奔赴自己所住的城市中心，喝酒或者做爱，如果这些还不见效（有时即使见效也不够用），再打一架。然后，他们会每年抽出一到两次假期，前往伊微沙、科孚、克里特、坎昆或是任何今年打算去的胜地，到那里做同样的事情——只不过更集中一些。对于他们而言，这就是快乐。快乐就是快感，而快感就是一切。

你无须真的要介于 18~30 岁之间，才可以成为一个 18~30 岁的快乐瘾者——任何做周六晚上市中心的人口统计或者负责包租前往科孚的航班的人都会告诉你这点。一些人一辈子都在做 18~30 岁的快乐瘾者。而另一些，随着年老体衰，青春不再，会变得更加老成。首先，他们会将快乐的定义，从 18~30 岁间赤裸裸的享乐与颓废的感官刺激，进行扩大。对于成熟的世故者而言，幸福不仅仅存在于，更确切地说，不首要存在于由性爱、酒精与药物所带来的快感中。他们如今发现了更重要的感觉。那灌下大量比利时时代啤酒所带来的鲜明却又使人虚弱的快乐已经被在一两杯上好的拉图尔红酒中品咂出的细微而让人微颤的愉悦所取代。通过同自己几乎不认识的人做爱而产生的感官刺激，换作了一段“认真”的关系所带来的更加精细的欢愉感——从性爱的角度来看，也十分相近。那种如凯鲁亚克[1]描述的“燃烧，燃烧，如难以置信的黄色蜡烛一般燃烧，爆发时有如蜘蛛横跨星际”的渴望，被更加精致而温暖的微光取代，后者来自观察他们的孩子流着口水，嘟囔着也许是人生中第一个字时产生的表情。

人们在快乐的目录中所添的感受越多，标志着我们越成熟老练。不过这种增加是建立在原有的概念上的。无论快乐是什么，它依然是我们的某种感受。这就是人类的特征：永恒而徒劳地追求着自我的感受。没有其他任何动物这样做；只有人类把感觉看得如此重要。

这种过度关注感受的后果就是，人类越来越有患上神经官能症的倾向。这使得我们的关注点从感受的产生转换成了对它的审视。你真的对自己这样的生活感到快乐吗？你的伴侣能正确理解你的需求吗？你真的能从带孩子中得到满足吗？当然，审视自己的生活没有任何错误。生命是我们唯一拥有之物，因此度过愉快的一生是重中之重。不过人类的特点在于对这种分析所采取的必要形式做了错误的阐释：我们认为对生活的审视等同于对感受的审视。当我们检视自己的感受时，当我们向内

1 杰克·凯鲁亚克（Jack Kerouac，1922—1969），美国作家，“垮掉的一代”的代表人物。他的主要自传作品包括《在路上》和《孤独天使》。

观察，去看我们有什么，没有什么的时候，得到的答案总是不乐观的。我们没有获得我们想要拥有，或者觉得应该具备的感受。所以我们能做什么呢？作为优质的快乐瘾者，我们开始搜寻下一方药剂：一个小男伴或者年轻的女情人，一辆新的摩托，一所新房子，一段新的生活——任何一种新的东西。对于快乐瘾者来说，快乐总是与新的、有别样风情的事物相伴相随，而与旧的、熟悉的东西无缘。而如果这些都不能达到目的——通常是达不到的——那么还有一批一批的以此为生的专家会很乐意告诉你，如何找到下一方药剂。

简而言之，也许对人类来说，最清楚明了的特点就是：人类是崇尚感觉的动物。

5

不要误会我。我并不反对感觉，或者说性。布朗尼也是。五月的一个晚上，正值我们在爱尔兰度过的最炎热的两周，布朗尼不见了。这是他唯一一次消失。我放他和尼娜一起到花园里，只转身了一秒钟，他就不见了。我看到他的尾巴在围墙上方一晃而过——一座 6 英尺高的石墙。我并不惊讶他能成功攀上墙顶，令我惊讶的是，他竟然意欲如此。他之前从来没有表露过想逃跑的意图。当我跑到街上的时候，他已经没影儿了。

因此我将尼娜带到吉普车上，一起开车到处找他。最终，我们在沿路而下几英里的地方将正和一条白色德国牧羊犬作案的他抓了个现行。狗的主人非常生气——尽管，依我拙见，当你将一条发情的母狗留在花园里的时候，实在不能期待会有什么好事情发生。

最终的结果对于牧羊犬的主人来说还是不错的，他们靠卖小狗挣了一大笔钱。如今，布朗尼已在金塞尔地区出了名，愿意出高价格买他的狗崽的人络绎不绝。我呢，也已经准备好担负起抚养另一条狗的责任了，因为若是不至少买一只布朗尼的后代，多少有些说不过去。我从来没有让布朗尼做过绝育手术，因为心里不太能接受。以此可以证明我的雄性属性——一想到要为自己的狗阉割，男人总是于心不忍的。但是我们会毫不犹豫地送母狗去切除卵巢，尽管此举更严酷、更有侵犯性。当然，这就是为何我无须为尼娜和布朗尼担忧——刚听兽医说这样做是安全的，我就将可怜的老尼娜送去做了绝育。我绝不需要另外一条狗。就目前来看，光是把布朗尼和尼娜一起挤进吉普的后座就已经很费劲了，尽管我已经把座椅都撤走了。倘若真的来了第三条狗，那么它只能坐在副驾驶的位置上了（你知道的，这就是后来发生的事）。因此，大概三个半月以后，一个新成员加入了我们的队伍：布朗尼的女儿。我给她取名叫苔丝。

我还遇到一个道德上的两难困境，它比预想中第三只狗的到来所带来的不便要严重得多。我之前从未有让布朗尼育种的打算——尽管无数其他的狼或狼狗主人都这样向我提议——因为我知道他的孩子会长成什么样子：和他一样。我对他还是一只小狼崽时的样子记忆犹新，我知道，大部分人不会像我对待小布朗尼那样，花那么多时间同它们在一起。我相信如此一来，结果就是，他的孩子们的生活将很悲惨。这件事至今仍让我耿耿于怀。我希望他的孩子们——如今也应该是老狗了——一切安好。我祈祷它们能过着快乐的生活，但是我怀疑并不是每一只都会如此。对此我只能表示抱歉。

也许是因为对自己行为所导致的后果毫无概念，布朗尼看起来很享受这次性爱远足。接下来的几天里，他多次尝试重复这样的伟绩。在逃跑计划被我阻挠之后，他会哭着睡去。所以说，若是布朗尼接受了那些关于“你何时最幸福”的调查，谁知道他的回答是否也是“在我做爱的时候”呢？如果是这样的话，他可就太不幸了——他一生真正快乐的时光只有一次。当然，如果他在野外生活，那么很有可能更加不幸；除非他是一群狼之中的头狼，否则尽其一生，也不能享受性。

然而，我怀疑事实是：对于一匹狼来说，重要的不是性，或者是任何形式的一种感受；和人类不同的是，狼并不追求感受。它们追逐兔子。

6

人们总是问我：布朗尼快乐吗？他们的意思当然是：你这个残忍而不负责任的家伙，你怎么可以让一匹狼脱离其野生的家园，而让他过着这样一种被人类的文明与风俗所限制的人造生活呢？我对此点已经讨论过了。不过，假设这种反对有正当理由——如果是这样的话，那么我们能预料到，当布朗尼做着合乎自然天性的事时，是最快乐的。交媾也许是其中之一。打猎也是。

我花了很长时间观察布朗尼打猎，试图理解他在做此事时的感受。当他在靠近一只兔子的时候，内心是什么样的呢？兔子敏捷而难以捕捉，可以在极狭窄之处快速转弯；布朗尼虽然可以在直线上竭尽全力因而更加迅猛，但是不如兔子那般灵动。因此，布朗尼只能悄悄靠近猎物。这种方式的本质就是，将自己身处的环境重新加以组织，使得世界能够传导你的力量，而忽视你的猎物的力量。据我猜测，这是一项艰难的工作，带来的更多是不愉快，而非快乐。

布朗尼的耐心出人意料。他会花很多时间趴在地上，鼻子与前腿指向兔子的方向，肌肉高度紧张，随时准备跳起扑向猎物。当兔子因什么东西而分心的时候，他便趁机向前移动一点儿，然后再一动不动地趴在地上，等待下一个移动的时机。很难确定，倘若不被打扰，这个过程要持续多久，但是据我观察，至少要十五分钟。布朗尼希望能达到这样一种境界，使得他在短距离内惊人的加速力量能够比兔子在方寸之地转变方向的力量更占优势。谢天谢地，通常来说，兔子会在这之前就察觉到他的动静。明白自己已经暴露之后，布朗尼会以惊人的爆发力做出虽然已经有些迟的捕捉动作。但大多数情况下，他都是空手而归。

如果说这就是让布朗尼快乐的时刻，那么快乐对于他来说意味着什么呢？精神高度紧张的痛苦、身心的僵硬、强烈的袭击的渴望以及明知此举会带来灾难的必然冲突。面对自己最想要的东西，布朗尼却需要一次又一次地克制自己。在他偷偷向前移动一点的间隙，他的痛苦能有所缓解；但是随后，当他再次停下来的时候，痛苦的过程便重新开始。如果这就是快乐，那么在这种快乐之中，痛苦大于狂喜。

或许，有的人会说，只有在抓到兔子的那一刻，布朗尼才是快乐的。我希望并非如此，因为他很少成功。但他的举止明显表明事实并非如此。无论最终捕获兔子与否，他都会以不变的姿态向我蹦跳过来，双眼闪烁着，兴奋地跳向我。这使我确定，他是一匹快乐的狼——如果是这样的话，那么他的快乐，与其是否咬到了兔子没有太大关系。

布朗尼的打猎不由让我想到自己在生活中做的另外一件

事：哲学。我的猎物不是兔子，而是思想。布朗尼偷偷地靠近那些通常来讲自己难以捕获的兔子，我则慢慢靠近那些对我来说难以企及的思想。如果你投入了足够多的精力，强迫自己想出那些从前不能想出的事情，这些思想并非不能企及；之所以不能，是因为这对于你来说太难了。但这真的是件令人很不愉快的事情。它会带来痛苦。首先，在这要求过高的领域中挣扎，好似徘徊在沼泽地中又咸又泥泞的水域，没有路标，也没有坚实的土地或河岸得以依靠，与之俱来的是持续的不愉快之感。然后，在经周累月之后，想法逐渐汇集：它开始变成了思想。这就是追踪开始的时刻。你会觉得这思想就好似梗塞在喉，慢慢地上升，再上升；而解放的希望则随着它一点点升起。但之后你就发现了这是一个死胡同，而那障碍物则再次沉下，留滞在你的身体内，坚硬、顽固，令你难受，就好像腐坏的食物。然后，你看到了一条新的路，一丝希望掠过心头。你觉得那思想再次逼近——快了，快了。但它还没有准备好，又一次回到你的体内。你不能强迫思想的到来，就像你不能强迫兔子被你抓住一样。只有天时地利人和，思想才会来临，兔子才能就擒。但你不可以因此轻视思想，守株待兔；你必须时刻保持着思考的压力，否则它将永远不会到来。最终，如果你足够幸运、勤奋，那么思想会来临，这时你便可以说，你想出了那些从前不能想出的事了。这种释怀是不可否认的，但这不是思考的目的。

很快你就要进行下一轮的思考，而这种不快将重新开始。

快乐不仅仅只是愉悦；它同样带着深深的不愉快。我是如此，我怀疑布朗尼也是如此。我并不是想借此意指那老生常谈的“梅花香自苦寒来”的人生箴言。这些世人皆知，我无须赘述。这样的民间智慧解释了经历痛苦与得到回报之间的因果联系。除非你经历过不愉快的事情，否则你无法在遇到快乐的时候体知到它。快乐就是不愉快，这并非我想说的。我想说的是，快乐本身就包含着部分不快。这是我们必知的关于快乐的真理：快乐只能如此。在快乐之中，愉悦与不快相伴相随，不可分割。若想将两者割裂开来，一切将支离破碎。

7

布朗尼喜欢打架。我怀疑，在他打架的时候，他是快乐的。这样说来很不幸，因为我从不允许他这样做。我尝试从他的性格中剔除这项特质，但终是徒劳。只有在他变得年老体弱了以后，我才敢安心地让他和其他大型公狗待在一块儿。不过，虽然无论如何，他的这一种性格也不值得赞赏，但我还是表示理解。

小的时候，我是一个非常出色的业余拳击手，这项技能使我在学生时代得以时不时有一些额外的收入作为补贴。有一些未经许可的拳击比赛会在秘密的移动地点举办，类似安科斯和莫斯赛德等区，但我试图避开后者，那里有太多机灵而敏捷的黑人少年了。花上 50 英镑，你就可以进去，然后在夜晚战上它几个回合。至少，若你足够幸运时是如此。如果你赢了第一局，就可以赢回你的 50 镑。如果赢了第二局，奖金翻倍。赢三局，奖金则上升至 200 镑。那时，这动力促使我一连几个月醉心于此。不过一旦失败，你就被淘汰出局。我的目标就是努力尝试连赢三局，到第四场时便打好掩护跑掉——在赢回本钱之后，趁着还没有与高手相遇，未造成什么损失，赶紧撤离现场。

群众当然不喜欢如此，而且会以一种约定俗成的方式表现出他们的不满意：异口同声地发出嘘声，威胁并质疑我的祖先与性能力。但令我印象最深的并非这些，而是那通往擂台的道路。人群迫不及待地在等待着我们的暴力相向，这时我的视野会因恐惧而聚焦在狭小的通道上。我的双腿沉重，难以控制，呼吸变得艰难而痛苦。那时我并不会呕吐，因为先前已经吐过了。这些情绪和反应会一直持续到开场结束。但当较量即将开始，当我已然站在擂台的一角，目光掠过赛场，望向对手，当所有逃走的可能都已消失，那时便会有一种绝妙而镇定的情绪涌上心头，从我的脚趾与指尖开始，海浪一般席卷全身。

这是一种非比寻常的镇定，因为它从未与恐惧分离。后者只是不再重要了。当我投入战斗的时候，就好像在以一个专注的金色气泡为茧。恐惧依然没有远离，但这是镇静而乐观的恐惧，随之而来的是一种难以言表的狂喜。这狂喜源自我为擅长之事而感到的自信，亦源自知道自己必须全力以赴，不得有丝毫松懈。或许，用来界定这种狂喜的最恰当方式就是一种意识吧。

这种搏斗永远不是针对个人的。在那金色的气泡里，你感受不到敌意。它是非个人的、需要智力的努力。用智力来形容它似乎有点奇怪，但我这样说是因为搏斗使某种意识具体化，且是其独一无二的表现形式。不用眼看，你便能够知道对方的挥拳距离手伸出来的一刻有多久。你知道当他打出右勾拳的时候，双脚是如何移动的；即使没有盯着他的双脚，你也对此了如指掌。在你专注的气泡中，在肉体与心智都发挥到极限的状态下，你可以知道除此方式外自己不能知道的东西。当他出拳稍微迟了几分之一秒，你就可以把头扭到一边，给他的手臂来一记左勾拳（至少在我们假定对方是正常的情况下——懂行的人应该能看出，我是一个左撇子）。如果你的拳打在了他的下颌，发出干脆清晰的撞击声，那么你会感受到狂喜。这并非因为你憎恶对手；相反，在这专注的气泡中，你既不会对对方有好感，也不会产生敌意。你感到狂喜，是因为你是冷漠的、镇定的、恐惧得不知所措的。搏斗的目的不仅在于了解对手，也在于明晰你自身的存在处境，知道自己正在峭壁的边缘寻找平衡，只要向任何方向迈出错误的一步，结果都会不堪设想。

当生命是出自本能的时候，也就是它最充满活力的时候，狂喜与恐惧就是这样相生相伴。对毁灭的认知响彻在你的每一步之中，它不仅使最强有力的狂喜形式成为可能，同时，也与狂喜融合，成为其中的一部分。两者就好像一枚硬币的两面，又像格式塔[1]的两个方面。狂喜永远不是纯粹的愉悦，它必定同时代表着深深的不快。

8

神正论[2]试图为生活的不快找一个原因。如其内容所示，传统意义上的神正论诉诸神：通过神秘的方式，神考验我们，给予我们自由的意志，等等。不过也存在可被我们称作无神的神正论，其中最出名的就是尼采，他将痛苦与折磨看作变得强大的必要手段。所有的神正论，归根结底，都是信念的表现。这是因为，无论直白还是含蓄，它们都表示出“生命是有目标

1 格式塔（gestalt），源于德语“形”，指物理的、生物的、心理的或象征的结构或形态，其构成因素并不是各组成部分间的简单相加，而是一种完整的结构或形式。

2 神正论（theodicy），又称神义论，认为神和正义在面临着恶的时候，才可显示出上帝的正义。

与意志的”这个概念。生命拥有意义，而神正论的目标就是找出，在这种情况之下，恐惧、痛苦与折磨应置身于何处。简单地承认生命没有意义并不难，难的是知道它为什么有，或者为何应该会有，将我们带离了真正重要的东西。

我并不是在试图为痛苦与折磨辩白。我也无意提出一种新的神正论。生命并无意义，至少从人们普遍理解的角度来说是如此，因此苦痛与折磨并没有为这种意义增添什么。尽管如此，我很快发现，生命是可以有价值的；它拥有价值，是因为一些事情发生于其中。坐在长长的草坪上看布朗尼伏击兔子，这教会了我，在生活中，你要追逐的是兔子，而非感受。我们生命中的最佳时刻——用我们的话来说，最快乐的时刻——是既愉悦又深深地不幸的。快乐并非一种感觉，它是一种存在方式。如果我们太过关注感觉，就会错过真正重要的点。但我很快学到了相关的教训。有的时候，我们生命中那些最不愉快的时刻，才是最有价值的。它们之所以有价值，仅仅是因为它们是最不愉快的。生活中会有许多这样的时刻到来。

第七章　地狱一季

爱有时是令人厌恶的。

爱可以让你永世受罚。

爱会让你坠入地狱。

但是，

如果你很幸运，

如果你足够幸运，

它终将带你回家。

1

那时，我们已经在爱尔兰生活了五年之久。安定有规律的生活虽然一成不变，但对我的工作而言，却受益颇丰。我会一觉睡到早晨自然醒，醒来后跟布朗尼和女孩们一起去跑个步，穿过田野，直奔大海。然后开车去科克城，完成教学任务（如果有的话）。下课后去健身房。一般来讲，我会在六点左右回到家里，开始写作，一直写到凌晨两点左右。

在尼娜出现之后，我决定把布朗尼留在家里，一个人去上班。他年轻时的破坏力如今已经大大减轻了。虽然尼娜竭尽所能想要赶上布朗尼，但即便是在他最糟糕的时候，她的破坏天赋与力量也难以望其项背。布朗尼并不愿意待在家里，而无法再于办公室和教室看到他的我也甚是思念。有的时候，讲课讲到一半，我会望向教室的角落，希望能看到他，刹那间我会吃上一惊，以为真的看到他，但随即想起他还在家呢。但一想到把尼娜这样年轻的狗独自留在家里，尤其是当她眼睁睁看着布朗尼和我开车离开家时，那实在是太不公平了。然而，当苔丝到来的时候，我便把她留在家里陪尼娜，恢复了带着布朗尼到处走的旧政策。

苔丝拥有一半狼的血统，或许也继承了年轻布朗尼的一半破坏力，但这已经足够糟糕了。她几乎要吃掉房子里的一切东西。不过几周时间，我从祖母那里继承来的贵重的古董椅子就在她的牙齿之下变得支离破碎了。而将厨房与杂物室隔开的那道板墙，也在一个下午之内就被她咬穿了——或许这是一心想去后花园，却徒劳而归的结果。她还继承了年轻布朗尼对于窗帘的热爱，也学会了打开厨房的橱柜门，大啃里面的什物——能不能吃，对她来说没有什么区别。当我安了一个儿童安全门闩在上面后，她把门闩也吃了。最后，她不再浪费时间，把橱柜也吃掉了。在某一个下午的破坏活动中，我的房产证没了——苔丝把它吃掉了；至少，我认为是苔丝干的。因为只有她们俩留在家里，我不能肯定地归咎于任何一方。但不论怎样，我也不能把他们三个一起带进教室。

每个晚上，当我回到家里，郁闷地仔细审查过午后狂欢的狼狈现场后，便开始写作。当我写东西的时候，习惯手头有一瓶杰克、吉姆或是帕迪。我一般要写作大概八个钟头，通常情况下，对自己是何时上床都没有意识了。这样的结果就是，在爱尔兰待了五年以后，尽管几乎每晚都会喝得醉醺醺的，我还是写出了六七本书，主题从思想与意识的本质到动物的权利，均有涉及。显然，它们并非都是垃圾。出乎我的意料，那些口碑较好的杂志都对它们撰写了评论。更令人惊讶的是，评价都颇佳。那些在我离开亚拉巴马之时对我敬而远之的机构，现在也愿意为我提供工作了。

一开始，我不愿意搬家，因为我不愿意让布朗尼和女孩们离开他们热爱的乡下。然而，由于从一端移动到另一端似乎是我人生一大主题，最终我觉得我们可以试着在伦敦住上一年，看看会怎样。我向科克大学请了假，接受了伦敦大学伯克贝克学院的邀请。

最初，我为搬家的可操作性表示担忧。在读了前面几页的内容之后，你还愿意把房子租给我吗？一个酗酒的作家，身后跟着三条又凶又大，还破坏力极强的犬类？那你一定是疯了。因此，带着一条半狼和一条半狗搬到伦敦租房的首要规则显而易见：隐瞒。“是的，我有一条小狗。请问这样可以吗？”这并非说谎，而是夸张的反面说法，如果你愿意这样说的话。这是为了达到效果而采取的轻描淡写，效果就是，最后真的有人把房子租给了你。好吧，这是说谎。你随即开始有的没的问起一些关于房东住所的问题："房东住在当地吗？肯尼亚？好，我要了！"

所以，在圣诞之前，我把布朗尼和女孩们带进了吉普。布朗尼和苔丝在车后部，尼娜坐在副驾驶上，她喜欢坐在那里。然后我们乘船去了英国，同父母共度了圣诞之后，再前往伦敦。想起当时和布朗尼在爱尔兰渡轮上的不幸插曲，我转而选择史坦纳，因为他们那里有大的木质狗舍来放狗。然而，布朗尼并不喜欢在旅程中被关在狗舍里，并通过毁坏狗舍的方式来表达自己的不满。在横渡之旅快结束的时候，每当我下去，他都已经自由地在汽车甲板上奔跑了。而旁边两个女孩则异口同声地叫着嗥着，因为她俩无法像他那样解救自己。又一次，在我们已经搭乘过史坦纳几回以后，我在下去的时候遇到了一位心怀感激的木匠正在修理被毁坏了的狗舍。很显然，他非常高兴能够遇到以这种方式给他带来这桩额外生意的人。我觉得他将整个情况总结得非常精准到位——"我想不通他们为什么不让他跟你一块在上面待着，他比多数乘客都要干净得多。"无论如何，正如你已经猜到的那样，我希望自己在可预见的未来都不要再有什么横渡之旅了。如果说有的话，我也确信，史坦纳一定不会让我们上船的。

之前有那么几周，我会把布朗尼和女孩们留在爸妈那里一天，最终成功找到了一间离温布尔登公地不远的两居室。我估摸着这片公地有1100英亩的起伏的乡野——如果算上毗邻的里士满公园的话，那就是4000英亩——遍布着毛茸茸的、等着被追逐的小动物，这将完全合布朗尼还有女孩们的心意。事实确是如此。

我们会在每天清晨一起跑步，因为我需要先让他们耗尽体力，才敢去工作。我们就这样穿越错落有致的林地和伦敦苏格兰高尔夫球场——也许是世界上唯一一个允许狗进入的高尔夫球场。这段路程大概有五英里，但是布朗尼和女孩们至少要跑上三倍这样的距离。每当他们看到一只松鼠的时候，就会追着它跑到林子里去。事实上，根本无须看到，只要灌木处有一点风吹草动，就足以燃起他们的热情了。幸运的是，那些松鼠动作很快，而布朗尼已经渐渐迟缓下来。至于尼娜和苔丝，她们都没有真正达到布朗尼的捕猎水平。因此，那里与我们相关的松鼠和兔子的死亡率非常低。事实上，在那些年里，我记得他们只成功猎杀了一只松鼠——鉴于这次捕猎成功带给他们三个的狂喜，我觉得这附带的破坏还是可以理解的。每一次追逐过后，他们都会蹦跳着回到我身边，气喘吁吁，眼睛闪着光芒，然后我会对他们说："嗨，这就是那位写作《兽面人心》（*Animals Like Us*）的作家所养的狗的行为吗？"

回到吉普车上后，他们三个都会疲惫不堪，尤其是布朗尼，本值壮年的他已慢慢迈入老龄了。在接下来的一天中，他大部分时间都是睡着的。带他一起去上课已经不再是个好主意了，因为我想，以他的年纪，已经胜任不起伦敦神秘而复杂的地铁换乘了。当我把他们三个一起留在家里的时候，会给他们每个家伙一节事先在百老汇大街上买来的熟的肘骨肉。这对于他们的鱼肉食谱来说，只是一种暂时的特别款待，维护房东的房子免于毁灭才是第一要务。在这一年的教书过程中，我花了好大一笔钱——那些肘骨肉每份就要五英镑，不过这应该也比为房东重新买一个厨房便宜多了。难以置信的是，在那一年里，女孩们并没有对房子造成太大的伤害。我们走的时候，我清理了地毯。我向你保证，你绝对看不出犬类曾在此定居过。我并不知道这是否是因为尼娜和苔丝长到了懂事的年龄，还是因为肘骨肉的作用，抑或是布朗尼对她们的严格要求。无论是哪种情况，我都毫无疑问地归因于我生命的幸运。

所以，幸运的我如今回家之后不会看到以往那种混乱或灾难场面了。有一次，我回家时倒是撞见了一个滑稽的场景——我一时兴起将之命名为“三条肥狗之夜”。这个名字并不贴切，不过至少比“两条肥狗与一匹肥狼之夜”要顺口得多。过错在于我。在伯克贝克，我们只有晚上的课。那天下课之后，我在伦敦大学学生会酒吧（ULU）遇到了几个朋友（这样的情况很罕见），便一起喝了些酒。那晚我最终搭上末班地铁回到家之后，已经是半夜了。在此之前，他们三个已经设法撬开了食品储藏室，也就是我放狗粮的屋子的门。然后他们干掉了一包 20 千克的狗粮的大部分。当我醉醺醺地回到家里，他们试图像往常那样为我表演一段安抚、娱乐的表演——每当做了会惹我不高兴的事后，他们都会这么做。此套表演包括：小跑到我身边，耳朵贴着，脑袋低着，鼻子贴到地面上。然后他们会剧烈地摇尾巴，那种夸张劲儿，好似他们摇的不是尾巴，而是整个身子。这种舞，尼娜和苔丝跳了大半辈子，几乎已经成了日常习惯。布朗尼对此也并不陌生。然而今夜的表演却非常不同——他们三个已经撑到难以依靠此舞来减轻罪行了。他们试图跑到我身边，却只能敷衍地踉跄。他们想同平日一样做摇摆身体的表演，不过，当你身体的宽度已经要与长度相当的时候，是很难摇摆起来的。很快，他们便放弃尝试，瘫倒在地了。如果我当时稍微清醒的话，当然会忧虑他们是否给自己的身体造成了什么永久性的伤害。不过由于当时已醉得不轻，所以我只是笑了笑，便上了床。第二天早上，我问："你们想出去走走吗？"——这是我们每天的开场白，通常他们都会在房子中欢腾嗥叫，并时不时地用鼻子推我走得更快来回应。但这是第一次，他们没有任何回应。他们的脑袋牢牢地粘在地上，只是稍稍抬了下眼睛。不过，据我猜测，这只是想恳求我，不要在这种情况下让他们做任何事了。我想，他们当时的感受，也许颇近于狗类的宿醉。我对此表示同情。因此我让他们在接下来的一天里睡了个饱——不过，倘若互换位置，他们是不会对我这样仁慈的。

2

让·米歇尔已经六十多岁了，是一位很有趣的老年人。他很享受生活，非常爱喝白兰地，特别爱抽雪茄。不过，他最喜欢的事情也许是钓鱼。他曾经在我居住的那片海滩上钓鱼，这就是我如何遇到他的。当他到达岗位的时候，总是迟到，而且晚得不是一星半点——他总是特别晚。不过这在法国南部并没有什么关系，因为在这里，迟缓是一种生活方式。而且不管怎样，生意总是他的。他在贝泽耶城当兽医。能够遇到让·米歇尔·奥迪奎特，完全是意料之外的、让人难以相信的好运。但是，在我过山车一样的生命历程中，每当这样的好运出现后，霉运总会接踵而来。这一年也不例外。

首先，是好的部分。伦敦并不很适宜我生活，主要是因为我既懒惰又不善交际。我会教导我的学生，但仅此而已。我并不愿在认识新同事上花费精力，甚至都不愿在大学附近露脸，因此迅速得到了“鬼魂”的绰号。然而，我并没有完全浪费自己的时间。在伦敦期间，我将自己的写作时间分作两部分。我从晚上七点开始写作。头四五个小时，我将精力花在严肃哲学上。我所说的“严肃”，当然指的是专业性很强的哲学作品，或许也就几百个人能够读懂——在学术界，如果你可以让自己的作品被上千个人读懂，那你已经算得上是大明星了。这些作品最终会发表在专业的哲学期刊，或者各高校的出版物上，比如牛津、剑桥或者麻省理工。不过晚上的另一半时间，也就是后半夜，在酒精开始起作用之后，我会写一些不一样的东西。最后的成果就是一本叫作《宇宙尽头的哲学家》（*The Philosopher at the End of the Universe*）的书——以风靡一时的科幻电影作为切入点来讲述哲学。那些读过它的人一定不难相信，这本书写于醉酒状态的不同阶段。然而，出乎所有人的意料——大部分都是出版商——这本书的销量很好。其实，早在此书还未出版之前，已卖掉的海外版权所挣得的钱便已源源不断地涌入了。因此，在伦敦短暂的节俭日子过后，我便出乎意料地坐在了钱堆上——并非很大一堆，但足够支持我一阵日子的开销了。并不清楚应该用它做什么的我，在当时却是已经厌倦了持续不断的降雨。我发誓，在这里，下雨的日子比我在爱尔兰总共待过的日子都多。于是我便在法国南部租了一间房子，准备尝试全职写作。我们就这样一起搬进了朗格多克中心地带的一所小房子。

这所房子地处村庄的边缘。与它毗邻的是一处由奥尔布河的河岸三角洲组成的，令人叹为观止的自然保护区。这片保护区里一般是咸水湖，被当地人称作麦尔（maïre）。麦尔是英文单词“沼泽”（mire）的欧西坦语同义词，发音也大致相同。这个地方有成群的黑色公牛、白色马驹，还有粉红色的火烈鸟。每天早上，我们都会穿越保护区，去海滩游个泳。我原以为布朗尼和女孩们会适应法国式生活，然而我错了。

就在我们搬到新家一个月左右后，布朗尼病了。事后想想，其实在离开伦敦之前我就察觉到他的嗜睡了。一开始，我只是归因于他老了。但当他开始食欲不振，甚至要我劝诱他吃东西以后，我带他去看了兽医。那是我在法国认识的唯一一位兽医，也是我在这里认识的为数不多的几人之一：让·米歇尔·奥迪奎特。我并不是很期待这次见面。让·米歇尔一句英语也不会，而当时我小学生水平的法语完全不能满足医疗咨询的需要，即使只是兽类的医学。不过，我也从来没料到会有什么严重的问题。我想他会告诉我布朗尼只是老了，加之天气又热，所以他不像以前吃得那么多也是情理之中的事。

然而，幸运的是，让·米歇尔对待他的工作非常认真。我们是上午十一点到达的，他在十一点一刻的时候抽血化验。十一点半的时候，布朗尼便已经在手术台上了。在检查的过程中，让·米歇尔感受到他的腹部有肿块。经检查，这是脾部的肿瘤。据让说，已经快要破裂了。他摘除了布朗尼的脾——显然，少一个也可以活命——然后我带着震惊回到了家中。难以置信的是，当晚，布朗尼已经可以自己站起来了，尽管还有些站不稳，但我能够将他带回家里。让·米歇尔告诉我，布朗尼还没有表现出其他的癌症迹象，而且幸运的是，这应该是第一个而非第二个肿瘤。验血报告会在一周之内出来，那时我们会知道更多情况。我先带布朗尼回家，让他好好休息两天后，再来检查。

跟让·米歇尔在一起的时候，你总能知道治疗何时进行得顺利，或至少看起来进行得顺利，因为在这种时候，他总会投入到另一项消遣之中：开玩笑。法语并非我的强项，大部分的话只不过机械地经过我的大脑，因此对于他捉弄我的那些笑话，我永远体会不到其中的微妙或机智之处。他会一本正经地盯着我，然后郑重地说“不太好”，同时会摇摇自己的头。但随即他会再看向我，露出一个大大的微笑并说“太好了！”当然，由于我的法语太差，我会非常专注而认真地对他的话进行加工消化，因此总是上当。

就在我们回到家不久，也就是手术刚过两天，布朗尼开始出现并发症的症状。这一次，当我开车回到家，觉得比前几天开心了一些。让·米歇尔表现得很乐观，我也开始期待一切好转。布朗尼现在已经十岁了，我知道他在这世上停留的时日不会太长。但我此时还没有做好失去他的准备——也许永远也无法做好这样的准备。我开始希望他这次能够死里逃生。

到家的时候，当我带他出了吉普车，才发现他的屁股上已经全是血，于是直接开车把他送回兽医那里。布朗尼的一个肛门腺感染了，在血流出来之前，我和让·米歇尔都没发现这点。所以，现在布朗尼得忍受臀部的毛被剃光的羞辱，然后由让·米歇尔切开肛门腺，让感染源排出来。让还给了布朗尼一些抗生素的混合物，然后我再次把他带回了家。真正的噩梦刚刚开始。

让·米歇尔提醒我说，让布朗尼的肛门保持清洁是生死攸关的事情。这意味着我每两个小时要用温水以及那种他所说的“女士香皂”（如果按我理解翻译的话）来擦洗布朗尼的屁股。很显然这种香皂是法国特产，你可以在任何药剂师那里买到。所以，我的事项表上又增添了一项新的内容：到村子里的药店问看看，也许在单词或语法表达不清楚的地方再加上一些补充的哑语，询问柜台后的漂亮小姐，她们这里有没有女士香皂。在彻底地清洁过可怜的老布朗尼的后部后，我需要为他的肛门腺注射药剂。也就是说，在注射器中灌满抗生素溶液，扎入布朗尼如今打开的、化了脓的肛门腺上，然后向内注射。无论白天还是黑夜，我每两个小时都要这样做一次。兽医告诉我，布朗尼得以恢复的关键，就是确定肛门腺的感染没有扩散到他手术的伤口处。

让·米歇尔让我第二天再带布朗尼过去。经历了一个无眠之夜后，我照吩咐做了。等我们到了兽医办公室，布朗尼的另外一个肛门腺也沦陷了，血流得到处都是。“天呀！”米歇尔边说边重复着昨天的程序——刮干净布朗尼的臀部，切开另一个肛门腺。然后，我带着漫长一周的双重擦洗和注射的任务回到家里：每两个小时一次，日夜不停。在两次注射的间隔中间，我也不能够睡得太死。布朗尼带着一个大塑料手术脖套，这样可以防止他挨个舔自己的伤口。很显然，他憎恶这一点，并且通过猛烈地将脖套撞向墙壁、桌子、电视以及任何他遇到的东西来表达这一点。

当然，布朗尼也不喜欢自己正在接受的这种治疗。从他的视角来看，当他周三去兽医那里的时候，只是觉得有轻微的不适，可是现在，他每隔两个小时就要接受这强加于身的残暴行径。所以，尽管他已经不像曾经那么强壮，但还是强壮到可以想尽办法拒绝我折磨他的臀部。因此我不得不先他一步，将其堵在墙角，拉着他的领子，拖向我放了海绵、注射器和一碗肥皂水的地方。然后我得把他按倒在地，在其挣扎的时候压在他身上，等到他已经没有力气再挣扎的时候，开始擦洗和注射。当我这样做的时候，布朗尼会躺在那里啜泣。听他悲鸣，是我此生经历过的最艰难的事之一。

再带布朗尼回兽医那里复查，是下一个周一的事，我称它为“黑色星期一”。这是继黑色星期五，也即他的第一个肛门腺感染的那天，以及黑色星期六，他的第二个肛门腺坏掉之后的又一个悲惨日子——他手术的伤口感染上了肛门腺的病菌。

他现在已是一头重病缠身的狼了。让·米歇尔开出的抗生素混合溶液没有起效。周五那天，让·米歇尔将化验标本送往一处实验室，以检验出这是一种什么样的细菌感染，以及什么样的抗生素才能对它起效。然而，检验结果要过几天才能出来。与此同时，我们尝试了另外一种抗生素 efloroxacine，这种抗生素被证实能够有效地对抗一些高度耐药的菌株。而且，让·米歇尔还得重新打开布朗尼的手术伤口来消灭细菌。臀部的清洁与注射工作同步进行着，在接下来的几天里依然是每两小时一次。不过，如今我还得用另一个不同的针管，对他的腹部做同样的事了。

周三，当我再次带他到兽医那里时，得到的是预料之中的坏消息。布朗尼感染的是抗药性极强的大肠杆菌，在很多方面类似于超级病毒 MRSA（耐甲氧西林金黄色葡萄球菌）。大概在手术之前，这种病毒就已经在他脆弱的免疫系统中存在，并开始猖獗扩散了。结果就是，他已注定要很快离我而去。

孤注一掷的让·米歇尔决定试一试那些在有了抗生素之后便不再使用的老法子。你也许听说过有人进行膝盖或者肩膀重建吧。实际上，可怜的老布朗尼这次就要进行臀部重建。注意到他的屁股尽管看上去完好无损，却散发着细菌带来的恶臭，又观察到了其肛门腺以下部位的肿胀，让·米歇尔断定，布朗尼如今的问题在于其肛门腺的进化并未达到最理想的状态。也许它们很适合蓄积能够标记地盘的气味，但是在排除不想要的细菌感染方面却并不起效。因此，让·米歇尔又一次给布朗尼动了手术，如果我的翻译没有歪曲原意的话，手术是将他的肛门腺向下挪动一英寸左右（可以想见，我们双方做了多少手势，画了多少草图，他才得以成功地让我领会这层意思）。我并不清楚其中技术性的细节，但让·米歇尔告诉我的大致意思是，这样感染源就会自然排干而不会堵住。但对此，他，还有我，都没有抱太大希望。

3

那个晚上，我又一次把布朗尼接回了家，等着他死去。那段日子的孤独、无助与绝望之感难以言表。但真正的恐惧不仅在于意识到自己将失去布朗尼。所有的生命都会终结，而且，除去他遭监禁的那六个月，我和他在一起的每一段时光都是弥足珍贵的。我相信他也是如此。此时的恐惧感源于我为了延续他的生命而做的那些事上。当然，他的伤口很恶心，散发出腐烂的恶臭，气味在整个屋子中弥散。但是，恐惧与此无关，它来自我强加于布朗尼身上的痛苦：我每隔两个小时就要为他带来的痛苦，而这痛苦几乎肯定是徒劳的。这种痛苦的核心，我想，是一种孤独感。这并非我的孤独感；这点无关紧要。这是我的男孩的孤独感。

布朗尼害怕极了，无论我怎样费尽心思去抚慰，都不能改变这一点。他很可能确实疼得厉害，尽管这点我不能确定。不过我能确定的是，我对他伤口这种日复一日、每两小时一次的清理大大地伤害了他。每一次的努力，都无可避免地伴随着他从微弱的啜泣过渡而成的高分贝的尖叫。我相信自己正在失去布朗尼的爱。这是一个可怕的想法，却将我带到了现如今的核心处境。如果布朗尼能好一些，纵使他之后会恨我一辈子，我也会感到满足。这是在那无眠到几乎精神衰弱的日子里，我与上帝的诸多交易之一。如今确实是大难临头，但是我的小狼已经衰老，在我面前奄奄一息。真正可怕的念头，是布朗尼会认为他失去了我的爱。我的脑中不断想着，当他临死的时候，会想起在生命的最后几天里，自己总是被一个本应爱着他的人折磨着。我背叛了他，遗弃了他。而我并非唯一的一个，尼娜和苔丝也被布朗尼的塑料脖套吓到了。每当布朗尼走向她俩躺着的地方时，她俩都会站起来，走到屋子的另外一头。这样的场景让我心碎，如今想起仍心有余悸。人们总是说——一般是他们想要打动别人的时候——我们都会孤独地死去。这是否真实，我不知道。但是，既然很容易将这种情境拟人化，那么我们必然得到的结论是，布朗尼感受到的，被自己曾视作生命的群体孤立、背叛、遗弃甚至虐待的滋味会有多么强烈。

在道德问题上，我是一个结果论者。我相信一个行为的对与错完全取决于结果。我是那种相信好的意图可以为通往地狱铺路的人。我总是对意图持深深的怀疑态度。我认为它们往往只是面具，面具中的面具，是我们用来掩盖那丑陋的真实动机的托词。我告诉自己，倘若我处于相同的处境下，那么我希望别人为自己做什么，我如今就会为布朗尼做什么。我不希望别人只是为了救我而延续我的生命，因此我也不会只是为了救布朗尼而延续他的生命。但是，如果我还有重回健康生活的一线生机，我就会希望有人为我的生命尽力，即使我不能理解他们的手段。因此，我对自己说，我应该为布朗尼而战——即使他不能理解我的行为，甚至即使他不想让我这样做。我就是这样一次又一次地告诉自己。但也许事实上，我只不过是没有准备好——也不够强大——去面对一个没有布朗尼的生活。也许我看起来高尚的原则——己所欲而施于人——只是一个用来隐藏自己“未准备好”的面具呢？谁知道我的真实动机是什么？谁知道这种真实动机是否存在？或者，更直白一些，谁在乎呢？

让布朗尼去受这样的苦，而且极有可能在这样的痛苦中死去，是在用我结果论者的灵魂来做赌注。是我，让自己过去十年中最忠诚、最重要的伙伴在痛苦与恐惧中死去，让他在感到了所爱之人的抛弃中死去。如果布朗尼死了，那么我的行为便是不可饶恕的。我所做的事情将得不到原谅，也不应被原谅。

可是，如果我就这样放弃了呢？如果我不顾布朗尼有可能好转的希望而放弃呢？我们之所以这样依赖自己的意图，我想，就是因为结果是这样的让人难以原谅。如果我们做了，结果会谴责我们；如果我们没有，结果往往依然会谴责我们。对于结果论者来说，能拯救自己的，唯有天意——不可揣度的天意。

4

布朗尼好了起来——难以置信，却是真的。在一个月左右以后——我记不起精确的时间了——当时我正从片刻的睡意中醒来，然后便发现了他的不同之处。我不能明确地道出差别，但是确实有什么东西不一样了。我现在意识到，就是这个：布朗尼看向我了。我现在理解了，为什么在过去的一个月里，他总是将目光避开我——也许是因为他觉得，一旦捕捉到我的目光，就会让我想起，是时候把那种痛苦加在他的身上了。但当时我并不知道这点。我的第一个念头是，时候到了。我之前曾经经历过狗与人的离世，我知道在他们临死前的几个小时，总会有回光返照的迹象。在几个小时之内，他们看似变得精神了许多，但这只不过是其将要离开人世的征兆。但布朗尼并没有离去。在接下来的几天里，他的病情逐渐好转，元气渐渐充盈他的身体，就好像在人群中悄然散播的谣言，很慢，然而却真实地在眼前传播着，直到变成了事实。他的食量增加了，体力也慢慢恢复了。一周的时间里，我们已经准备好做一个多月来的第一次散步了——轻柔地漫步到保护地去看火烈鸟。伤口的清洁与注射工作当然还在继续，而且还要持续好几周，但是感染源已被破坏。布朗尼也不再反感我的“服务”了，他现在只是耐心地躺着，直到我做完应做的工作。

每当回首那段日子，我都能清晰地触摸到那种不真实感。一个多月来，布朗尼的危急情况几乎让我难以入眠。尽管过度的劳累中偶尔会打个盹，但我想那也就几分钟而已。有时，醒来的那一刻，我会忘记布朗尼病了。但随即我便察觉到那钻入鼻孔的腐烂的恶臭，一瞬间，这让人恐惧又绝望的境况，便再度回到我的意识里。就这样过了几天以后，幻觉——睡眠不足而产生的幻觉——开始出现。这样的幻象有许多，不过最常出现的一个场景就是我已死去，坠入地狱，从此再未回来。

德尔图良[1]，早期基督徒中最恶毒而堕落的一个（这点说明了些东西），对地狱有一种较好的想象。他认为，那里是魔鬼用来折磨未被救赎者的地方，魔鬼将火红的铁叉插入他们的臀

1 德尔图良（Tertullian，约150—约230），迦太基基督教神学家，大约于公元193年依附基督教，约207年与罗马教会分裂，加入了被视作异端的孟他努派，并成为该派在北非的领袖。他的著作对西方神学影响极大。

部。而另一方面，那些被救赎者，则坐在天堂的包厢中，愉快地嘲笑着那些地狱中的被惩罚者。从其所持的这种对天堂和地狱的解释出发，我们只能对德尔图良及他所怀有的愤恨之心表示鄙视。对于他来说，天堂是一个满怀恶意之处，而这无非只是他满怀恶意的灵魂的反映。至于地狱，我觉得德尔图良的解释还是相当温和的。

但这样的一个地狱要更加恶劣：在这里，你并没有受到折磨、虐待，而是被迫去折磨、虐待你最爱的人。尽管此举令你作呕，尽管那种反感直达灵魂深处，但你依然得这样做。即使此举将让你失去你在世上最珍视的东西——爱，但你还是得这样做。无论如何都要如此，因为这是“为他们好”，因为这就是地狱的本质。地狱会给你机会选择，但是你依然会做此抉择，因为其他的选择更加糟糕。它们甚至坏过德尔图良的地狱。如果我置身于这样的地狱，会毫不犹豫地与德尔图良口中的那些受罚者相换。在布朗尼奄奄一息的那些日子里，我就一直在想，所谓地狱，就是迫使你去折磨自己深爱的狼，因为这是“为他好”。但这将会是一个奇怪的地狱，同德尔图良眼中那奇怪的天堂一样。他的天堂由满腔憎恶的人组成，而我的地狱则是由满怀爱意的人构成。我当然希望，那些仇恨他人的人永不得上天堂，而那些爱人者绝不会下地狱。但是我心中的那个结果论者让我无法相信这一点。

5

人们无时无刻不在说，他们有多爱自己的狗。我也相信他们确实是这样认为的。但是，相信我，除非你曾经连续一个多月给你的狗清理过恶臭、化脓、布满病菌的屁股，否则你真的不能肯定这一点。人们通常认为爱只是一种温暖而柔软的感觉，但爱是多面的，绝非只此一种面目。

布朗尼生病的那段日子，我像是一个混合体：各种混乱的感觉、情感与渴望的结合，没有一个可以持续或突出到可以被称之为爱的感觉。大部分时间里，我都觉得好像被人在脸上狠狠打了一拳，呼吸急促、摇颤不定、头晕目眩、恶心想吐。那时候，我觉得自己好像行走在流沙中：部分空气仿佛在身边凝结成浓稠的汤汁，使得我无法做出自发的行动，甚至不能思考。通常，我只是感觉麻木。在某一刻，我肯定他会死去——我不愿承认这点，但确是真的——我几乎感觉到了解脱，而且觉得，如果下次再为他擦洗、注射的时候，发现他已醒不过来了，那真是再好不过的事情了。

感觉，感觉，感觉——它们都是有力的，有些甚至无法抗拒。不过将其中哪一个等同于我对布朗尼的爱，都是不合理的。我的这种爱属于亚里士多德所说的“友爱”（philia），这是对家庭的爱，对同伴的爱。这种爱与爱欲（eros）——对性的渴求，以及大爱（agape）——对上帝和人类整体的博爱不同。我向你保证，我对布朗尼的情感同欲爱无关。我也并非像《圣经》告诫我的那样，像爱邻人或爱上帝一样爱着他。我对布朗尼的爱是兄弟般的情谊。而这种爱，这种友爱，绝非任何一种感受。

感受可以作为友爱的表现，可以与友爱相伴相随，但这并非就是友爱本身。为什么我会觉得麻木而恶心呢？为什么我会对布朗尼有可能下一刻死去而感到释怀呢？因为我爱布朗尼，让他遭这么多的罪几乎是——不过谢天谢地，并不是十分——难以忍受的。这些感觉，这些不同的、分离且并无联系（尽管应该有）的感觉，都是这种爱的表现。不过爱并非其中任何一种。这其中有太多感觉，在不同的背景下，可以伴随着友爱，而友爱无法完全定义它们。友爱也完全可以离开所有感觉而独立存在。

爱有许多面。如果你真的爱，那么你必须足够强大到面对它们。在我看来，友爱的本质比我们愿意承认的残酷无情得多。有一个东西，友爱缺它不可；这便是意志，而非感觉。友爱，这属于你的群体的爱，就是你为群体中的成员去做些什么的意志，即使你非常不情愿，即使它让你感到恐惧或者恶心，甚至即使你要为此付出很高的代价，而那代价也许比你能够负担的还要沉重。你这样做，因为这是对他们最好的做法。也许你永远不需要如此，却要时刻准备着。爱有时是令人厌恶的。爱可以让你永世受罚。爱会让你坠入地狱。但是，如果你很幸运，如果你足够幸运，它终将带你回家。

第八章　时间之箭

对于我们来说，

没有一个时刻是完整的。

每一分，每一秒，都沾染着我们的记忆与期盼。

每时每刻，

时间之箭既让我们心怀希望，

又引领我们走向死亡。

1

“我们会在梦里再见。”这是我对布朗尼说的最后一句话。此时，兽医正将皮下注射器的针头插入他右前腿的血管中——我至今记得那条腿，那条血管——然后向他的体内注入了致命剂量的麻醉剂。而在我说完这句话的时候，他已经走了。我宁愿想象他只是不在这里。想象他正在亚拉巴马，蜷缩在母亲柔软的毛皮中；想象他正和尼娜、苔丝一同沿着诺克多夫麦海的海岸欢蹦乱跳，而那慵懒的爱尔兰太阳正升起在一片薄雾充斥的金色背景中；想象他们在温布尔登公地中的树林里穿梭，追逐着麻雀与狡黠的兔子；想象他正同她俩一起在地中海冲浪，脚下溅起朵朵浪花。

一年前他曾染上的那种癌症，再一次不期而至，而这一次已扩散并恶化。这种在人类之中可治愈的淋巴肉瘤，以如今兽医界的发展水平来看，却无异于犬类的死刑宣判。这一次，我拒绝了任何为了救他而做的侵犯性的尝试，因为我不相信他能够挨过这次手术，更别说任何术后并发症了。我又吃惊地得知，在布朗尼两次生病之间的这一年中，让·米歇尔，那位上次用土方法治愈了他的兽医，竟然已经去世了——同样是因为癌症。当接任他的医师告诉我这则消息的时候，我便预感到，布朗尼的时日也不多了。

我尽己所能让他感到舒适，这是他生命中第一次，我准许他同我一起睡在床上。这令尼娜和苔丝大为恼火，她俩无法想象自己竟无缘这种前所未有而令人心动的优待。当止痛剂无法再发挥作用，而他的苦痛已难以承受时（尽管，说实话，这只能依靠我困难而不甚可靠的判断），我开车送他到贝泽耶去安乐死。在那里，他死去了，死在吉普车的后车厢中。那些年里，我们曾驾着同样的吉普车环游在美国的东南部，寻找着橄榄球、派对、女人和啤酒。

我不能将他埋葬在花园里——毫无疑问，房子的主人对此会不高兴。所以我将他埋葬在了我们每天散步都会路过的地方，一小块被山毛榉和胭脂栎环绕的空地。这块空地多沙，所以我很快就挖了一个坚实的洞。在将布朗尼放进去之后，我在他的坟墓之上搭了一个石冢，所用的石头则取自一道堤坝，那堤坝本是为了防止冬季的暴风雪侵入村庄而建的。这是一项漫长而艰辛的工程，因为那堤坝与此相距数百码，因此，直到半夜我才完成了这一工作。然后，我点起一堆篝火，准备陪我的兄弟坐到天明。

这是一段我不愿忆起的经历，因为我可以肯定，那时我会又一次地陷入完全的疯狂之中。陪伴着我的是尼娜和苔丝，还有两升的杰克·丹尼威士忌，后者是我早就储备好的，因为我早就知道这一天已为时不远。在过去的几周内，我滴酒未沾，因为我需要使大脑保持足够的清醒，以为布朗尼做出最好的决策。我不能允许自己因为任何酒精所致的意志消沉而提前宣告他的死期，哪怕只是一秒钟；当那生命已不值得苟活，我也不会因为任何酒精所致的亢奋而强迫他延长生命。多少年来，这是我第一次超过两天滴酒未进，而今晚，我毅然酩酊。所以，当料理过布朗尼的后事后，尼娜与苔丝静静地趴在篝火之前，听着被威士忌点燃了情绪的我，对着那慢慢消弭的光明咆哮。而当我显然已经喝掉了第二升威士忌的时候，那一开始尚且安静的对死后世界的沉思，已变成了对上帝的咒骂。大概是这样的：来呀！你个 XXXX！你来指给我看呀！如果我们的灵魂不死，你这个 XX 倒是指给我看看！现在！

我下面要讲述的部分更是骇人听闻，但我向上帝发誓，这是真的。在说完这话的时候，我望向篝火的另一端，然后便看到了他：我看到了布朗尼用石头砌成的灵魂。

我想强调一下，这是多么的不可思议。我堆石冢的时候，是不断地来往于堤坝与此地之间的，每一次，我都是拿那些孤立或者松弛的石头，然后再将它们从几百码之外的地方运回到这个空地来。到达空地之后，我只是简单地将它们弃置在布朗尼的坟墓上。我不断重复着这一步，许多许多次，而这整个过程持续了将近五个小时。将石块弃置于坟墓之上完全是一个随意的过程，我至今可以保证这一点。我并没有刻意码放那些石块，只是丢下它们。没有任何对这石冢的整体规划来驱使我完成它，正相反，我只是想快点完事，然后大醉一场。

但现在，就在那里，在火焰的对面凝视着我的正是布朗尼的石魂。石冢的前方正是他的脑袋：一块菱形的厚石板，吻部抵着地面——这正是他常摆的姿势；而石块尖头部分的那一块苔藓，则像极了他的鼻子。石冢剩余部分的形状，就好像是他蜷缩在雪中——这是布朗尼继承自他生活在北极的祖先的习惯，哪怕是亚拉巴马的炎热，抑或是朗格多克的酷暑，都难以将其改变。就是在那里，在我最愤怒、最需要他的时候，他静静地回望着我。

精神分析学家们——弗洛伊德、荣格，还有他们的同侪会说，我其实是用潜意识建造了一个熟睡的布朗尼的形象；也就是说，我对那些石头的放置，是下意识地遵循着为其塑造雕像的渴望来进行的。或许他们是对的，但是这一解释对我来说实在不合情理。它不能解释我在堆砌石冢的过程中，偶然因素所起的重要作用。当我把石块带回石冢的时候，并非有意放置，而是在随意抛下之后，就立刻出发去寻找下一块了。一些石块待在它们一开始落下的位置，而有一些却滚到了低处。石块是否会滚落，滚落到什么位置，完全出于偶然。这也就是为什么精神分析学难以为其提供合理的解释。纵使说我的潜意识能指导自己的行为，它也难以控制这些偶然因素。

我们也可以很容易地将布朗尼的石魂归结为酒精所导致的幻觉与妄想。或者，更简单地，将其看作一场梦。我们确实在梦中相会了。但是布朗尼的石魂从未离开。我在火堆旁睡着了，但由于偶然性的呕吐发作，我醒了过来。当我醒来之时，布朗尼那石头砌成的灵魂依然在那里。直到如今，它还在那里。

2

布朗尼生命中的最后一年，对于我们两个来说，都是一份礼物。我记得那一年仿佛是个没有终点的夏季。我从来没有这样过分地关注时间。1992 年，我在南卡罗来纳的查尔斯顿打扑克时，将最后一块手表落在了那里，之后就一直没能抽空换一个新的。而没有手表的生活自然难以摆脱时间的限制，我几乎一半的时间都在向人询问时间。不过，生活在法国的最大好处在于，无论是就我的经历，还是想象而言，那都是距离永恒最近的地方。在那里，我们并不依靠手表，而是依靠太阳。说实话，我在开谁的玩笑呢？我们确实依靠手表活着，只不过那是尼娜的手表，而非我的。

我在日出的时候醒来，放在夏天，大概是早上六点。我知道太阳升起了，因为那是尼娜的起床信号，她开始舔我露出床单的手或脚。如果我没有一只手或脚露出床单，她会用鼻子帮我重新“整理”一下床单，直到有手脚露出来。然后我会小心翼翼地走下松木楼梯，手中拿着电脑——这种疏懒而谨慎的早晨习惯，算是我在打橄榄球的日子里，膝盖摔伤的后遗症。我会坐在房子前的阳台上，在清晨弥散着薄雾的微凉天气中写作。此时，布朗尼会躺在花园北边的角落，全身蜷缩起来，如同置身于雪中，吻部伸长到地面。而尼娜，这位团队的计时员，会趴在门口，用一双机警的眼睛望着我，等待着通报距现在尚有几个小时的散步时间。苔丝，这位狗群中的公主，会等待着我投入写作，然后悄悄滑进房间，看看是否能在不被我发现的情况下偷偷溜上我的床——她总是能够成功。

然后，大概十点，在天还没有变得特别热的时候，尼娜会站起来，走到我旁边，把她的脑袋放在我的膝盖上。如果这招没有收到期待的效果——我停止打字——她会用吻部重重地、重复地顶起我的前臂，使我打字的动作难以继续下去。这指示毫不含糊：到了去海岸的时间了。而这，与其说是散步，毋宁说是一场军事行动。首先，要集中遮阳伞还有其他海滩装备，例如球和飞碟。而这一过程便是在提醒群队中的其他成员："队伍马上就要出发啦！"——结果便是一阵嗥声、犬吠与汪汪叫，来告知村庄中的每一个人，我们正在行进。飞碟是给尼娜这位热情而娴熟的游泳者的，而遮阳伞则是为布朗尼和苔丝准备的。他俩也会戏水。无风的日子里，当大海平静而清澈，他们也会被吸引去游泳。但它们从未真正享受这一活动——他们会游向我，紧张甚至惶恐的神情清晰可见，不过一旦接近了我，他们又会立即转身，游回岸上。他们还是更喜欢在那里度过大部分的时间。当我看够了他们在越来越热的日头下气喘吁吁的样子时，会买几把遮阳伞，一个家伙一把。现在回想起来，我明白了，那时候的我一定是有什么"特别"之处的——像一个老女人拥有许多猫的那种"特别"。不过，从乐观的一面来讲，那些每逢夏季便猖獗于法国南部海岸的小偷，总是对我们敬而远之。其他狗也是如此。在走向海边的旅程中，有许多需要以特定的顺序和方式做完的事情。首先，邻居的那些狗们都要被问候到；如有必要，还会被以适当的方式恐吓一下：首先是瓦尼勒，一只英国赛特种母猎犬，它会被尼娜恐吓，而苔丝则充当后者的助手，不过布朗尼倒是会友善（不过有些冷漠）地跟它打个招呼；然后是罗格，一头罗得西亚脊背犬，它的花园栅栏会被布朗尼撒上一泡尿，不过尼娜和苔丝会热情（近乎疯狂）地向它问好；最后，是我曾经提到过的一头阿根廷犬，我从未得知它的名字，它曾经发了昏地想要攻击苔丝。作为回报，苔丝每天早上都会好好酝酿她的第一次肠道运动，待到走到它家门口的时候再在花园栅栏处解决。她做这事的时候相当接近人的方式——或者说还是以狗的方式吧。如今想想，这或许是这条母狗经常试图咬我的原因吧。

而苔丝，总体而言，是其排泄物的调度专家。当我们住在温布尔登，一次走在公地中间的高尔夫球场时，她居然成功地以惊人的精确度，将粪便准确地投放在了一颗刚刚掉落的高尔夫球上面。而我“如果我是你，就去喝一杯”的建议并不能安慰那些半是生气，但更多的是难以置信的伦敦苏格兰高尔夫俱乐部成员。

走过房子的尽头，我们便进入了葡萄园——更确切地说，是废弃了的葡萄园。它早已在盐碱地与频繁的风暴侵蚀下变得荒芜。穿过葡萄园，就到了麦尔，它从堤坝倾泻而下，于北岸入海。在一年中特定的时节，麦尔上会布满粉红色的火烈鸟——它们在法语中，有着更美的名字：“燃烧的玫瑰”（flamants roses）。如果其中有一只离了群而走上湖岸，尼娜和苔丝便会追它好一会儿，直到它返回自己的合法领地。谢天谢地，她俩中没有谁能够追上一只。而在她们徒劳地追着鸟儿的时候，布朗尼会意味深长地看着她俩，好像在说：“唉，现在的年轻人啊！想当年，我年轻的时候……”

一次，我们到了海岸，尼娜像一道直线一般冲到了水边，开始蹦蹦跳跳，大声地要求着扔她的飞盘。夏季，海岸有一条严格的“禁止带狗入内”的政策——尽管这条政策本身并没有提及狼。然而，不消说，法国人是出了名的仅将其国土上的“要求”看作“建议”的人；这条律令很少生效，而这片海岸也往往成了狗的乐园。警官们也会偶尔出现，做个“罚款”的表演，但一旦我们看到他们，一定会扭头就往海边跑，跑得离他们远远的，因为我们十分清楚，他们绝不会追这么远的。我们也被捉到过几次，然而令人感到困扰的却并非罚金的数额，而是在他们罚款之前，你需要义正词严地发表长篇大论。凭借好运气、偷偷摸摸和装傻，我们成功地以不到100欧元的罚金总额应付过了整个夏天。

海滩散步之后，在所有地方午间歇业之前——当然，也是尼娜来提醒我们应该离开的时间——我们会走到村庄的面包房中。我会分几块巧克力面包给他们三个，而这种分配往往要遵循清晰严格的仪轨。然后我们会离开面包房，走到商店前面的石凳。我坐下来，打开纸袋，把面包掰成小块，依次扔给他们，还要提防着随时朝我脸上飞溅而来的唾沫。游泳是件极为耗费体力的事，因此，我们还要去一趟伊薇特酒吧（Yvette's bar）。在那里，我一定会喝上好几大杯红葡萄酒——这是朗格多克人午间小酌的最佳选择——而喜欢狗的伊薇特老板则会给他们几个端上一碗水，还会对布朗尼大加夸赞一番。这之后我们便走回家。那村后的小树林，会一直把我们送到家门口。

回到家后，我们会各自找个阴凉处，来度过一天中最炎热的时光。我会再次开始写作。每天当中的这个时候，房中的高温会让苔丝难以承受，因此她会趴在阳台桌子的下面。尼娜则对阳台的墙根情有独钟，那里总是有阳台的屋顶为其遮阴。花园的北侧部分此时已被阳光浸透，布朗尼便上到天台，寻找一处阴凉的角落。这个位置使他得以俯瞰村庄周围的全景，更重要的是，也能将村庄里发生的趣事尽收眼底。大约七点的时候，影子变长，而我们也开始骚动了。首先，我要给这三位四条腿的家伙做晚饭，然后再给我这个两条腿的来点餐前酒。然后我们就去散步，照例以我们最喜欢的餐馆——“留尼汪”（La Réunion）作为终点。

请注意，我说的是“我们”，而非“我”最喜欢的餐馆，这是经过了深思熟虑的说法。我去那里吃晚饭，布朗尼和两位小姐则在那里吃他们的第二顿晚饭。莱昂内尔和玛蒂内，这两位餐厅的经营者，总是会为我们预留出角落处的大圆桌，那里有足够的位置任狗儿们舒展。我会慢吞吞地吃完自己的四道菜，而他们三个则要在每一道菜上征收不菲的税赋。每一个住在法国的人都知道，想在法国当一个素食主义者是不可能的事，尤其在法国的乡下更是绝无可能。当我第一次向莱昂内尔提到我的饮食习惯时，他满脸不解地看着我，然后问我要不要点鸡肉。因此，我只好学着布朗尼和女孩们的习惯，开始吃鱼。我会先吃圣雅克沙拉。这道菜相当丰盛，里面包含了十块扇贝肉，其中三块会进入他们的肚子。这之后，三条烟熏三文鱼也会从第二道菜中被征收走。而第三道菜，干煎比目鱼中的面皮、尾巴和头也难逃同样的命运。只有在他们瓜分一张额外的薄煎饼——莱昂内尔对狗儿们的特殊馈赠——时，我才能安心享用最后一道菜。当然，我会独享葡萄酒还有 mar de muscat——一种用麝香葡萄做成的白兰地。在这之后，醉醺醺的我，和我三个吃得饱饱的朋友，会沿着防浪堤不紧不慢地走回家。我们都会睡一个好觉。

这就是布朗尼生命中的最后一个夏天，朗格多克的漫长、美丽的夏天。然而这个冬天，我们被迫做出必要的调整。因为，不巧的是，留尼汪餐厅在十一月中旬到来年三月中旬期间歇业，莱昂内尔和玛蒂内要在这几个月中照看滑雪场。其间也会有一些游泳活动——不是我去游，就是尼娜。尼娜恩准我一觉睡到大概早上八点，我早晨的写作也大部分在屋里完成。我白天里在伊薇特的逗留时间也有些长了起来，因为我在晚上没有任何地方可以去。不过一天之中的主线——那些要素——是没有改变的。

一年中的所有时候，无论冬夏，尼娜都是时间的守护者。这是受到了我们旅居法国时一个意外事件的刺激——这个事件是如此黑暗而悲哀，以至于直到现在，这么多年后，我想尼娜依然心有余悸。这是我的错，我对此要负全责。我不知道那天我是在电脑上耗费了太多时间，还是在地中海清凉的海水里耽搁了太久，不管原因是什么，当那天我们到达村庄时，面包房已经过了午餐时间。那真是个漫长而“美丽”的午餐。

当然，客观上来讲——我是很容易接受这种态度——这也没什么大不了的。我不过需要比平时多花一个多小时的时间去伊薇特罢了。我很乐意这么干；而面包房也会在下午四点的时候重新营业。但是，客观地看待饮食问题绝非尼娜的长项，推迟用餐时间便更不行了。那一天，她在伊薇特待的每一分钟都无比痛苦、煎熬，好似怀揣着那种最折磨人的对生存本身的忧虑（说得好像伊薇特不提供食物一样）。她一直在走上走下，眼中闪烁着焦灼的光芒。“这不是它本应有的样子。”这是她灵魂之中一次漫长而黑暗的午餐。

当然，下午四点的时候，一切回归正轨，而世界又重新拥有了意义。只是在那天之后，尼娜便被双重恐惧困扰着：面包房在她到来时已经关门的恐惧，以及不能去留尼汪餐馆的恐惧。上帝原谅我，我那天晚上居然走了另一条道去餐馆。就在我们还差几百码就到了的时候，她已经跑了，剩下我们一行不知是走还是不走。

直到后来，布朗尼死去，而我从法国离开，我才真正明白在这一年里，我的每一天是多么如出一辙。不过我觉得，我们在爱尔兰和伦敦的时候也如是享受着类似的日子。几乎所有我认识的人，都会将这种生活描述为“单调”，甚至“非常无聊”。然而我却认为，我在那种日子中学到的东西，比从其他任何人或事上学到的都多。我所学到的东西的关键，可以从一个迷惑性的简单问题中得到答案：布朗尼死后，他失去了什么？

3

毋庸赘言，在布朗尼死后，我这个对月哀号、向上帝发怒的疯子，失去了太多东西。人们也会这样告诉你，就像他们告诉我的那样，这就是多年来悲伤而孤独的生活所换来的。也许他们是对的。然而我对自己失去了什么并不感兴趣；我只感兴趣于布朗尼失去了什么。

死亡因何是件坏事呢？（不是从他者的角度，而是从死者本人的角度来看）从哪种层面而言，你的死亡于你无利呢？无论死亡为何物，它都不是发生在你生命之中的事。维特根斯坦曾经说过，他的生命是无限的，因为他的视野是无限的。很明显，他的意思并非我们可以永生。维特根斯坦自己也在 1951 年死于癌症。他是想指出，死亡是生命的界限，而这样一种生命的界限，并不会出现于生命本身，就好似视野的尽头并不包括在视野之中一样。你无法看到视野的尽端：你之所以能意识到它的所在，正是因为你看不见它。这就是极限何以成为极限：它并非它所构成的事物的一部分——如果是的话，它就无法成为此物的极限了。

如果我们承认这一点，很快便会面临一个问题：看起来，死亡对死者而言，并不能造成伤害。这一命题的提出由来已久，早于维特根斯坦两千年的伊壁鸠鲁就曾如此说过。他认为，死亡不能伤害到我们。当我们活着的时候，死亡不会出现，是故何害之有？而当我们死的时候——既然死亡是作为生命的边界而非其中的要素出现——这个已死去的我们已经无法成为死亡所能伤害到的客体了。从这个角度来说，死亡不是件坏事，至少对死者而言不是。

伊壁鸠鲁的论述错在哪里呢？不，应该是，它有错吗？但至少就人类而言，全宇宙的人都会觉得这有哪里不对，而且还有充足的证据证明其错误：死亡伤害了我们，因为它夺走了属于我们的东西。因而它才被哲学家们称为掠夺者。然而，这只是最简单的部分。难的部分在于，它从我们身上夺走了什么，以及，它如何能从我们身上夺走东西，既然我们已一无所有？

如果说，死亡伤害了我们是因为它夺去了我们的生命，这种回答也难以成立。因为如果维特根斯坦是对的，即死亡是生命的尽头，从而不可能出现在生命之中，因此，当死亡来临的时候，生命已经不属于我们了。然而，只有当我们拥有某物的时候，它才能被夺走。这样说来，死亡难道能夺走已经不属于我们的生命吗？

我想，一个更靠谱些的答案是，它夺走了我们生命中的“可能性”。死亡之所以能伤害到我们，是因为它夺走了我们所有的可能性。然而，经过一番深思，我依然认为这个回答不能成立。这一方面是因为，“可能性”这个概念真的是鱼龙混杂；世界上的可能性太多，因此你很难说某一种可能性从本质上来说是我的还是你的。而在这些可能性中，还有许多是我压根不感兴趣的。我有可能会成为一个补锅匠、裁缝师、士兵或是水手；我也有可能成为一个乞丐或是小偷。但是我绝没有兴趣来发掘它们，或试图实现其中的任何一种。我的死期有可能是明天，也有可能是50年后，然而我对实现后者的兴趣可是远大于前者。“可能性”实在是太廉价了。我们每一个人都有无限——至少是相当多——数量的“可能性”了，而我们只对实现其中的一小部分感兴趣。事实上，我们也根本无从得知潜藏在自己身上的大部分可能性。

不仅如此，还有许多可能性，纵使我们热切盼望也无从实现。我们大多数人应该都对实现乞丐或小偷的可能性不感兴趣。确实，我们中的每一个人都有可能变成杀人犯、虐待者、恋童癖或者疯子。只要在其“可能发生”的假设上找不出矛盾来反对，那么这件事就是可能的：这就是“可能性”的定义。因此，无论你怎么认为这些可能性不能实现，它们依然是“可能性”。有一些可能性，我们希望其成真；也有一些，我们避之不及。在这些可能性中，有的被我们所喜欢，有的我们唯愿拒绝。我不相信死亡会通过夺走那些我们所厌恶的可能性而伤害我们。同样，我也能肯定，如果它掠去了那些我们将用每一个毛孔予以排斥的可能性，对我们来说，也绝无“伤害”可言。有许多可能性，我们纵使死去，也不愿见其发生。死亡并不能通过夺走它们来伤害我们。

不过，“可能性”的概念确实可以将我们引向一个更合理的解释。依然有一些可能性与死亡带给我们的伤害有关：那些我们希望实现的可能性。而在这每一个可能性之后，都有一个与之相关联的欲望：希望其得以实现的欲望。如果我们对此种欲望举首戴目，却不能立即实现，那么我们便会设立一个目标与之匹配。倘若这个目标难以实现，那么我们便会投入大量的时间和精力，来为它的实现设立一个宏伟蓝图。我想，正是从这种欲望、目标与蓝图的失却而言，我们才会难以避免地认为死亡对死者造成了伤害。

不过，看起来我们并没能在反驳伊壁鸠鲁的问题上取得进展。如果说，死亡是生命的终点，而非生命中的某一事件，那么，我们在死去的时候，能够为其夺去的客体，包括欲望、目标和蓝图，已经不复存在。然而，这三者有着共同点，其中有一些对于解决伊壁鸠鲁的问题起着关键性的作用。那就是我们所说的“对未来的指向性”：它们的本质在于，能够超越我们的“现在”，而指向“未来”。正因为我们拥有欲望、目标和蓝图，所以我们可以说自己拥有“未来”：未来是我们每一个人只有在当下才能拥有的东西。而死亡之所以能伤害我们，就是因为它夺去了我们的未来。

4

仔细想一想，“失去未来”其实是一个很奇怪的观念，而其奇怪之处来自“未来”这个概念。未来并未出现，因此，难道你能失去它吗？事实上，你只有在当下拥有“未来”，才能够失去它。但你怎么可能拥有一个还未出现的东西呢？这至少说明，在这种语境下，所谓“拥有”与“失去”的概念同我们平时所说的“拥有”和“失去”不同。我们确实有可能拥有一个未来，但这和你可能拥有宽厚的肩膀或是一块劳力士手表并不相同。若说一个杀人犯“夺去了你的未来”，这也完全不同于岁月磨蚀了你的双肩，或是强盗抢走了你的手表。

如果说，死亡对任何人来说都是一件坏事，是因为它夺去了我们的未来，那么，这个未来也应该是为我们现在，即此刻，所拥有的东西。我们之所以说自己拥有一个“未来”，是因为我们如今确凿地拥有可将自己引向未来，或与未来相连的状态。这些状态便是欲望、目标与蓝图。就像马丁·海德格尔曾经说过的那样，每一个人都是以未来为导向的。我们中的每一个，从本质而言，都是由现在并不存在的“未来”所驱动。至少，从这个意义来说，我们是拥有未来的。

让我们先从欲望开始谈起。欲望的最基本特征便是，它们可被满足或受挫。当布朗尼走过房间，从碗里饮水的时候，他的欲望就是得到满足的。然而当他面对的是空空如也的碗时，欲望便是受挫的。然而，满足欲望需要时间，阻碍一个欲望同样需要时间。布朗尼需要穿过屋子去找他的碗；所以说，他需要时间去等待自己的欲望被满足或是受阻。满足欲望需要花费一定时间，这是欲望以未来为导向的最基本含义。目标与蓝图亦是如此，后两者在本质上也是长期的欲望而已。欲望可被满足，也可受挫，而目标和蓝图则可能被实现，也可能不被实现。而无论是“满足”，还是“实现”，都需要花时间去验证。

然而，“我们拥有未来”这个命题还可以从一个更复杂的层面来解释。无论是欲望、目标，还是蓝图，都在以两种截然不同的方式导向未来。就好像布朗尼对水的渴望一样，这种欲望可以引导我们走向未来，而它们的实现需要时间。如果布朗尼想要满足这个欲求，他必须超越当下这个时刻——他必须熬过穿过屋子走到碗前的这段时间。然而，就一些欲望而言，它们与未来的联系更为密切。一些欲望中包含着对未来的明确愿景。穿过屋子去喝水是一码事，但是如果要按照自己期望的愿景来规划自己的生活，那就是另外一码事了。

与其他动物相比，我们人类花了大量的时间来做一些自己其实并不想做的事。而我们之所以去做，是出于对我们未来生活的愿景。这也就是我们历尽艰难，挨过漫长的学习与职业生涯的全部动力所在。我们都知道工作是多么费力不讨好；而且，作为一个职业的教育者，我绝不能假装说学习是件充满了快乐的事。但是我们依然要做这些事，因为我们对某些事情有着期许。这些期许，既不可能当下便被满足，也不可能在不远的将来一定实现。如果我们足够聪明，足够幸运，足够努力，它或许会在未来不定哪个时候成真。我们当下的活动——教育上的、职业上的、非职业上的，都是依着某种未来生活的愿景而规划并履行的。为了拥有这样的欲望，我们首先需要有对未来的设想：你必须把“未来”当作未来。

所以,看起来,我们有着两种不同的“未来”。一种是隐含的:我有一些欲望,而实现它们需要时间。还有一种是显而易见的:我在依照某种我想要的“未来”来规划现在的生活。然而,我们身上的那只猿猴只要看到差异,便会权衡利弊。首先,这只猿猴会先分辨出其中哪一种要素对自己最适合。然后它便会声称,这个要素优于其他所有要素。相信我,我之所以知道这点,是因为我自己便是那只猿猴。

正是那第二层“未来”含义的存在,使得人类与众不同。我们并不能确定,其他动物会否投入许多,或者一定时间,让自己的行为迎合自己对未来的愿景。但延迟满足感看起来确是人类的特性,纵使不为我们所独有,它在人类身上也体现得比其他任何动物都要突出。这时,我们身上的那只猿猴便会自然而然地从“以事实为依据”的主张,变成“以道德律为依据”。然后,我们便会不可避免地认为,那第二重含义的“未来”,要优于前一种。当然,我们是聪明的动物,可以将此种道德估价抬高。从那第二层含义来讲,“我可以按照自己对未来的愿景来规划生活”,这一点使一个人同未来联系得更加紧密。与其他任何非人类的动物相比,我们拥有更加稳固、强健、重要的“未来”。想象一下,有两个运动员,一个勤奋努力,另一个是不上进的天才。假设他们两个最后都名落孙山,与奥运会奖牌失之交臂。第一个运动员,他的生活是由铁的纪律和一丝不苟的训练组成的，因此他看起来要比第二位失去更多，因为后者从来没有竭尽全力。第一位运动员的损失更为巨大，因为他的投入——他做事时花费的时间、精力、体力和情感——要多得多。同理，你在死去的时候损失了多少，也是由你的投入决定的。因为人有着对未来的愿景，故而依此可以克制、规划、调整自己当下的行为，也就是说，与其他动物相比，人类的投入更大。因为这一点，人类死亡的代价要比任何其他动物大。也是因为这一点，人类的生命要比其他动物更贵重。是故，“我们死时会失去更多”的论调，无非是人类优越感的体现之一罢了。

5

我曾经相信这个说法。事实上，以上两段，鄙人——这只猿猴——在《兽面人心》中就曾经说过，而在《宇宙尽头的哲学家》中，也有过更为轻松的表述。而如今，我却畏缩于自己洞察力的缺乏，以及带着偏见的猿猴性。我现在发现，致命的缺陷不在于这种叙述本身。我们人类不得不将死亡看作一种掠夺之害；也就是说，我们不得不将死亡看成一种夺走了我们所有物的坏东西。我并不认为我们这样想是一定正确的，但是我也想不出我们还能从什么别的角度来思考这件事。当然，我们之中的一些人认为死亡并非终点，而只是向另一种存在形式——“来世”——的过渡。谁知道呢？也许他们是对的。然而我并不关心这个问题。我在意的只是，对于我们这些把终点当终点的人来说，生命的终结是否是件坏事。这与这种终结何时到来，如何到来无关。如果你相信来世的话，那么你大抵也相信灵魂不死、上帝存在。那么，既然上帝是全知全能的，那么他也可以摧毁灵魂。如果上帝要摧毁你的灵魂，那么你的大限也便到了。如果事实如此，这难道会是一件坏事吗——对你而言的坏事？这才是我感兴趣的问题。对我而言，重要之处在于我们同自己的生命终点（无论何种形式）之间的联系。

先假设我的说法是对的：人类在其死后，或者在其生命终结之时，会比动物损失更多。与狼相比，人的死亡是一种沉重得多的灾难。但倘若由此认为，人的生命比狼的生命贵重，那便错了。“我们死去的损失更大”并非人类优越性的体现；相反，这种想法暗示出了我们所受的诅咒。因为在这种对死亡的解释之中，包含着某种时间的观念。而在此时间观念之内，包含着所谓对“生命的意义”的观察。

我所说的这种包含在对死亡的解释背后的时间观念，可以用另外一个大家耳熟能详的短语表述：时间之箭。所谓“未来”，是我们现在，此时此刻所拥有的东西（无论从哪种意义上说），而并非只是可能性。之所以说我们现在便拥有未来，是因为我们有着那些与未来相连的状态：欲望、目标、蓝图。我们可以将它们想象为飞向未来的箭矢。其中一些箭矢是含蓄的，想让它们击中靶心，需要时间。为了使欲望得到满足，你需要耐心等候，等到箭矢到达目标。狼与狗的欲望便类似于此。然而，一些箭矢却是不同的，它们是燃烧的箭，飞向前方的漫漫长夜，并且点亮我们的未来。与之相对应的，则是人的欲望、目标与蓝图，它们借着我们对未来的清晰想象，明确地将我们引向未来。由于斩断了这些欲望之箭，死亡对所有的生灵造成了伤害。但是其中受到伤害最大的，还是那些拥有着燃烧之箭的人类。

正是通过这些隐喻，我们人类试图去理解时间。我们会把时间想象成一支箭，从过去而来，穿过现在，射向未来。或者，我们会将它想象成一条河，从过去穿流到未来。或者我们会把它想象成一艘船，从曾经出发，路过当下，驶向未知的远方。我们之所以被卷入这时间之流，是因为我们都是时间性的存在。如同其他动物一样，正是这些欲望之箭将我们引入这时间之流，并与之紧紧相连。可与其他动物的不同之处在于，我们的箭可以在某种程度上点燃这条河流——让它能够被看到，被理解，甚至被塑造。

当然，这些全是隐喻，也仅仅只是隐喻。更重要的是，它们全是空间隐喻。许多哲学家——比如康德——注意到，无论我们试图如何理解时间，结果总是推向以空间做喻。然而，这些隐喻同时伴随着一个何为生命之重的概念，亦即“生命意义”的概念。

这些隐喻暗示我们，生命的意义是我们必须专注的目标，或是我们必须前进的方向。“当下”永在流逝，时间之箭不断从一个方向转向另一个方向。因此，若生命的意义系于当下，那么这种意义也在不断转变。所以我想，我们生命的意义，必须系于我们的欲望、目标、蓝图，必须成为其功能之一。生命的意义是我们可以朝之前进、可以实现的某样东西。在所有重要的成就中，生命的意义不会发生在当下，只有在遥远的未来才有可能。

然而，我们也知道，倘若向时间线的前方追溯，我们发现的将不是意义，而是意义的缺席。如果我们沿着这条时间线走得足够远，我们发现的便是死亡和腐朽，而非意义。我们将到达某个点，在这个点上，所有的箭矢都已被折断。我们由此找到了意义的终点。我们每个人都是朝向未来前进的存在，在此过程中，我们发现生命可能存在意义。但我们同时也是朝向死亡前进的存在。时间之箭既是我们的救赎，也是对我们的诅咒，我们便这样，既被这箭的轨迹吸引，又被它排斥。我们是习惯赋予意义的生物，我们认为人类的生命有着动物所没有的意义。我们又是受死亡束缚的存在，我们认为再无其他动物以同人类一样的方式走向死亡。无论是我们生命的意义，还是我们生命的尽头，都发生在遥远的未来。这条时间之线，既让我们着迷，又让我们畏惧。从根本上说，这便是人类的存在困境。

6

爱伦坡的乌鸦这样啼叫着：永远不再。也许这“永远不再”是乌鸦所持有的概念。而且我想，这并不是狗所拥有的观念。尼娜爱布朗尼。从她还是一只小狗崽开始，布朗尼便陪伴着她长大，因此她希望自己醒着的每时每刻都与布朗尼在一起。诚然，当我们在法国的时候，甚至尚在英国之时，布朗尼对她来说便远没有苔丝有趣了。尼娜对于狗或狼的感情，是建构在对方是否能同她摔跤上的。但在法国的日子里，布朗尼便已对这种满地打滚、颇为粗野的运动失去了兴趣。尽管如此，她还是很爱布朗尼。只要有超过一个小时没见到他，再见面时，尼娜一定会在布朗尼的鼻子上好好地舔上一大口，作为见面礼。

因此，当我将布朗尼的遗体从兽医那里带回家时，难免有些惊讶——尼娜只是敷衍地嗅了嗅他，便将注意力转移到当下更有意思的与苔丝玩耍的事业上去。布朗尼不在了；我很确定苔丝懂得这一点。我也同样确信，她不会觉得，布朗尼“永远不再”回来了。

我们人类会倾向于将这一点当作自己的智力高于动物的确

凿证据。动物不能理解死亡，只有人类可以，因此我们比动物更优越。曾经，我相信这一点。但现在我认为，结论应该恰恰相反。

假设一下，如果我每天都带你去同一个海滩长达一年，每次走的都是同一条路，做着同样的事情。而在这之后，我会带你去同一家面包房，在那里给你买一个巧克力面包——不是油炸覆盆子面包圈，也不是羊角面包，而是一个巧克力面包。我敢打赌，很快，你就会跟我说 ："什么！又是巧克力面包？！你就不能给我买点别的吗？哪怕一次呢！我吃巧克力面包都要吃吐了！"

这便是我们人类的通常反应。我们将自己的生命想象成一条线 ；我们对这条线怀着矛盾的态度。我们的欲望之箭，还有那些目标与蓝图，将我们与这条线系缚在一起，从中我们才有可能看到生命的意义。但同时，这条线也会将我们引向死亡，而死亡也会夺走这意义。因此，我们对它既着迷，又厌恶 ；既为它所吸引，又因它而恐惧。在这恐惧的驱使之下，我们总想寻些"不同"与刺激。在咬下第一口巧克力面包的一刹那，我们眼前出现的，是排列于这条线之上的无数的巧克力面包，布满过往与未来。我们永远不能享受当下，因为我们从来看不到真正的"当下"，它永远让步于时间轴的前与后。那些被我们视作"现在"的，总是由曾经的记忆与对未来的期待构成。这无异于说，我们根本没有“现在”。我们的现在让步于时间，被时间所分解：所谓“当下”，是不真实的，它总是逃离我们而去。所以，对于我们来说，生命的意义永远不可能于当下寻求。

当然，我们中的一些人也会喜欢自己的规矩与习惯，但我们也总是渴望新鲜的东西。你应该看看我每天早上给我那三个家伙分巧克力面包时，他们脸上的表情。他们因渴待而颤抖着，口水止不住往下流，神情专注到接近痛苦。在他们看来，自己完全可以无限制地吃巧克力面包直到永远。对他们来说，咬下第一口巧克力面包的那一刹那，时间本来就是完整的，并不掺杂着时间线上的任何其他时间点。它不会因为已过去的时间而增加，也不会因为未到来的时间而减损。但对于我们来说，没有一个时刻是完整的。每一分，每一秒，都沾染着我们的记忆与期盼。每时每刻，时间之箭既让我们心怀希望，又引领我们走向死亡。这，就是我们认为人类优于其他所有动物的原因。

尼采曾经提出过“永恒回归”（eternal recurrence/eternal return）的理论。有两种相异却兼容的方法可以解释尼采的这个理论。至少，尼采曾经浅尝辄止地提到过其中一种，且完全地肯定过第二种。我们姑且称第一种为形而上的“永恒回归”理论，在此语境下的“形而上”意指描述事物的本质。所以，若从形而上的角度来理解这种永恒回归，便是将其描述为某些将要发生无数次，或者已经发生过无数次的事。如果你将这个宇宙视作是由有限物质——原子或亚原子微粒——组成的，那么这些微粒所能构成的组合也是有限的。实际上，尼采便是认为这个宇宙是由有限的量子或者能量粒子所构成。既然它们能够不断组合与重组，其本质也是不会变化的。如果你同时认为时间是无限的，就需要相信，这些由量子或微粒所结合而成的组合将会一再重现。事实上，它们必须一次又一次地再现。而你，你周围的世界，还有构成你生命的这些事件，归根结底，也不过是微粒的组合罢了。所以，这样看来，你和你的世界、你的生命，都将一次又一次地循环。如果时间是无限的，那么你必须永恒重现。

这一种思考永恒回归的方式是有问题的，因为它以宇宙有限而时间无限为假设前提。如果你否认这一点——比如，如果你认为，时间是于宇宙创造之始被创造，又随着同一个宇宙的毁灭而消亡——那么之前的论证便无法成立。尼采提到过这种“永恒回归”的解释，但他从未在自己的公开出版物中明确认同此观点。

他在出版物中所认同的，我们可以称之为对“永恒回归”的存在性解释。从这一层解释来看，永恒回归的概念为我们提供了一种存在性的实验。在《快乐的知识》（*The Joyful Wisdom*）一书中，尼采这样描述这种实验：

假如恶魔在某一天或某个夜晚闯入你最难耐的孤寂中，并对你说："你现在和过去的生活，就是你今后的生活。它将周而复始，不断重复，绝无新意，你生活中的每种痛苦、欢乐、思想、叹息，以及一切大大小小、无可言说的事情皆会在你身上重现，会以同样的顺序降临，同样会出现此刻树丛中的蜘蛛和月光，同样会出现现在这样的时刻和我这样的恶魔。存在的永恒沙漏将不停地转动，你在沙漏中，只不过是一颗尘土罢了！"你听了这恶魔的话，是否会瘫倒在地呢？你是否会咬牙切齿，诅咒这个口出狂言的恶魔呢？

你在以前或许经历过这样的时刻，那时你回答恶魔说："你是神明，我从未听见过比这更神圣的话呢！"倘若这想法压倒了你，恶魔就会改变你，说不定会把你碾得粉碎。[1]

在此，"永恒回归"代表的并非关于世界运行方式的描述，而是让你去扪心自问，去理解自己的生命如何运行，而自己又是个什么样的人。首先，就像尼采说的那样，所有的快乐都渴

1　译文引自尼采：《快乐的知识》，黄明嘉译，中央编译出版社，2007年，第183页。

求永恒。如果你的生活过得很好，那么你大抵会非常赞同这个观点，即你的生命会被一次又一次地重复。但另一方面，如果你的生活过得不好，那么，你会对这观点充满恐惧。这显而易见，一点也不深奥。但也许，没那么显而易见之处在于，你会对魔鬼的这番话作何反应。

假设某个人问你：你想同谁共度永恒？巧合的是，几年前，当我们还住在诺克多夫的时候，几位曾经敲错了门的耶和华的见证人[1]，似乎也想问我同样的问题。当时，布朗尼和尼娜正跟我一起在后花园里，我们一起绕到前门，去看是谁在那里。当我们到了门口时，看到其中的一位见证人正将脸抵在墙上，大声呼叫着，而布朗尼和尼娜则嗅着他，脸上充满了关切。我再无机会找出他们那个晚上究竟想要问我什么——他们匆匆地离开了。但是我们能够出自本能地理解他们的问题："你想同谁共度永恒？"这是从宗教的意义上发问的。在这里，"永恒"意味着来世，无论从哪个角度来说，都不过只是超越了我们肉体的销蚀，成为时间线的延长。但在这里，我们有时候会忽略的，恰是那个在此永恒中你无法避开的人：你自己。这个由宗

1 "耶和华的见证人"（Jehovah's Witnesses），1870 年在美国成立的一个基督教派别，认为"世界末日"即将到来，"上帝之城"即将出现，并主张绝对的和平主义。

教向我们提出的问题让我们思考：你确定，你就是那个自己愿意与之度过永恒的人吗？这是个好问题。

然而，尼采却让这个问题变得愈发急迫。如果永恒是我们时间线的延长，那么无论这一世你遵循的是一个怎样的生命轨迹，总能在下一世延续。如果说生命是一个灵魂塑造的旅程——一个灵魂塑造的正论——那么即使在你身形销毁之后，这旅程依然可以继续。但假设这一生就是如此呢？假设这一生不是一条线，假设时间就是一个圆，而你的生命会一遍又一遍地重复呢？就像尼采口中所描述的魔鬼那样。你依然是那个你将与之共度永恒的人，但如今这个“永恒”变成了一个圆，而非一条线，因此你再无更多机会去改进、完善自己。无论你要做什么，必须现在就做。

尼采认为，如果你足够强大，你当然会做你认为现在就得做的事。他还说，如果你的生命与灵魂是不断上升的，那么你当然会将自己塑造成那种自己愿意与之度过余生的人。但如果你不够强大，你的灵魂在不断下降，如果你早就厌倦了的话，那么你便会将拖延当作自己的庇护所，总是想着，在未来的日子里，你总有机会做自己必须做的事情。那么此时，这种“永恒回归”便是判断你的灵魂究竟是上升还是下降的途径。这就是为何我将它称为存在性的实验。

然而，“永恒回归”的概念还可以完成另外一件事，我认为那是最重要的一件事：它摧毁了将时间看作一条线，从而衍生出的“生命的意义”的概念。当我们将时间看作一条线时，会自然而然地把生命的意义看成是一个我们必须达到的目标——我们总要在未来的某个时间点上实现它。每一个“当下”，时间都在悄悄溜走，所以这意义无法在任何一个“当下”来实现。不仅如此，每一个时刻的意义取决于它在这条线上所处的位置：它的意义取决于它是如何同已过去的曾经相连（这“曾经”以记忆的形式呈现），又如何同未到来的他日相关（这“他日”以期待的形式呈现）。因此，没有任何时刻是完整的——每一分、每一秒的内容与意义，都受到这时间之箭的影响，分散在这长长的时间线上。

但如果时间是一个圆圈，而非一条线，如果说一个人的生命注定要一遍又一遍地重现，了无终点，那么，生命的意义就不可能在朝着某个决定点前进的过程中出现。根本不存在这样的点，因为根本没有这样一条线。时间不会悄悄溜走，相反，他们会一遍遍重来，没有尽头。因而每一刻的意义不取决于它在线上的位置，也不取决于它是怎样同过去与未来相连。它从不夹杂着“曾经”或是“他日”的幻象。每一刻都是它自己；每一刻都是完整而纯粹的。

现在，时间的意义又相当不一样了。生命的意义现如今并不是在时间线上的这个或那个决定点，或是哪个部分被发现，生命的意义存在于“当下”——当然，并非所有的当下，只是其中的一些。这样一来，一个人的生命意义就可以分布在生命的各处，就像丰收的季节中，那遍撒在诺克多夫田野的大麦。我们可以在生命最高潮的时刻中展现生命的意义。这些时刻本身便是完整的，并不需要其他的时刻来证明其重要性，或为其辩解。

我在布朗尼生命中的最后一年学到的一件事便是：我们人类难以通过的，这个由尼采提出的“存在性的测试”，狼与狗却都做到了。一个人会说“今天不要再走一样的路了。我们就不能换一个花样吗？我已经受够了天天去海滩了。也不要再给我什么巧克力面包了——我觉得我都快变成巧克力面包了！”等等诸如此类的话。倘非如此，那既被时间之箭吸引，又对其排斥的我们，会出于反感，在新鲜与不同的事物中找寻刺激。但既然我们被这种时间之箭所系缚，那么只要我们对这箭的旧轨迹有一丝偏离，都会有一条新的时间线出现，这时我们又需要偏离这条新的时间线去寻求所谓“快乐”了。因此，我们人类对快乐的寻求是倒退而徒劳的。而在每条这样的时间线的终点，都写着“永不再来”。那抚摸着你的脸颊的阳光永不再来，那爱人嘴角的笑靥，还有他们眼中闪烁的微光，都永不再来。我们对生命，以及对生命意义的理解，都是这样围绕着“失去”展开的。这也就是为何时间之箭既吸引着我们，又让我们感到恐惧；这也就是为什么我们竭尽全力在新鲜与不平凡中寻求快乐——因而一定要偏离那时间的轨迹，哪怕只有一点点。我们的反抗好似徒劳无益的抽搐，尽管它们是能够被理解的。我们对事件的理解正是我们永世受罚的理由。在这一点上，维特根斯坦错了，尽管难以察觉，但他确凿无疑地错了。死亡并不是我们生命的终点，死亡总是伴随在你我身边。

我想，狼的时间，是一个圆圈，而非一条线。其中每一个时间点都是完整的。对于它们来说，总能在永恒的回归中找到相似的快乐。如果说时间是一个圆圈，那么也便没有“永远不再”可言。从这一点上讲，布朗尼的存在也绝不能看作是一个不断失去的旅程。在他生命中的最后一年，那重复而规律的生活让我得以在那么一瞬间，模糊地瞥见了他的世界中那个“永恒回归”。在那里，没有“永不再来”的感慨，也没有失去所得的唏嘘。对于一匹狼，或者一条狗来说，死亡确实是生命的尽头。因为这个原因，死亡永远不能控制它们。我想，这就是它们之所以为狼或为狗的原因。

我现在能理解，为何尼娜只是敷衍地嗅了嗅布朗尼的尸体，尽管她是那么爱他，甚至超过了这世界上的一切。在我们当中，尼娜是最懂得时间的人。她是我们的计时员，也是这“永恒回归”的积极守护者。每一天，她都清楚地知道什么时候是早上六点了，我应该从床上爬起来开始工作了。每一天，她也精准地知道在十点时，她该把头伸到我的腿上，告诉我该停止写作了，已经到了去海滩的时间了。她还知道什么时候我们应该离开海岸，在面包房午间歇业之前赶到那里。每一天，无论是标准时还是夏令时，她都能清楚地知道，现在是晚上七点了，是时候吃晚饭，然后走到留尼汪餐馆去吃饭后点心了。对尼娜而言，她毕生的使命，就是去捍卫、保护这同样的永恒回归。对于她来说，没有什么是会变化的，没有什么会变得不一样。她明白，真正的快乐存在于那些相同而无异的事情里；存在于永恒与不变之中。尼娜明白，真实的是结构本身，而不是那些偶然性事件。她明白，所有的快乐都渴待着永恒；只要你对其中的一个时刻说了“是”，那么便是接受了它们全部。她的生命印证了——“永远不再”这样的命题是无关紧要的。

第九章　狼的宗教

这些都是一匹狼所展现给我的；

他便是那抹光亮，

我因之得以在阴影中看到自己。

1

我们能够看穿瞬间，但也因此，瞬间从我们手中溜走。一匹狼能看到瞬间，却看不穿它。因此，时间之箭避开了他。这就是我们和狼之间的区别。狼和我们，以不同的形式和时间相连。从某种意义上来说，我们是时间性的动物，而狼和狗不是。事实上，依照海德格尔的说法，时间性便是人类的本质。我对时间究竟为何物并不感兴趣，海德格尔也是。没有人知道时间究竟是什么，而且，我也不认为今后有人能知道。当然，不排除有一些科学家会热情地宣称他们了解时间。对我们来说，真正重要的是时间带来的经验。

事实上，这并不完全正确。我所接受的哲学训练要求我们在无有差别之处寻找不同。哲学是一种权力的游戏——有些人认为它傲慢——它让我们将差异与分别强加于这个世界，尽管后者可能不完全接受它们，甚至其实并不适合它们。这个世界对于我们来说太不稳定。与其说它有着我们想要的那些“差别”，更不如说，它只有一些程度不同的相同或相异之处。狼既是时间的动物，又是瞬间的动物。而我们呢，跟狼相比，只不过是更倾向于时间的动物，而非瞬间的动物。我们比狼更善于“看穿”瞬间，而狼更擅长“看到”瞬间。当狼与我们离得足够近的时候，我们才能明白，自己的这种特质让我们得到什么，失去什么。如果一匹狼能够说话，我想，我们也能理解它的特质。

我们心中的那只猿猴可以迅速地将任何不同转化为优势；这样，任何可以被描述的区别都可以被评估。那只猿告诉我们，正是因为能够更敏锐地看穿瞬间，所以我们要优于狼。这便可以让我们很轻易地忘记，其实狼在“看到”瞬间上，要比我们更擅长。如果说，同布朗尼生活教会了我一件事，那就是让我明白，优越感总是建立在某些方面上的。再往前推一步，某一方面的优势，往往会在另一方面呈现为不足之处。

时间性——将时间当作一条自过去延绵至未来的时间线来体验——给我们带来了一定的优势，但随之而来的也有劣势。无数的猿猴都愿意夸大时间性的优点，而我这个特殊的猿猴却要将关注点置于劣势之上：我们不能理解我们生命的重要性，而且，也正是因为这个原因，我们难以得到快乐。

布朗尼生命的最后两周里，我们一起做了些事情，这给了我一些启发，让我隐约感受到作为一个瞬间性的，而非时间性的生物，一个更擅长“看到”而非“看穿”时间者，是何滋味。那个时候，我已经知道，布朗尼将要死去了——至少我从理性上知道这一点，尽管从感性上我绝不能接受。我认为布朗尼需要几天没有尼娜和苔丝的日子。她俩总是在打扰他，哪怕是他想要睡觉的时候——睡觉，是他在最后的日子里做得最多的事。这并不是她们的错。我不能再带她们去散步，因为这意味着将布朗尼一个人留在家里。再说，我也无心散步。我能想象他在尼娜和苔丝兴奋的喧闹中，疏懒而又决绝地挣扎着站起来，而当我告诉他，他不能跟我们一起出去的时候，他该有多么难过。我决不会让他如此度过自己最后的时日的。因此，在最后的几周里，尼娜和苔丝的活动被限制在了花园和屋里，可想而知，她们因而愈发狂躁不安。后来我想，布朗尼可能需要好好地休息一下，所以我将尼娜和苔丝带到了伊桑卡的养狗场，那是一个需要在公路上行驶大概一个小时才能到达的村落，在去往蒙彼利埃的方向。我认为我应该将她们寄养在那里几天，好让布朗尼好好地休息一下。

当布朗尼和我回到家后（当然，他坚持要一起去伊桑卡），他开始慢慢地进入了一种奇怪的状态。“好好地休息一下”简直已经变成了他头脑中最无足轻重的一件事了。他跟着我满屋地转着，跳上跳下，兴奋地汪汪叫。当我给自己做了一盘意大利面的时候，他表示也要一份——他已经很久很久没有做过类似的事了。我便问他：“想要出去散步吗？”而他的反应，虽然不再像旧日的“野牛男孩”，但是依然令人印象深刻——他跳上沙发，嗥叫起来，证实他特别想去。我原本想象我俩会沿着堤坝慢悠悠地走上个几百码，可刚走到门口，布朗尼已经开始蹦蹦跳跳地，在我们和自然保护区之间的沟渠上跑上跑下了。所以，我便做了一件我至今都无法相信的事。

刚搬到法国不久，我便不再跑步了，距现在已经一年多了。刚来的时候也尝试过，但是我发现，跑了几英里以后，布朗尼就远远地落在了我们身后，对此他一点也不开心。不知不觉之间，他已经老了。因此，我便将长跑变成了散步，夹杂着在海滩游泳，还有去面包房和留尼汪餐馆的行程中。除此之外，我再也没做过其他的锻炼。刚来的时候，我买了一组杠铃和举重椅，但我很少能说服自己去使用它们，大部分时间里，它们都孤零零地被冷落在阳台上——用慢慢生锈的方式提醒着我，自己是多么放纵自我。

就这样，在布朗尼越来越衰老而虚弱的同时，我也变得愈发年老而衰弱。这就是和狗一起生活的注定结局。在法国的这大半年里，我都生活在一种提前退休的状态中，虽然也会写些东西，但是好大一部分时间是浸泡在新酒中的。当然，尼娜和苔丝依然能够胜任长跑，但是布朗尼不行了，所以我们用走路替代。又由于我们的生活内容是如此特别地缠绕在一起，所以布朗尼的体力下降便映射在我的身上。现在，我站在房子外面，看着布朗尼在沟渠处一上一下，便说道："那么我们试试看吧，我的男孩。给罗兰兹家的男孩最后一次喝彩，怎么样？"然后，我便扒出了我的运动短裤，和他一起跑着出发了。我小心翼翼地关注着布朗尼，真心希望他能很快感到疲惫。如果这样的话，我就可以带着他径直回家了。但他一直没有。我们两个一定构成了一副有趣的图景：一匹将要老死的狼和一个身体已经走样得不行的男人，正望着他们眼前的"重重险关"。我们穿过树林，跑到南方运河，在运河之畔山毛榉树组成的河岸线上奔跑。布朗尼跑在我的身边，轻易地跟随着我的步伐。然后我们斜穿过自然保护区——顺着黑牛与白驹奔驰的原野，一直跑到防波堤。他依然没有流露出疲态。就好像过去的布朗尼一样，他毫不费力地在地面上移动着，仿佛漂移在离地面一两英寸的半空中，旁边则是我这个步履沉重、气喘吁吁、仪态尽失的猿类，跌跌撞撞、磕磕绊绊地跟着他前行。

谁知道呢？也许他只是希望我单独陪在他身边一会。或许他是想说再见，然而在尼娜和苔丝亦步亦趋地跟着他的情况下，他无法好好道别。无论原因为何，那一天见证了他旧日活力与风度的重现。事实上，他也从未真正失去过它们，纵使在几天后，尼娜和苔丝回来，他的活力依然不减。尽管我们后来再未一起跑过步，但是大多数的日子里我们还是会去散步。他状态不差，一直到生命的最后一天。

我不由自主地将自己同布朗尼对比：如果我也得了癌症，我会怎么样？对于布朗尼来说，癌症只代表着当下的痛苦。可能这一刻他觉得还好，而另一刻，又会被疾病困扰。但是每个时刻对它来说都是完整的，与其他时刻毫无关联。但放在我身上，癌症便会成为一个时间性而非瞬间性的痛苦。癌症，以及其他人类重病带来的恐惧在于，它是随着时间延伸的。其恐怖之处在于，我们深知，它终将斩断我们的欲望之箭，斩断我们所有的目标与蓝图。因此我会待在家中歇息。哪怕此时此刻，我身体并无不适，我依然会待在家中休息。这就是当你得了癌症之后的反应。因为我们是时间性的动物，折磨着我们的是时间的枯萎症。这种症状的骇人之处在于他们将有什么危害，而不是它们此刻有什么危害。因此，它们能够控制我们，而这种控制在瞬间性的动物身上却是无力的。

而狼会将生命中的每一刻看成一种赐予。这是猿类难以做到的。对于我们来说，每一分一秒都是无限延长的。每一刻的重要性都存在于它同其他时分的联系，因此，其内容也难免被其他时刻所污染。我们属于时间，而狼属于当下。当下，对我们来说，是可以穿透的。它们是被我们用以穿透，从而试图去获得他物的工具。它们是模糊的。对于我们来说，瞬间永远不是完全真实的。它们并不存在。瞬间是横亘于过去与未来的幽灵，回荡着对过去的记忆，充斥着对未来的期许。

在埃德蒙德·胡塞尔关于我们对时间的体验的经典分析中，他说道，那被我们称作“现在”的东西，其实可以分为三种不同的经验性要素。其中有一部分，是被我们称为“原初现在”的要素。但是在我们日常对时间的感知中，对于原初现在的经验难以避免地被另外两种要素所塑造：一个是预期当中可能的未来，另一个是回忆之中近期发生的经验。前者，被胡塞尔称为经验的“延长”（protentions），而后者则被叫作经验的“保存”（retentions）。想要解释清楚他的意思，我们可以举一个常见的例子。假设，你的手上有一只盛酒的玻璃杯，你感受到了它是一只玻璃杯。但是此时你的手所触摸到的并非一个完整的杯子，而是其中的一部分。即便如此，你仍然觉得自己手握一只完整的玻璃杯，而不是现在手中的那一部分。尽管你的手有局限，但这并不妨碍你感受到这只杯子。为什么呢？按照胡塞尔的理论，这是因为你手握杯子的体验——你此时此刻的这种体验——是由某种期待带来的，这种期待来自近期发生的经验，你会根据这些经验来预期自己的体验会作何变化。例如，你会预期到，当手指向下滑时，你的手指就会遇到一片越来越窄的区域，而这种感觉是只有之前触摸玻璃杯才有的，跟捏一只电灯泡所有的感觉不一样。同样地，你也许会想起来，之前当你这样用手指在玻璃杯上往下滑时，你所感受到的变化正是如此。胡塞尔就是这样向我们证明，我们当下的体验，无可避免地同过去与未来的经验连在一起。

我相信，这一点无论对于人还是狼都同样适用。我们从未真真切切地体会过“现在”——“原初现在”不过是一个抽象的概念，在我们的真实经验中，没有任何事物能与之对应。那被我们称为“现在”的东西，一部分滞留在过去，一部分预存于未来。可是，程度上的不同与类别上的不同同样重要，我们人类已经将这一点提升到了一个新的层次。我们的生命中，有太多是活在未来，又有太多是活在过去。也许，倘若我们足够努力，可以体会到狼所体验到的那种“当下”，让过去的保留与预期的延长的部分降到最低。但这着实不是我们平时面对这个世界的样子。对于我们，对于我们这个朝夕相处的世界来说，当下已被冲淡；它已枯萎成空。

做一个时间性的生物有许多不好的地方；有些明显，有些则没那么明显。其中最明显的一个就是，我们会花很大一部分，或者是很不相称的一部分时间来思考那些已经过去的，或是尚未到来的事情。我们记忆中的过去和期望中的未来，决定性地塑造了被我们可笑地称作“此时”与“此地”的东西。从某种意义上说，时间性的动物要比瞬间性的动物更为神经质得多。

然而，时间性还有着一些更加微妙且重要的缺点。还有一种时间的枯萎病，只有人类才会染上，因为只有人类才在过去与未来之中活得足够长，以至于这种痛苦能够侵染他们。既然我们是时间性的动物，我们更善于“看穿”时间，而非“看到”时间，因此我们才会既希望生命有意义，又难以捉摸自己的生命意义从何而来。时间性所能给予我们的礼物，是那对我们永远理解不了的东西的渴望。

2

西西弗斯是一个以某种方式公然对抗上帝的凡人。至于究竟以何种方式，有许多种故事版本。也许其中最为大众接受的解释是，西西弗斯说服了冥王哈得斯，让他准许自己暂时回到阳间，去完成一个紧迫的任务，并且答应，一旦任务完成，一定立刻返回。然而，当他再一次看到明亮的白昼，感受到太阳在自己脸颊的温暖触摸时，西西弗斯便不想再回到幽暗的地下世界了。所以，他没有回去。无论听到多少劝告，面临多少威胁，西西弗斯依然坚持在光明中生活了许多年。最终，根据天神们的判决，他被强制带回了地府；而那块石头已为他预备好。

西西弗斯的惩罚，便是推一块巨石上山。然后，不知经过几天，几个礼拜，还是几个月身心俱疲的劳动，当这项任务终于完成，石头会滚下山去，一直滚落到底，然后西西弗斯要再一次开始这劳作，如是反复，永远不息。这确实是一个可怕的刑罚，其残酷程度，或许只有神明才能企及。然而，其可怕之处究竟在哪里呢？

通常，这个神话的叙述方式都要夸大西西弗斯劳作的艰辛。这块石头总是被描述为一个庞然大物，以至于他只能勉强推动。因为这一点，西西弗斯走上山的每一步，他的心脏、神经与肌肉都承受着极限的压力。但是，正如理查德·泰勒[1]曾指出的那样，或许对于西西弗斯来说，真正的惩罚不在于这个任务的困难性。想象一下，如果诸神给他的并非一块巨石，而是一块小卵石，一块也许正好能被他装进口袋的小石头。这样的话，西西弗斯也许就可以悠闲地走上山顶，然后看着石头滚落，随之再开始新一轮的劳作。尽管此时任务的艰巨性已轻松许多，但我觉得，西西弗斯的痛苦并未因此减少。

我们是这样一种动物：在我们看来，快乐是生命中最重要的事。因为这一点，我们会强烈地想要假设，对西西弗斯的惩罚的可怕之处在于，他不喜欢这项工作——这让他不快乐。但

---

1 理查德·泰勒（Richard Taylor，1919—2003），美国哲学家，倡导美德伦理，曾撰文通过对西西弗斯神话的分析，探索生活的意义。

我不认为这是正确的答案。说西西弗斯会诅咒他的命运，这只是我们的假想。我们还可以想象，诸神并不似他们在神话中呈现出来的那样报复心切。假设，他们实际上采取了措施来减轻西西弗斯的不快乐，采取了措施来调和他与自己的命运。为了达到这个目的，他们在西西弗斯的身上注入了一种不合逻辑却强烈有力的冲动——将石头推上山去。我们不需要太担心他们是怎么做到这一点的，重要的是这样的结果。结果就是，西西弗斯从来没有比像现在这样推石上山更快乐。事实上，如果不允许他去推石头，他反而会变得特别沮丧，甚至悲伤。也就是说，诸神的恩典，便是改变了西西弗斯的欲求，让他从心底里接受他们加诸其身的惩罚。这样一来，他最真实的愿望便是将石块推到山上去，而这一切愿望也会永远地得到满足。诸神的这番恩典可谓有悖常理；但它依然是恩典。

更进一步说，这个恩典是如此完美，以至于在西西弗斯的任务之中，已经没有什么要素使之可被称为“惩罚”了。甚至正相反，它看起来更像是恩典，而非惩罚。如果说快乐就是对生活感到满意，就是认为自己生命中的一切都是极佳的，那么，西西弗斯如今的生存境况看起来非常合乎快乐标准。没有人可以比他更快乐，因为他最深层的欲望可以得到永久的满足。如果说，快乐是生命中最重要的事，那么难以想象，还有什么生命会比西西弗斯更加幸福。

然而，纵使诸神给予了这样的恩赐，在我看来，施于西西弗斯的惩罚的可怕程度也并未因此减损哪怕一丝一毫。有的时候，诸神的奖赏要比他们的惩罚来得更糟。我想，我们现在应该比之前更同情西西弗斯。在众神施与“恩典”之前，他至少拥有某种尊严。强大而恶意的存在，曾将苦难的命运加之于他。他明白自己劳作的徒劳。他只不过是出于必须才不得不如此劳作的。他别无他法，甚至不能选择死亡。但是，他可以意识到这项任务的徒劳无益，并以轻蔑来回答那些强迫自己如此的诸神。而当神明们施与“恩惠”时，这层尊严不再。那么现在，我们的鄙视——尽管掺杂着同情，但终归是鄙视——便不仅针对那嘲弄他的诸神，更指向西西弗斯自己：受欺骗的西西弗斯！被愚弄的西西弗斯！愚蠢的西西弗斯！或许，在步履艰难地走下山时，西西弗斯偶尔也会模糊地回忆起那未受诸神恩典的曾经。或许，有那么一个细小而平静的声音在灵魂深处向他呼喊着。又或许，简而言之，通过回声与低语，西西弗斯能够明白自己经历的这一切。然后他会意识到，自己变成了一个有所缺失的人。他明白自己丢失了什么重要的东西；此物的重要性远胜于自己所享的快乐。诸神的这番“恩赐”，夺去了西西弗斯身上的可能性，使得他的余生，甚至连带他的来世，都变成了一个荒唐的玩笑。而那比快乐更重要的东西，正是这被夺去的可能性。

我对“我们是能够快乐的动物”这一点表示怀疑，至少这不是我们所想的那种快乐。算计，这独属于我们猿类的阴谋与欺骗，已经深深浸入我们的灵魂，以至于我们很难快乐。我们追随着由诡计与谎言所带来的成功感，同时又躲避着与之俱来的失败感。一旦达成一个目的，我们便紧接着去寻找下一个。我们总是在追名逐利的途中，作为代价，快乐总是从我们的手中逃脱。我们认为快乐是一种感觉，但感觉是瞬间的产物。对于我们来说，瞬间并不存在——每一个瞬间都是被无限分解的。因此，我们的快乐亦无从谈起。

但至少，我们现在明白，自己是何等沉迷于感觉：这是某种更深层的征兆。我们之所以在某种程度上如此关注感觉——世人普遍认为这是生命中最重要的东西——是因为我们试图找回某个在我们生命中，被过去与未来所挤占的东西：此刻。而这，对我们来说，已经不再可能。退一步说，就算我们能够快乐，就算对于我们这种生物来说，快乐真的是一种可能，这也并非重点。

3

当然，西西弗斯所受惩罚的真正可怕之处，并不在于这项任务的困难性，也不在于这使得西西弗斯闷闷不乐。此惩罚的可怕之处，在于它彻彻底底地徒劳无益。这并不仅仅是西西弗斯的工作毫无结果，哪怕是一个有意义的工作，到头来也可能一无所获。你的努力终成泡影，而这会成为悲伤与懊悔的源泉。不过，在这之中无“可怕”可言。无论是难是易，无论热爱或是抗拒，西西弗斯这项工作的可怕之处，并不在于他“失败了”，而是这件事本身根本无“成功”可言。无论他将巨石推上山顶与否，后者终将滚下来，一切必须重来。他的劳作是徒劳的，它指向无物（nothing）。这任务就好似石头本身一样贫瘠而荒凉。

这也许会导致我们思考：如果我们为西西弗斯的工作寻找一个目的呢？那么一切便都顺理成章了。无论是对于西西弗斯还是其他人来说，生命之中最重要的事，原来并非快乐，而是目的。但是，再一次地，我并不认为这是正确的。若问为什么，先让我们假设西西弗斯的工作是有一个目标的。假设他的努力都是朝着一个目标；假设那块巨石不会滚下山，而是会矗立在山顶；而他艰难地走下山顶，也不是为了捡回同样的石头，而是为了收集不同的巨石。如今，诸神的命令是建造一座神殿，一座宏伟而堂皇的、能与他们的力量和伟大相匹配的宫殿。如果你喜欢，可以进一步假设，这些“慈悲”的神明们，为西西弗斯体内注入的便是建造此宫殿的欲望。我们还可以想象，在多年艰难而沉重的工作过后，他终于完成了这一任务。如今，宫殿已建成。现在的他，坐在高高的山脊上，满意地注视着他的劳动成果。但随之新的问题来了：现在做什么呢？

这便是问题所在。如果你认为，生命中最重要的事是一个目的或目标，那么一旦此目的达成，人生的意义便不复存在。所以说，我们这个新版本的西西弗斯故事，同原版的叙述没有任何关系。只要西西弗斯的任务达成，他的存在便再无意义。当他坐在高山之巅，望着那已经完成的，再不能更改或增添的目标，这样的余生，并不比推一块坚硬而巨大的石头上山，等其登到顶点时再看着它滚落的生活更有意义。

我们将时间想象成一条从过去延伸到未来的线，每个人人生中重叠的片段在这条线上延展开来。这或许就是我们为什么会自然而然地认为，人生中重要的事情，是有一个能够引领我们的目标，这样我们就会向前前进。能让我们为之工作的东西，才是生命中最重要的东西。我们生命中的目标与蓝图，起的也都是这个作用。如果我们足够努力，足够天才，再或许，足够幸运的话，我们能够达成它。当然，我们并不确定这一天将何时来到。有的人认为，最重要的事情可以在今生完成；有人则觉得，只有来生才能将其完成，我们今世所能做的只是为来生做准备。但哪怕只是粗略地想象西西弗斯的故事，我们也能得出，生命原本不应是这样的。无论生命的意义究竟为何，它都不可能存在于向着某个目的或终点前进的过程中——无论这目的是在这一生，抑或在来世。

当然，西西弗斯的神话只是人的生命的寓言（法国存在主义哲学家阿尔贝特·加缪[1]已经借用过这一点）。这寓意并不难琢磨。我们每个人的生命，都好似西西弗斯那通向山顶的旅程，而我们生命中的每一天，就是西西弗斯踏出的步伐。唯一的区别在于：将巨石再一次推向山顶，是由西西弗斯自己来完成的，而我们，则是将它留给自己的子孙。

当你今天去工作，去学校，或是无论去哪里的时候，看一看身边熙攘往来的人群。他们在做什么？他们将去向何方？关注他们中的一人，或许他将走向办公室，在那里，他做着和昨天一样的事，在那里，他将在明天做着同今天一样的事。他的内心中，或许有能量与意志在搏动着。这篇报告一定要在下午三点之前放在X女士桌上——这点很重要——一定不要忘记下午4:30的会议——否则北美市场将一片惨淡。他明白，这些都是非常重要的事情。或许他享受这些事，或许并不。但无论如何他都会做这些事，因为他有一个家，他必须养活他的孩子们。为什么呢？——这样的话，在未来的几年里，他们就可以

1 阿尔贝特·加缪（Albert Camus，1913—1960），法国作家和哲学家，1957年获诺贝尔文学奖，代表作有《局外人》（1942）、《鼠疫》（1947）。加缪曾写有《西西弗的神话》一文，并以此为其哲学随笔集书名。

做像他一样的事情，出于同样的原因，繁衍同样的、自己的孩子；而后者，也会出于一样的原因重复这一过程。他们也会变成为了报告、会议、北美市场而忧心忡忡的人。

这就是西西弗斯为我们展示出的生存困境。就好像那个必须去见 X 女士和 Y 先生、为了北美市场而担忧的人一样，我们可以用小的目标与零散的目的填满自己的生活。但这不能为我们的生活带来意义，因为这些目标指向的是其本身的重复——无论重复者是我们，还是我们的孩子。如果说，我们可以找到一个大到可以赋予我们的人生以意义的目标——当然我对这样一个目标毫无概念——那么我们便必须不遗余力地保证，自己在有生之年不能达成它。一旦我们达成，生命便将失去意义。当然，如果说，我们恰好是在自己咽气的最后一秒完成了这项宏伟的、赋予我们人生价值的目标，这固然很好；然而这又是什么样的目的，使得我们能够在最虚弱的时刻达成？如果说，我们真的能在自己最虚弱的时分达成它，又为何不在之前就完成呢？我们是否把人生的意义想象成了一条早已上钩的鱼，只有待到命数将竭之时，才会把它拉上来？那么此举的意义又何在呢？在我们已经虚弱不堪时，所能拉上来的那条鱼，又会是一条什么样的鱼呢？

如果我们假设，生命的意义存在于目的之中，那么我们只能期望自己永远不要达到这个目的。如果说，生命的意义存在于某一目的之中，那么一个理想的生命状态就是永远的失败。在我看来，这无异于将生命的意义寄托在一个我们永远不可能实现的希望之上。但是，一个永远不能实现的希望又有何意义呢？一个徒劳的希望不能给予生命意义。无疑，西西弗斯也抱有这么一个徒然的希望：有一天，那块巨石能够停留在山顶，停留在他将其推上的位置。但是这一希望并不能赋予西西弗斯的生命以意义。我认为，现在我们能够得出这样的结论：生命的意义并不存在于朝向某一终点或目标的路途上。终点并无意义。

4

如果说，生命的意义既不是快乐，也不是目的，那么它是什么呢？说实话，它到底会是种什么样的东西呢？事实上，在谈到哲学问题时，维特根斯坦总会谈及变魔术中一个决定性的动作。维特根斯坦认为，一个看起来无法解决的哲学问题，结果却总是建立在这个或那个假设之上，我们无意间（而且是非法地）利用并偷偷掺杂在我们的论述中。这种假设决定了我们将用何种方式思考问题。而我们最终无可避免地陷入的那个僵局，并非问题本身，而是那决定了我们思考问题角度的假设。

就生命的意义而言，我将用魔术中的一个关键性动作来阐述它。我们已经假设了生命中最重要之处在于拥有什么东西。就好比，我们的生命是一条由射出的欲望之箭组成的弧线，我们能够拥有所有这些箭矢所及的事物。在 19 世纪的美国西部，有时候，移民们会达成协议，将一天之内骑马所踏及的范围都划入自己的领地。这被称为圈地运动。我们认为自己原则上可以拥有自己所有的欲望之箭，还有目标和计划所涵盖的东西。无论生命中最重要的东西，即生命的意义是什么，我们都可以通过天才、勤奋和幸运获得。它也许是快乐，也许是意义。这些都是一个人可以拥有的东西。但是，布朗尼告诉我，这些并不是生命的意义所在。生命中最重要的事——也就是生命的意义，如果你更愿意这样理解的话——存在于我们无法拥有的事物中。

我觉得，认为生命的意义是某种我们可以拥有的东西，这样的想法是我们贪得无厌的猿猴灵魂的遗产。对于一只猿猴来说，“拥有”是非常重要的，它以拥有什么来衡量自己。但对于一匹狼来说，存在比拥有更为重要。对狼而言，生命中最重要的不在于拥有特定之物或者拥有物的数量，而是成为某一种狼。但即使我们承认了这一点，我们的猿猴灵魂依然会很快试图重申，拥有是生命中的重中之重。成为某种猿猴是我们通过努力所能达到的目标，但这种目标，只不过是另一个我们所能为之前进的目的，只要我们足够聪明，足够勤奋，足够幸运。

生命中最重要也是最困难的一课在于，明白事情并非如此。生命中最重要之物是某种你永远也不可能拥有的东西。生命的意义存在于那些时间性的生物永远无法拥有的事物中：瞬间。这就是为什么我们想为自己的生命找到一个合理的意义是如此艰难。我们对事物的拥有是建立在对瞬间的磨灭之上的——瞬间不过是我们用来穿透，以拥有自己所渴望的目标的中介。我们希望拥有自己所珍视的东西，给它们烙上自己的封印；我们的人生，就好似一场宏大的圈地运动。也正因为此，我们是时间性的生物，而不是瞬间性的生物：瞬间总是从我们紧握的手指间溜过。

我之所以说生命的意义存在于瞬间之中，并非为了重申那诸如“活在当下”之类的老调。我从不建议去做我们根本做不到的事。我更想说明的是，生命中有那么一些时刻——肯定不是全部，但是确有那么一些时刻——能给予我们片刻的阴凉，在这阴凉之下，我们得以找到生命中最重要的东西。这，就是我们最高潮的时刻。

5

此“高潮时刻”的表述无疑会误导我们，将我们引回到我们应该摒弃的关于生命意义的观点来。我们可能会从三种方式来思考我们的高潮时刻，但是它们无一不是错误的。第一种是将它视作我们的人生能够为之前进的东西——我们建构自己的人生都是为了这个时刻，如果我们足够聪明努力，那么就能达到这个时刻。但是，我们的高潮时刻，并非人生中如日中天的时刻，它们并非我们生命为之努力的方向所在。我们生命中的高潮时刻是散布在整个生命之中的。它们散布在整个生命历程中，就好像一匹狼跳进地中海温暖的水域时，所泛起的涟漪。

我们的思维受到束缚，以至于将快乐视作生命中的重中之重，而我们将快乐理解为一种感觉，对它的所有讨论都无可避免地指向某种类似于涅槃的极乐境界。这是我们对于“高潮时刻”的第二种错误认识。事实上，我们最高潮的时刻极少是让人愉悦的。有些时候，它们还是你可以想象得到的最不幸的时刻——我们生命中的黑暗时刻。我们最高潮的时刻，是我们感觉最好的时候。而为了达到这种状态，往往要付出极为沉重的代价。

还存在另外一种更细微、更隐伏，但同样错误的思考高潮时刻的方式，即认为我们的高潮时刻可以为我们揭示自己为何物。我们将它们视作定义了我们自己的时刻。西方观念中一直有种倾向，将人视作某种可以被定义的东西。我们与莎士比亚共鸣，吟唱着：忠于你自己（to thine own self be true）[1]。这暗示着有一种名为“真我”的东西存在，而对于这个“我”，你可以呈现出或真或假的一面。我严重怀疑这是否属实。我严重怀疑存在这么一个“我”或者“你”，或者类似的东西，能够超越所有的不同，而这些不同原本会使你偏离这个“真我”。事实上，我甚至怀疑，连莎士比亚都不是这样想的——他不过是借着波洛尼厄斯[2]这位明显愚蠢的老臣说出了这点（多亏科林·麦金告诉了我这一点）。

因此，我怀疑“真我”，也同样怀疑“假我”的存在。存在的只有“我”而已。事实上，我已经连这个“我”是否存在都不能确定。我所自称的这个“我”可能只不过是在心理和情感上相联系的不同的人，每一个都怀有“这些都是我”的错觉。谁知道呢？这并无所谓。关键在于我的每一个高潮时刻就其本身而言都是完整的，无须它来扮演裁判的角色，来定义“我是谁？”“我是什么？”重要的是瞬间本身，而非那些被（错误地）认为可由它们揭示的东西。这是艰难的一课。

作为一名职业哲学家，根深蒂固的怀疑态度是——或者说，应该是——我的惯用手法。可怜的上帝，在他费了那么多精力

1 出自《哈姆雷特》。

2 《哈姆雷特》中饶舌自负的老臣。

在我身上——以不合常理、难以置信的布朗尼石魂来介入的方式——之后，我依然不能完全相信他。如果说，我能够相信的话，那么我会希望自己所相信的这位上帝，是《牛奶树下》[1]（*Under Milk Wood*）的伊莱·詹金斯（Eli Jenkins）所祈祷的那个上帝：那个总是为我们展现好的一面，而非坏的一面的上帝。而在最高潮的时刻，我们展现的是我们最好的而非最坏的一面。虽然那个最坏的我同最好的我一样真实，但是那让我值得存在的——如果我真的值得的话——是那个最好的我。

我相信，稍早在法国的那些日子里，向布朗尼的死亡说"不"的那个我，是最好的那个我。我那时被笼罩在被掠夺了睡眠的、疯狂的阴影之中。那时我以为自己已经死去，已然坠入地狱。那时我认为自己正经历的一切，使得德尔图良的学说都显得有道理了。我是可分裂的。但是，尽管如此，那段日子仍然是我生命中最高潮的时刻之一。这是西西弗斯最终明白的道理：当我们已经没有什么东西让自己前进的时候，当我们已经没有希望使自己为之走下去的时候——那就是我们最好的时刻。这就是西西弗斯最终明白的。当处于无路可走、无有希望的时候，这样的我们才是最好的。但是，希望终归是欲望的一种，正是它使我们成为瞬间性的生物——我们的希望之箭射向属于未来

1 迪伦·托马斯 1954 年为 BBC 创作的广播剧，于其身后发表。

的陌生国度。有的时候，我们必须把希望放到它应在的位置上去，放回装它的简陋单薄的小盒子里去。但不管怎样，我们依然在前进着——通过前行，我们让自己拥有意义（虽然这并不是我们这样做的原因，因为任何原因都会削弱这层意义）。在这些时刻，我们会对着奥林匹斯山上的诸神，对着此世或来世的神明，连带着他们为我们制定的永生永世推巨石上山的计划说："去你的吧！"——否则，这项任务就要被强加在我们的子孙身上。为了做到最好，我们必须被逼入绝境，在那里，没有希望，前进也是一无所获。只有此时，我们才会不顾一切地前行。

我们最好的时刻，是当我们时日已尽，死神降临于肩头，而我们对此无能为力的时刻。但是，我们可以对着这时间的线说"去你的吧！"然后拥抱这一瞬间。我将死去，但在这一刻，我感到自己很幸福，很强壮。我能做任何自己想做的事情。这一刻对它本身而言就是圆满的，无须其他时刻的证明，无论它们从属于过去还是将来。

我们最好的时刻，是当那头名为"生命"的95磅重的斗牛犬，扼住我们的喉咙，将我们压在地上，而我们不过是一匹三个月大的小狼，一不小心便会被撕成碎块。疼痛正在袭来，我们感知分明，然而背后却没有希望。但我们没有哭泣或哀号，甚至没有挣扎。相反，我们从灵魂深处发出咆哮，那咆哮冷静而又洪亮，超越了我们稚嫩的年纪与脆弱的存在。那咆哮声告诉对方："去你的吧！"

为什么我会在这里？在经过了几十亿年盲目的发展后，宇宙中产生了我。这值得吗？我深深怀疑这一点。但无论怎样，我依然站在这里并说"去你的吧！"——当上帝不再给我希望，当看守地狱的刻耳柏洛斯，那条斗牛犬，咬住喉咙将我按倒在地时。这些都不是愉快的时刻；但我现在知道，正是这些时刻，才是我们最幸福的时刻，因为它们是我们最重要的时刻。它们重要，是因为其本身就是如此，而非它们扮演着任何可以定义我的角色。如果我真的值得存在，如果我是由宇宙创造出来的有价值的东西，无论以何种形状、何种形式，那么也正是由于这些时刻，我才有此价值。

我猜，这些都是一匹狼所展现给我的；他便是那抹光亮，我因之得以在阴影之中看到自己。实际上，我所学到的是宗教的反命题。宗教总是与希望为伴。如果你是一个基督徒，或是一个穆斯林，你怀揣的便是能够进入天堂的希望；如果你是一个佛教徒，怀揣的便是斩断生死轮回，达到涅槃境界的希望。在犹太教与基督教的传统中，希望甚至被抬高为首要信条，被重新命名为"信"。

希望就好像人类之中的二手车销售员：和蔼可亲、能言善道。但是你不能依赖他。你生命中的最重要之物，是当一切希望消失殆尽后，依然剩下的那个东西。时间终将夺去我们的一切。所有我们通过才能、努力与幸运得到的东西，终将被夺去。时间夺走了我们的力量、欲望、目标、蓝图，夺走了我们的未来、幸福，甚至希望。所有我们能够拥有、占有的东西，终将被时间吞噬殆尽。但是时间永远夺不走的，是那个处于最佳时刻的我们自己。

6

艾尔弗雷德·冯·科瓦尔斯基（Alfred von Kowalski）有一幅画，叫作《孤独的狼》（*Lone Wolf*）。画作描绘了一匹狼站在夜幕之下被白雪覆盖的山丘上，俯瞰着一间小木屋。木屋的烟囱之上，炊烟袅袅升起，微光暖暖地透出窗外。这个小屋总是让我想起诺克多夫，想起我们在冬季里的某一天散步归来，布朗尼和女孩们在我前面慢慢跑着，远离黑暗的丛林，跑到那迎接着我们的、未熄的灯光前。科瓦尔斯基的画作，当然自有其寓意——它描绘了一个局外人面对着他者温暖而又舒适的生活的场景。但是，那小屋让我想到诺克多夫，仅仅是因为那匹狼让我想到了我自己，还有我所过的生活。

无论如何，那样的生命走到了尽头，至少即将画上句号——在诺克多夫那阴暗的一月，在我将布朗尼埋入土中、向上帝大发雷霆的时候，在我喝得酩酊大醉、几近死去的那个夜晚。有时我会怀疑，自己是否真的已在那个夜晚死去。笛卡尔在面对自己灵魂的漫漫长夜时，在那永不会欺骗他的上帝处找到了自己的庇护所。笛卡尔可以怀疑几乎所有东西——怀疑自己的身边真的有一个物理的世界，怀疑自己肉身的存在，作为一个天才的数学家与逻辑学家，他甚至还可以怀疑有关数学与逻辑的真理。但是，他不能怀疑有一个良善而美好的上帝的存在。这个上帝可以让他免受欺骗，只要他足够小心翼翼地评鉴自己的信仰。

我认为，笛卡尔在这里可能错了。在“好的上帝”与“善的上帝”之间，是存在着区别的。一个好的上帝也许可以使我们不被欺骗，但是一个善的上帝明显不行。我们生命中的高潮时刻是如此艰难，如此绝望，但也只有这些时刻才能向我们展示生命的意义——这是有原因的。我们并不够坚强，无法承受生命以任何其他形式来展现。尽管从任何传统意义而言，我都不是一个宗教人士，但有时，当我回想起布朗尼死去的那一夜，当我的目光穿过他坟墓旁的篝火升起的火焰，看到他的石魂正凝视着我时，我却觉得上帝正在告诉我：“没事的，马克，真的没事。不会永远这样艰难下去的。你会安全的。”我想，这就是人类宗教的本质吧。

所以我有的时候会怀疑，这或许只是一个已死之人做的无比美丽的梦境。这梦是由那位善的上帝，而非笛卡尔那位好的上帝赠予他的。正因为他是这样一位善的上帝，他才容许我被欺骗。这也是我用垂死的一口气所诅咒的那一位上帝。

我之所以会这样怀疑，是因为，如果那个夜晚，上帝真的出现，并递给我一支笔、一张纸，让我写下今后自己所想要的人生，我也不会写得比现在的生活更好。我现在已经结婚——妻子艾玛不仅是我见过的最美丽的女子，更是我所知道的最善解人意的人。她毫无疑问地、显而易见地比我要优秀。

我的职业生涯也以前所未有的速度螺旋上升着，从一个没人愿意结识的、无名大学的普通讲师，成为一个拿着美国顶尖大学不菲薪金的教授。我的书也成了畅销书，至少在高深晦涩的学术界，已可以被视为畅销书。而且，我也不再是那个能够，或者说想一口气喝完两升杰克·丹尼的家伙了。无论处于何种环境，出于什么目的。你必须知道的是，倘非经过多年持之以恒、全神贯注的“训练”，一个人是难以达到那样的“海量”的。

我说这些并非出于心满意足，或是自鸣得意。恰恰相反，我真的很困惑，虽然这让人有些匪夷所思。我之所以这样说，是因为我知道，这所有的一切，归根结底，没有一个是我值得拥有的。如果我说我并不骄傲，那是说谎。但是，与此同时，这骄傲给了我警示。这骄傲是属于那只猿猴的，属于那个潜伏着的愠怒的灵魂的；这个灵魂认为，生命中最重要的事，就是利用工具理性和与之相伴的所有东西，来爬到同类的顶端。但是，当我忆起布朗尼，我还会想起，当你的算计落空，当你密谋的策划战栗着中止，当你的谎言哽在喉头……归根结底，它们全是运气，无一例外。当神明像给予你运气一般迅速地将这运气夺去时，最重要的事便是，当再无好运时的那个你。

在我埋葬了布朗尼的那个晚上，那个充斥着篝火玫红色的温暖，以及朗格多克冻彻骨髓的严寒的夜晚，我们找到了人类基本的生存境况。我们中的任何一个，都会选择那个有着玫红色的温暖，和善意的希望的生命。只有疯子才会不做此选择。但是最重要的是，当艰难的时日来临——它总会来到——要以狼一般的冷静来度过你的人生。这样的生命是艰难而又萧瑟的，我们终将只能枯萎。但是我们总有能够战胜它们的时刻。正是这样的时刻让我们值得存在，因为，归根结底，只有对命运的反抗才能拯救我们。如果说狼有一个宗教，如果存在一个狼的宗教，它便会如此告诉我们。

7

我不能将布朗尼的骨头孤零零地留在南法。所以我在埋葬他的那个村庄买了一栋房子。每天散步时，我们都会路过那里，与他的石魂打招呼。不过，这个结尾是我在迈阿密写的。我最终还是屈服在了上文所提到的“不菲薪金”前。几个月前，艾玛和我来到了这里。尼娜和苔丝仍在我们身边——不消说，她们也来了。尼娜依然会每天早上六点叫我起床，如果说此时我的手脚没有暴露在被单外，她会重新调整它们，直到手脚露出来。然后她会舔呀，舔呀：“你难道不知道，我们还有人要拜访，还有地方要去吗？”不过，她们也开始慢慢衰老了。每一天，她们绝大部分时间都在睡觉——在池塘旁，在花园里，或在沙发上。我已不能再跟她们一起跑步了。这本是布朗尼死后，我又恢复了的运动——她俩对此非常高兴。但如今，刚跑第一公里时，她们便已遥遥落后了，这使跑步变得毫无意义。所以，或许我将暂时和我的两个女孩一起变胖，变迟缓，就像当初同布朗尼一样。但是，她们还是很享受在旧餐具路（Old Cutlery Road）上悠然地步行。在那里，她们可以威慑住所遇到的美国狗，后者都太过热情，太过兴奋，太过年轻，并非尼娜和苔丝偏好的那种类型。我相信，她俩很乐意看到，现在所有的当地狗都害怕她们。那些狗，连同他们的主人，都会走到街道的另外一边来避开我们。但这无所谓。如果我非常了解尼娜和苔丝的话，便会十分确定，她们希望在外面做“头狗”。然而，她们正在老去，两只都是。而且，尼娜的关节炎更需要温暖的气候——相信我，我知道她的感受。

有的时候我会有一种极为奇异的感觉：我觉得我曾经是匹

狼，而现在，却是一只愚蠢的拉布拉多犬。布朗尼曾经向我展示自己生命中属狼的那部分，然而它现在已荡然无存。这样的感受苦乐参半。我悲伤，因为自己已经不是曾经的那匹狼了；我高兴，因为自己虽然已不再是曾经的那匹狼，但不管怎样，自己曾经是匹狼。我是时间的产物，但我依然记得，生命中更重要的，是那些高潮的瞬间，那些如收获季节的大麦粒，散布在我们生命田野上的瞬间。它们并不存在于我生命的开端，亦不存在于结尾。或许一个人并不能终其一生而为狼，但这并不重要。有一天，上帝会再次决定赐予我们绝望。或许那一天很快就将到来。我希望不会，但它终将成真。如若这一天真的来临，我会尽我所能，忆起那头被扼住喉咙摁在地上的小狼。

但这里有个关于群体的真相：我们的“瞬间”，永远不是属于我们自己的。有时，我对布朗尼的回忆，会混杂着一丝奇异的惊奇感。这记忆好像是两种影像的交合：我感觉到，这两种影像以重要的方式相连，却因模糊而看不清楚。这之后，它们又会突然重合，在视野中变得清晰，就好像老万花筒中的影像。我会忆起布朗尼大步走在我身边，走在塔斯卡卢萨橄榄球球场的边线上。我会忆起他坐在我的身旁，在比赛过后的聚会上，当漂亮的亚拉巴马姑娘走过来说“我只是喜欢你的狗”。我会忆起我们一起奔跑在塔斯卡卢萨的街道上。而当那塔斯卡卢萨成的街道变成爱尔兰的乡间小径，我会忆起他们三个一起跑在我身边，轻松地跟随着我的步伐。我会忆起他们如鲑鱼一般跳跃在麦浪之中。我会忆起布朗尼在我的怀中死去，就在我的吉普车后座上，在兽医将针注入他的前肢之后。而当这些影像重合的时候，我会想：那个人真的是我吗？真的是我做了那些事吗？这真的是我的人生吗？

这一点，时而带给我微弱的荒诞感。在我的记忆里，并非是我大步走在塔斯卡卢萨的橄榄球场边线上；我忆起的是那匹走在我身边的狼。记忆中，并非是我在聚会；我忆起的是那匹坐在我身边的狼，那些美女也正是因为他而走近我。记忆中，并非我跑在塔斯卡卢萨的街道，或是金塞尔的乡间小道上；我忆起的是那匹跟随着我的步伐的狼。我记忆中的自己总是被替代的。我在这些回忆中根本不是既定的；有时它只是一笔意外的红利，等待我去抽中它。

我从来不记得自己，我只能通过别人的记忆来忆起自己。在这里，作为猿类的基本性错误，我们无可避免地面对着自我主义的谬误。最重要的东西，并非我们拥有什么，而是我们何时处于最好的状态。而最好的我们，只能通过瞬间来显现——我们最高潮的瞬间。不过，我们的瞬间，永远不是属于我们自己的。哪怕在我孑然一身之时，哪怕在斗牛犬将我们按在地上，而我们不过是只脖颈将被轻易折断的小狼时，我们记忆之中的主角也不是我们自己，而是那条狗。我们的瞬间，我们最美好也是最可怕的瞬间，这些只有在我们对他人的记忆中才能映射出来，无论这些“他者”是善是恶。我们的瞬间是归属于群体的，唯有通过他们，我们才能记住自己。

如果我是一匹狼，而非一只猿，那么我也许会被称作“出走狼”吧。有时，一匹狼会离开它所在的群体，走入森林，不再回去。它们会开始一段自己的旅程，再不回家。没有人确知它们因何有此行为。有人认为，这是出于它们渴望繁殖的基因，加之不喜欢等到自己爬上狼群高层所需要的等待。还有一些人认为“出走狼”是狼群中的反社会者，它们不愿遵循普通狼所习惯的群居生活。就我而言，我可以认可这两种说法。但是谁知道呢？也许一些狼只是觉得，前方有个更广阔的世界在召唤着它们，倘若不尽己所能多去看看，或许会抱恨终生。归根结底，这些并不重要。有的“出走狼”孤独地死去，而另一些幸运者，则找到了其他出走的同类，结成了自己的群体。

于是，由于命运奇特的扭转，我如今的生活达到了前所未有的最佳状态——至少，如果以“我有多快乐”这个标准来衡量的话，确实如此。在我写下这几句话的时候，艾玛正要分娩。不过，我只是说她“正要”分娩，她已经维持了这个状态好几天了。子宫已经有明显的隆隆声，然而并没有系统或有规律的迹象让我们确定新生儿即将出生。尽管如此，我还是生活在希望之中。我蓄势待发，等待着她呼唤我的那一刻，那时我便会抓起背包，开车送她去南迈阿密医院。所以在这里我必须写得简明扼要些。在做了四十年无根无萍、漂泊无依的“出走狼”后，我终于找到了一个属于自己的人类群体。我的第一个孩子，我的儿子，如今将随时出生；而我有一种感觉，一丝潜藏在心中的朦胧的预感——也许就是今天。尽管我希望自己的期许不要给他太多压力，但我想，自己依然会给他取这个名字——布朗尼。

布朗尼，我挂念着你的骨骸。此刻，它们正沉睡在 3000 英里外的法国。我希望你并不孤独。我想你。我希望每天早上都能与你的石魂相遇。但是，如果神明允许，我们这个群体将会在不久的将来与你相见，度过朗格多克永不消逝的夏天。你静静睡吧，等着那一天的到来，我的狼兄弟。我们，将会在梦中再相聚。

致 谢

乔治·米勒一开始便将这本书委托给格兰塔出版社出版，几乎可以肯定，此举代表着乔治对此书极大的信任，因为，根据我们当时达成的共识，没有人能够预见此书的初稿会遭遇怎样的境况。乔治离开后，萨拉·霍洛维继续这本书的编辑工作。她的理解力、才智与耐心的问题，以及她要确保我不忘记任何重要程序的决心，使得这本书出乎意料地让人满意。文字编辑则是由莱斯利·莱文女士完成。平心而论，在我不算稀罕的出版经历之中，这一次文字编辑可以说是毫不痛苦，甚至让人有些享受，我也从这次经历之中学到了很多关于写作的艺术。除了以上三者，还要感谢维基·哈里斯出色的阅读校检，当然还要感谢我的代理人，利兹·帕蒂克，她让我的又一项令人头疼的工作得以顺利完成。

倘若没有此书的主人公，这本书也不可能完成。所以，谢谢你，布朗尼，我的狼兄弟，谢谢你与我共同生活——当然，也要感谢你的两位助手，尼娜和苔丝。

最后，我想对布朗尼——我的儿子，而非我的狼兄弟——说：我不能说这本书是写给你的，因为，在你成为爸爸眼中的光芒之前，它便已经有了自己的开头。不过，我通过它的结尾让你明白了自己名字的含义。就这样，我花掉了自己的“预付款”。最后，请你记住——虽然我并不想说这句让人不寒而栗的话——只有通过蔑视，我们才能获得救赎。

马克·罗兰兹于迈阿密

译后记

记得是2016年暑假之初，经黎金飞编辑的介绍，我与广西师大出版社合作，翻译马克·罗兰兹教授的《哲学家与狼》。本书原已有两种译本，分别是台湾麦田出版社2009年版和大陆京华出版社2009年版。由于这两个译本的某些翻译有值得商榷之处，广西师大出版社的编辑们感到有必要再译一遍。当然，在重新翻译的过程中，我也参考了这两种译本，因此也要对两版的译者表示感谢！

本书的作者，马克·罗兰兹，是迈阿密大学哲学系的教授，著有许多深受欢迎的哲学读物，并被翻译成多种语言。这一本《哲学家与狼》，讲述了作者多年前将一头小狼崽买回家，为它取名“布朗尼”，并与之朝夕相处，直到后者病逝的真实故事。

书中叙述了二者之间情同手足的生活点滴，感人至深。无论是在英国、美国，还是法国，布朗尼都是他最亲密的伙伴与兄弟，在这期间，作者也对人类所持有的“优越感”之本质、人类与动物之间的关系、二者宇宙观与生命状态等种种差异进行了深刻的反思。

作者说：“在我灵魂中最原始的一部分里，住着一匹狼”。可这一匹狼却与赫尔曼·黑塞笔下、隐藏在主人公哈勒灵魂深处的“狼性”大相径庭，后者虽裹挟着复杂的思乡、孤独之感，但总体而言，却是与善良升华的“人性”所对立的“野性的、野蛮的、阴暗的世界，一个未升华、未开化的天性”。不过这也难怪，在世界各地的民间文学中，狼总是与“凶残”“狡诈”“欲望”“忘恩负义”等词相联系，中国如此，北欧等地的神话、童话中亦是如此。

以上种种文学塑造，固然是受各地文化传统的影响，但这传统的根源则揭示了人类出于无知的恐惧，与依据自我心理而产生的未经证实的揣度。许多对其他生物“特性”的如是断言，实际上都是人类自身优越感的体现，至于“狼性”本身——正如我们将在这本书中看到的——却也许并非如我们想象的那样卑劣，甚至截然相反。在与布朗尼相处的十几年中，作者一直在思考：我们猿类所自持的、相比于其他生物的“优越性”，究竟是怎样的东西？那些我们所看重的“价值”，具有怎样的相对性？甚至，我们最引以为豪的理性、道德律与社会契约，其实是建立在怎样的人性弱点之上的？当然，作者并没有让这些思考陷入与上述寓言雷同的“我认为狼会想些什么”的经验式推测，而是尽力剥开自己生命中的“猿性”，对自我灵魂中的“狼性”进行探索与叩问。

在作者眼中，狼与猿类的差别更体现在人生观与宇宙观上。在传统的基督教世界时间观中，时间是线性的，但在布朗尼的世界里，时间是一个圆圈，他可以日日重复自己几近相同的生活轨迹而兴味盎然、从不乏味。每一天的巧克力面包对他来说意味着同等量的惊喜，每一只野兔都值得他耐心等待，每一个刹那都完整而纯粹。他的“当下”从不为记忆与期望所沾染，故每一刻都是值得如新生儿一般去迎接与怀抱的。因此，他不惧怕或厌恶这种看似可怕的“永恒”的覆辙。

作者提出这样一种看法，当然是受到了尼采“永恒回归”的思想影响，只不过，生活更有其理论触及不到的残酷：在这样的“回归”中，尽管每日经过同一片海滩，每个傍晚获得相同的面包，连散步与接受面包的程序都看似毫无改变，主人公布朗尼却不得不接受生死之轮的碾压，并已然从曾经那只精力充沛的小狼崽，变成一只虚弱的老狼，时刻面临着死亡的威胁。但，正是由于布朗尼的生命不属于某个飘渺的“未来”，而存在于每一刻的当下，在他的世界中，不需要牺牲“现在”来换取未来的任何“可能性”，所以，死亡虽为他的主人带来了无限的哀伤，却并不能夺去他本人的任何东西。

抛开作者的种种哲学性反思不谈，作者与布朗尼十几年来情同手足的故事、在他们共同的生活中涌现的种种点滴，都并未随着布朗尼的去世而消弭，而是历久弥新，引人唏嘘。

由于平时课业繁忙，只有寒暑假时才能抽空翻译，再经几次修改与编辑们的反复校对，至今已历时一年多了。在此也感谢编辑们一年来的耐心等待与细致修改。尤其要感谢出版社的沈燕燕编辑，从沈编辑对我的译稿做出的批注，以及翻译过程中不时给出的提醒与建议中，可以窥见广西师大出版社对待译文的一丝不苟的态度。

本书正文中的地名与人名翻译，参照的是商务印书馆出版的《英语姓名译名手册》与《外国地名译名手册》，手册中没有的地名人名，优先参考前两种译本的译法，以保证译名的一致性，稍感拗口的几处则采取了音译。

同时，也感谢我的几位朋友——北京大学哲学系的巩天成、元培学院的张浙航和中国人民大学法学院的张卓，在此书翻译完后，他们也通读了一遍我的初稿，并对我予以鼓励。

最后，但愿那匹小狼在我们的灵魂深处永不消弭，也在此致敬马克·罗兰兹教授与他的狼兄弟，布朗尼。

路雅

2017 年 10 月